Liebeschaos im Leuchtturm

von

Karin Koenicke

Karin Koenicke
Beckstettener Str. 2
87656 Germaringen

Coverdesign: Rebecca Russ, Sturmmöwen.at, Katze/Leuchtturm erstellt mittels Midjourney

Homepage: Karinkoenicke.de
Mail: Karinkoenicke@gmx.de

Newsletter: Karinkoenicke.de/Newsletter

1. Das Date des Grauens

„*Fräulein*!“, dröhnte es unheilvoll aus der Umkleidekabine. „Sie haben mir die Anzughose in der falschen Größe gebracht!“

Hatte ich definitiv nicht.

Der Kunde – ein arroganter Endfünfziger mit grauen Haaren und ebenso grauem Chefbürogesicht – hatte darauf bestanden, den Armani-Anzug in Größe 52 anzuprobieren. Dabei hatte mein geübtes Herrenmode-Verkäuferinnen-Auge beim Anblick seines Rettungsrings messerscharf kombiniert, dass sein Astralleib mindestens eine 54 benötigte. Doch der Herr hatte es besser gewusst.

Da die oberste Regel hier im Kaufhaus Wenzel allerdings lautete *Der Kunde hat immer recht*, nahm ich die Schuld natürlich auf mich.

„Tut mir sehr leid“, säuselte ich brav. „Ich bringe Ihnen sofort eine andere Hose.“

Ich eilte zum entsprechenden Kleiderständer, zog zwei Anzughosen heraus und reichte sie ihm durch den Schlitz zwischen Vorhang und Umkleide.

„Bitteschön, mein Herr. Diese hier sollten Ihnen passen, entschuldigen Sie meinen Fehler."

„Wieso denn nicht gleich so?", knurrte er. „Heutzutage gibt es nirgends mehr fähiges Personal, ein Drama ist das!"

Wie immer biss ich mir auf die Zunge. Die Klappe zu halten und dem Kunden gegenüber niemals – wirklich niemals! – anzudeuten, dass sein eigener Currywurstfriedhof für das Kneifen der Hose verantwortlich sein könnte, war in meinem Beruf lebenswichtig.

Wobei ich mit diesem Schlipsträger hier noch Glück hatte, denn er ließ den Vorhang zu. Erst heute Vormittag war einer da gewesen, der den Sichtschutz für komplett überflüssig gehalten hatte. Beim Anprobieren von Hemden war ich es ja gewöhnt, auf Bürohengst-Oberkörper zu blicken, denen seit Jahren kein Sonnenstrahl begegnet war. Der untersetzte Typ heute Vormittag hatte allerdings den Vogel abgeschossen, weil er unbedingt topmodische Slips anprobieren wollte. Und zwar ausgerechnet Stringtangas. Er hatte die bunten Schnürchen also über seine Boxershorts gezogen, mir sein Hinterteil präsentiert und mich gefragt, ob ebendieser darin *jugendlich knackig* aussähe. Wunschgemäß hatte ich bestätigt, dass seine tolle Figur im Tanga perfekt zur Geltung käme.

„Wissen Sie, ich gehe auf Geschäftsreise", hatte er mir verschwörerisch zugeraunt. „Mit meiner Sekretärin."

Daraufhin hatte ich ihm noch zwei sündhaft teure Seidenpyjamas angedreht und versprochen: „Da schmilzt jede Frau dahin." Ich vermutete zwar, dass die Sekretärin eher an der Platincard interessiert war, mit der er bezahlt hatte. Aber das konnte mir schnurzegal sein, Hauptsache mein Umsatz stimmte, damit mein Chef nicht schon wieder herummotzte.

„Das ist nicht das Richtige“, hallte es nun erneut aus der Umkleide. „Ich dachte, Sie sind hier im *Wenzel* auf höchste Ansprüche eingestellt? Auf mich wirken Sie nicht so, Fräulein.“

„Ich werde mir mehr Mühe geben“, versprach ich und griff eilig zu zwei weiteren Anzügen. „Schlüpfen Sie doch mal in Brioni. Die perfekte Marke für charismatische Führungskräfte wie Sie.“

Sein zustimmendes Brummen verriet mir, dass er sich geschmeichelt fühlte. Immerhin.

Nach fünf weiteren Versuchen hatte er endlich einen anthrazitfarbenen Anzug gefunden, der ihm gefiel. Ich verkaufte ihm dazu zwei Hemden in Hellblau und drei passende Krawatten. Er schob mir an der Kasse seine Karte hin, ohne mich auch nur eine halbe Sekunde lang anzusehen. Wahrscheinlich wäre es ihm nicht mal aufgefallen, wenn ich eine rote Clownsnase und Vampirzähne getragen hätte. Aber das war ich gewöhnt. Für viele der Kunden waren wir Verkäuferinnen nur gesichtslose Angestellte, die keinen Blick wert waren.
Manchmal gab ich mich Tagträumen hin und stellte mir vor, von einem dieser Kunden wirklich wahrgenommen zu werden. Oder mehr noch, so behandelt zu werden, als befänden wir uns auf Augenhöhe. Aber das waren Wolkenschlösser, die ich schnell beiseiteschob. Ich bekam an jedem Monatsersten zuverlässig mein Gehalt ausbezahlt und hatte mit Mona eine Kollegin, die zur Freundin geworden war. Mehr durfte ich von einem Job nicht erwarten.

Inzwischen war es zwanzig Minuten nach acht Uhr, die Eingangstüren des Kaufhauses hatten sich bereits geschlossen, meine Arbeitszeit war längst vorbei. Ich geleitete den Kunden also hinaus, bedankte mich in aller Ruhe für seinen Einkauf – und flitzte danach wie von der Tarantel gestochen zur Personalumkleide.

Dort warf sich Mona die Tasche über die Schulter.

„Himmel, Jessica, was treibst du denn so lange?“, fragte sie. „Hast du heute nicht ein Date mit Kevin?“

„Genau“, keuchte ich und riss die Tür zu meinem Spind auf, um den Lockenstab herauszuholen. „So ein Businesstyp hat mich ewig aufgehalten. Du weißt schon: Einer von der Sorte, die uns total von oben herab behandeln. *Fräulein hier, Fräulein da*, ätzend!“

„Kenn ich.“ Mona nickte. „Obwohl die bei mir in der Abteilung selten aufschlagen. Dafür hängen ständig Elektronik-Nerds herum, die mir Löcher in den Bauch fragen und am Ende dann doch online kaufen.“

Mona war wie ich schon viele Jahre im Kaufhaus Wenzel, dem größten Kaufhaus von Hannover, angestellt. Da die Abteilung für Herrenmode an die Abteilung für Unterhaltungselektronik angrenzte, konnten wir hin und wieder einen kleinen Tratsch abhalten. Aber wir trafen uns natürlich auch oft außerhalb der Arbeit, um einen bunten Cocktail mit Schirmchen zu schlürfen.

„Ich muss jetzt Gas geben, damit ich rechtzeitig fertig bin. Kevin trifft auf der Party diesen neuen Geschäftsfreund, mit dem er was aufziehen will. Irgendeine große Sache, so genau weiß ich das gar nicht.“

Mona sah mich skeptisch an. „Hängt das mit der geheimnisvollen Reise nach Polen zusammen, für die du Urlaub eingetragen hast?“

„Genau.“ Ich löste die Klammer, mit der ich meine dunkelblonden Haare während der Arbeit immer brav hochsteckte. Unser Chef, Herr Rambowsky, wollte das so, damit ich möglichst *seriös* rüberkam. Wir nannten ihn nicht ohne Grund Radetzky, denn er blies seinen Angestellten gerne den Marsch. Jetzt rückte ich jedoch der ersten Strähne mit dem Lockenstab zu Leibe, während ich meine Schminksachen aus einem Beutel schüttelte.

„Mona, kannst du mir das Kleid an den Spind hängen? Es ist in der Tüte“, bat ich und trug dramatischen dunklen Lidschatten auf.

„Herrje, das ist ja ultrakurz“, stellte sie fest. „Du wirst der Hingucker sein auf der Party.“

Ich grinste. „Genau das ist der Plan. Schließlich soll Kevin stolz auf seine Freundin sein.“

Vorsichtig wickelte ich die nächste Strähne um den heißen Lockenstab und kramte nach einem blutroten Lippenstift, der farblich mit dem Kleid harmonierte.

Monas Blick lastete schwer auf mir. Ich versuchte, ihn zu ignorieren, aber sie konnte hartnäckig wie ein Terrier sein, der sich in einer Postbotenwade festbiss. „Du bist auch ohne den ganzen Schnickschnack schön“, sagte sie. „Gib dich doch mal natürlich!“

Ihre übliche Predigt.

„Quatsch, da sieht mich keiner an“, widersprach ich. „Ich merke doch, wie mich die Kunden behandeln, wenn ich nur ein nichtssagendes Mäuschen bin. Ich fühle mich einfach viel wohler, wenn ich mich schick zurechtmache.“

Mona blieb skeptisch. „Ja, schon. Aber dann gerätst du immer an so doofe Typen, die nur aufs Äußere achten.“

„Ach was, die entdecken dann schon meine inneren Werte.“

Ich lachte, aber in mir zog sich alles zusammen. So richtige innere Werte besaß ich nämlich nicht. Zumindest keine, mit denen man bei Männern punkten konnte. Klar, ich war halbwegs beliebt, half allen Freunden beim Schleppen von Umzugskartons und hatte ein offenes Ohr für jeden, den Rambowsky mal wieder einen Kopf kürzer gemacht hatte. Ich konnte solide Hausmannskost kochen, drei Arten von Muffins backen und besuchte regelmäßig meine Oma, um mit ihr Mühle zu spielen, wobei ich sie immer gewinnen ließ. Was nicht schwer war, weil sie schummelte wie ein Hütchenspielbetrüger am Ballermann. Aber genau das liebte ich an ihr, sie hatte trotz ihrer dreiundachtzig Jahre ein herrlich spitzbübisches Lachen drauf. Mit einer kleinkriminellen Oma und Bananen-Schoko-Muffins lockte man natürlich keinen Mann hinterm Ofen hervor. Das schaffte ich ausschließlich mit meinem Aussehen.

Entschlossen drehte ich die nächste Strähne zu einer weichen Locke und tuschte mir erneut die Wimpern.

Dummerweise hielt Monas Blick mich fest wie ein Schraubstock. „Du weißt, dass das stimmt, oder?“, fragte sie. „Du hast eine Menge innerer Werte und bist für jeden Mann ein toller Fang, selbst wenn du in einem Kartoffelsack herumläufst statt in diesem eng anliegenden Fummel.“

Mein Hals wurde seltsam trocken. Ich räusperte mich, um die Brösel wegzubekommen, die ich plötzlich darin spürte. Dabei hatte ich seit morgens nichts gegessen.

„Ja, natürlich“, behauptete ich und zwang mich zu einem Lächeln. „Ich weiß, dass ich einiges zu bieten habe. Aber mit blonden Locken erkennen das die Jungs trotzdem leichter, die denken nämlich mit den Augen.“

Oder mit einem anderen Körperteil. Für diesen Fall trug ich einen Push-up.

Ich zwinkerte Mona zu und hoffte, dass sie meine Aussage schluckte. Sie war eine tolle Freundin, auf sie konnte ich immer zählen. Und ich liebte ihre Ehrlichkeit. Aber sie war anders als ich. Schlauer. Talentierter. Tausendmal mutiger. Und mehr Tiefgang hatte sie auch. Kein Wunder, dass sich sogar ein Architekt in sie verliebt hatte, als sie über Weihnachten Urlaub in einem kleinen Leuchtturm an der Ostsee gemacht hatte.

„Du, ich muss los", sagte Mona jetzt. „Pass auf dich auf, Jessica, okay? Sei vorsichtig mit Kevin und seinen komischen Geschäftchen."

„Ja, Mama", neckte ich sie, streckte ihr die Zunge heraus und griff zum Rouge.

„Du verrücktes Huhn!" Sie lachte und verschwand.

Als sie weg war, senkte sich eine drückende Stille über den Raum. Ihre Worte schienen nachzuhallen und wie Pingpong-Bälle in meinem Kopf herumzuhüpfen. Mist, das konnte ich jetzt überhaupt nicht brauchen, ich musste mich schleunigst fertigmachen!

Eilig schminkte ich mich mit der rechten Hand fertig, während ich mit der linken die letzte Strähne zu einer verführerischen Locke brutzelte. Anschließend zwängte ich mich in das rote Minikleid, stieg in meine Pumps, verstaute die alten Klamotten im Spind und machte mich auf den Weg.

Die Bar, in der die Feier von Kevins Freund stieg, lag fast um die Ecke. Obwohl ich spät dran war und ich unter meinem dünnen Mantel fror, blieb ich an einem Schaufenster hängen, an dem ich vorbeikam. Es war ein Laden für Fotografiebedarf.

Von der Kamera in der Auslage träumte ich schon so lange wie Mandy aus der Kosmetikabteilung von einer

Begegnung mit Bradley Coopers Sixpack. Ich wollte wetten, die Leica M11 würde sich in meinen Händen hundertmal besser anfühlen als der Traumbody des Hollywoodstars. Und wie wunderschön sie war in ihrem schlichten, klassischen Design!

Allerdings kostete diese Leica M11 dreimal so viel wie mein klappriger Opel Corsa, also würde sie immer ein Traum bleiben. Und meine gebrauchte Nikon D850 verrichtete gute Dienste. Aber man durfte ja träumen. Und wer weiß, vielleicht scheffelte Kevin mit dieser neuen Geschäftsidee so viel Kohle, dass er mir die Leica locker zum Geburtstag schenken konnte.

Beschwingt stöckelte ich weiter. Da ich gleich da sein würde, öffnete ich schon mal meine Mantelknöpfe. Als ich an einem Luxushotel vorbeikam, trat ein Mann aus der Lobby. Irgendwie kam er mir bekannt vor. Na klar, das war der Typ von vorhin, der mich immer *Fräulein* genannt und kaum angesehen hatte! Jetzt jedoch fiel sein Blick auf mich und blieb an mir kleben wie eine Fliege am Honigglas. Der Typ straffte umgehend die Schultern, packte sein charmantestes Lächeln aus und sah mich an, als würde er mich gern auf ein Glas Champagner an der Hotelbar einladen.

„Guten Abend, *Lady in red*“, raunte er mir zu und verlieh seiner Stimme einen vermeintlich sexy Unterton.

Alles klar. Kaum trug ich ein Minikleid, High Heels und blonde Locken, war ich kein gesichtsloser Lakai mehr, sondern eine *Lady*.

Ich reckte mein Kinn nach oben. „Gute Nacht, *Grandpa*“, gab ich zurück und stolzierte eilig weiter, wobei ich vor mich hin grinste.

Das würde ich morgen Mona erzählen! Ein erneuter

Beweis, dass ich als Frau nur dann wahrgenommen wurde, wenn ich mich nett herausputzte, ätsch.

Nach wenigen Metern hatte ich die Bar erreicht und betrat sie. Ein paar Köpfe fuhren herum, ich lächelte selbstbewusst – und freute mich, als Kevin auf mich zuschritt und seine Arme ausbreitete, um mich zu begrüßen.

„Du siehst rattenscharf aus, Babe“, flüsterte er mir ins Ohr. „In dem Kleid bist du der totale Hingucker. Alle Kerle hier beneiden mich, weil mir so ein Hottie gehört. Schafft schließlich nicht jeder!“

Kevin zwinkerte mir zu und legte den Arm um meine Taille. Ich konnte es nicht leiden, wenn er davon sprach, dass ich ihm *gehörte*. Ja, wir waren seit fünf Monaten ein Paar. Aber diese Ausdrucksweise ärgerte mich und das würde ich ihm nach der Party auch sagen.

Jetzt allerdings stellte er mich einigen Freunden vor, drückte mir ein Glas Prosecco in die Hand und ging mit mir schließlich zu einem Tisch, an dem zwei Männer um die fünfzig saßen. Sie hatten ihre Haare nach hinten gegelt, trugen protzige Armbanduhren und teure Anzüge, wie ich sofort erkannte. Doch irgendetwas an ihnen gefiel mir nicht, sie wirkten verschlagen.

„Das sind meine neuen Geschäftsfreunde“, stellte er sie mir vor.

Anschließend gab er mir einen Klaps auf den Hintern. „Und das hier ist Jessy, mein zweitliebster Zeitvertreib nach dem Autofahren.“

„Und dem Autohandeln“, ergänzte einer der schmierigen Gesellen mit hartem Akzent und musterte mich mit unverhohlen lüsternem Blick.

Mir kroch eine Gänsehaut den Rücken hinunter.

Kevin war der Sohn eines zwielichtigen Autohändlers und träumte schon lange davon, richtig groß rauszukommen. Wollten diese schrägen Vögel es ihm ermöglichen? Mir stellte sich bei der Vorstellung das gesamte Gefieder auf.

Da einer der beiden offenbar das Geburtstagskind war, setzte ich aber eine freundliche Miene auf und gratulierte ihm. Ich wollte ein wenig Small Talk betreiben, doch Kevin unterbrach mich.

„Babe, wir haben ein paar ernste Sachen zu besprechen. Das ist nichts für dich. Hol mir lieber noch ein Bier."

Ich starrte ihn an. Ernsthaft? Er schickt mich weg, als wäre ich eine Kellnerin?

Wütend baute ich mich vor ihm auf und holte tief Luft, um ihm mal ordentlich die Meinung zu geigen, doch ich kam nicht zum Reden. Die Herren standen nämlich auf, um in einen Nebenraum zu gehen. Kevin folgte ihnen, ohne auf mich zu achten. „Gut, dann besprechen wir jetzt endlich alles wegen der Polenreise", sagte er zu einem der Kerle. „Das wird eine tolle Tour mit uns dreien."

Wie bitte?

Ich machte ein paar schnelle Schritte auf ihn zu und hielt ihn am Ellbogen fest. „Wieso redest du von *uns dreien*? Was ist denn mit mir?"

Kevin sah mich verständnislos an. „Wieso solltest du mitkommen?"

„Weil wir ein Paar sind! Du hast mir von der Reise erzählt, ich habe extra Urlaub eingetragen. Das habe ich dir doch gesagt!"

Jetzt lachte er einfach los.

„Jessy, du plapperst so viel, da höre ich doch nicht immer zu! Das hier ist eine Geschäftsreise und wichtig für mich. Da kann ich dich nicht brauchen.“

„Ach so!“, zischte ich. „Weil ich nicht wichtig bin, oder was?“

Das Lachen verschwand aus seinem Gesicht. Er verengte die Augen und funkelte mich an. „Hör auf, herumzuzicken. Du bist nett anzuschauen und der Sex mit dir ist okay. Aber das war es auch schon. Und jetzt lass mich in Ruhe.“

Er riss seinen Arm los, den ich immer noch festgehalten hatte, und schüttelte ihn, als wollte er eine lästige Spinne loswerden, die hochgekrabbelt war.

Vollkommen erstarrt blieb ich stehen und sah ihm hinterher. Er lachte fröhlich, klopfte einem der Kerle auf die Schulter, drehte sich nicht nach mir um.

Ließ mich einfach hier stehen, als wäre ich ein verdammtes Möbelstück. Oder eben ein achtbeiniges Krabbelmonster, das man vom Ärmel wischte und nicht mehr darüber nachdachte. Dieser Mistkerl! Ich hatte zwar nur zwei Beine, aber die waren durchaus vorzeigbar. Und eine Kommode, die man in einer Ecke übersah, war ich ebenfalls nicht. Oder trugen Kommoden sexy High Heels und mühsam gebrutzelte Locken?

Mein Hals schnürte sich immer enger zusammen. Mein Mund war trocken, mein Blut rauschte in den Ohren.

Ich kannte dieses verfluchte Gefühl, nicht gut genug zu sein, schon seit vielen Jahren. Und erlebte es tagtäglich bei meinen Kunden, die mich ebenfalls nicht wirklich beachteten. Außer als namenloser Laufbursche, um ihnen neue Hosen, Hemden, Sakkos an die Umkleide zu hängen.

Gott, wie ich das satthatte!

Und wie dämlich ich wieder einmal gewesen war.

Nur mit Mühe gelang es mir, Luft in meine Lungen zu

pressen. Die Blicke der anderen Gäste, die die kleine Szene mitbekommen hatten, lagen auf mir.

Hektisch sah ich mich um, suchte nach einem Loch im Boden, in das ich versinken konnte, um nach Hause zu krabbeln und mich unter der Daunendecke zu verstecken. Aber nicht der kleinste Spalt war zu sehen. Verflixt!

Ich setzte ein Lächeln auf, das meine Coolness demonstrieren sollte, aber wahrscheinlich schwer verrutscht daherkam. Danach warf ich die Haare zurück, reckte das Kinn selbstbewusst nach oben und wollte so tun, als wäre nichts passiert. Krone richten und so. Blöderweise hatte mein hocherhobenes Prinzessinnenhaupt zur Folge, dass ich nicht auf den Boden sah, mit meinen Stilettos an einer Bodendiele hängenblieb – und direkt in eine Gruppe Kerle krachte. Einer fing mich im letzten Moment auf, wobei er völlig zufällig seine Hände gegen meine Brüste presste.

„Da hat aber jemand Temperament, das mag ich“, säuselte er mit einem schmierigen Grinsen. „Und auch noch andere Vorzüge.“ Er starrte mir ungeniert ins Dekolleté, kaum dass ich mich aufgerappelt hatte.

„Blödmann“, fauchte ich, riss mich los und rannte aus der Bar.

Heiße Tränen drängten nach oben, und es gelang mir nicht, alle hinunterzuschlucken. Ich eilte den Gehweg entlang, sah nicht nach rechts und links, fluchte nur ununterbrochen vor mich hin. „Ihr verdammten Bastarde, ich habe euch alle so satt!“, schimpfte ich. „Ihr sollt allesamt die Windpocken kriegen, dazu Haarausfall, Hühneraugen und Sackflöhe. Ja, Horden von Sackflöhen wünsche ich euch!“

Ich hatte zwar keine Ahnung, ob es solche Tiere wirklich gab, aber egal. Männer waren echt das Letzte! Zumindest die, die mir über den Weg liefen. Immer wieder fiel ich auf Idioten herein. Und wieso? Weil ich einfach null Menschenkenntnis hatte. Und den schlechtesten Männergeschmack der Welt.

Meine Gedanken purzelten wild durcheinander, während ich heimlief. Ich hatte Blasen an den Fersen, denn die High Heels waren nicht für lange Spaziergänge gedacht, aber das Gehen half mir, vieles klarer zu sehen.

Als ich endlich daheim angekommen war, kickte ich die Schuhe von den Füßen, schlüpfte aus dem Kleid und warf den Push-up-BH über einen Stuhl. Ich zog mir eine ausgeleierte Jogginghose und einen alten Pulli an, fummelte mir die Kontaktlinsen aus den Augen und fiel aufs Sofa. Ich fühlte mich, als hätte mich ein Lastwagen überfahren.

Verdammt, wieso lief immer alles so schief bei mir? Das hatte ich doch gar nicht verdient!

Ich musste mit jemandem reden. Mit Mona. Schwerfällig stand ich auf, um mein Handy zu holen.

„Ich hasse alle Männer", sagte ich, kaum, dass sie sich gemeldet hatte.

„Ach, Jessica, was ist denn los?" Monas Stimme war warm und weich, es tat gut, sie zu hören.

„Ich bin wieder einmal total blöd gewesen", schimpfte ich über mich selbst und erzählte von dem Abend, während ich in meiner kleinen Wohnung auf und ab tigerte.

„Kevin hatte also nie geplant, dich zu dieser Reise mitzunehmen?", fragte Mona.

„Richtig. Weil ich für ihn nur eine nette Deko bin. Oh Mann, ich habe diese verdammten Kerle so satt! Immer reduzieren die mich nur auf mein Äußeres!"

„Na jaaa", sagte Mona langgezogen. „Ein klein wenig bist du aber auch selber schuld. Immerhin takelst du dich immer auf wie verrückt."

„Aber ich ..." begann ich, hielt aber inne.

Bei meiner Wohnungswanderung war ich beim Spiegel im Flur angekommen. Ich musterte mich. Sah mich mit einem Mal an wie eine Fremde. Meine Lippen waren noch immer knallrot, die Augen dramatisch geschminkt, die Haare mühsam zu Locken gedreht.

Ja, ich war ein Hingucker. Aber für wen? Für den nächsten Idioten, der mich als *sein Hottie* titulierte?

Ich wollte das alles nicht mehr: Diese Hoffnung, die immer wieder zerstört wird. Die Enttäuschung, das gebrochene Herz. Das Gefühl, nicht gut genug zu sein.

Ich wollte generell keinen Typen mehr in meinem Leben!

„Du hast total recht, Mona", sagte ich.

Meine Stimme klang plötzlich ganz anders, fiel mir auf. Tiefer. Ernsthafter. Und wild entschlossen.

„Und ich fange gleich mit der Veränderung an", sagte ich, drehte mich vom Spiegel weg und ging in die Küche. Dort riss ich eine Schublade auf, und da lag sie, meine Eintrittskarte in ein besseres Leben: eine große, leicht angerostete Küchenschere.

2. Scherenschnitte

„Jessy?“ Monas Stimme schrillte aus dem Handy, das ich abgelegt hatte. „Was machst du? Was klappert da so?“

Ich hob das Telefon wieder an mein Ohr. Die Küchenschere hielt ich in der anderen. Langsam und ehrfürchtig bewegte ich mich auf den Spiegel zu. Das war ein wichtiger Schritt und den würde ich würdevoll durchführen.

„Es gibt eine ganz einfache Lösung, damit ich erst gar nicht wieder in die Versuchung komme, mich zu verlieben“, erklärte ich meiner Freundin. „Haare ab, Brille statt Kontaktlinsen, Miniröcke in die Altkleidersammlung. Und ich fange sofort damit an. Wenn ich einen selbst geschnittenen Kurzhaarschnitt habe, schaut mich garantiert kein Mann dieser Welt mehr an.“

Mit wilder Entschlossenheit hob ich die Schere.

„Um Gottes willen, warte!“, dröhnte es aus dem Handy. „Wenn du aussiehst wie eine durchgeknallte Hexe, wirft Rambowsky dich hochkant raus. Dann bist du nicht nur alle Männer los, sondern auch noch deinen Job. Du tust jetzt gar nichts, hörst du? Ich komme zu dir.“

„Aber ich ..."

„Keine Widerrede! Du lässt die Schere liegen. Versprich mir das! Ich bin in einer Viertelstunde bei dir, dann reden wir. Und ich kann dir notfalls helfen, deine Blondmähne zu stutzen. Aber du gehst da nicht selbst ran, verstanden?"

„Okay", nuschelte ich und legte auf.

Mona musste im Nürburgringtempo durch Hannover gerast sein, denn sie klingelte tatsächlich nach einer knappen Viertelstunde bei mir Sturm.

Als ich noch allein gewesen war, hatte ich mich stark gefühlt. Aber jetzt, während Mona mich gleich im Flur umarmte, kämpften sich dämliche Tränen nach oben.

„Dieser blöde Mistkerl", schniefte ich. „Er hat mich einfach da stehen lassen, als wäre ich ein verdammter Kinderhochstuhl!"

„Ein Kinderhochstuhl?", wiederholte sie fragend.

„Ja. So ein Ding, dass in Lokalen immer in der Ecke herumsteht, weil man es nur selten braucht, und das immer ein bisschen bekleckert ist."

Mona sah mich nur an. „Wie kommst du nur auf solche Vergleiche? Das stimmt doch kein bisschen!"

Wir gingen ins Wohnzimmer und setzten uns auf meine alte Couch.

„Ach, Jessy. Es tut mir so leid. Kevin ist einfach ein Bastard. Du trauerst ihm hoffentlich nicht nach, sondern bist wütend, weil er dich so mies behandelt hat. Deine große Liebe war er sowieso nicht, schätze ich."

Ich putzte mir geräuschvoll die Nase.

Liebe. Das war doch nur so ein Wort. Und *die große Liebe* war sowieso eine Erfindung von Netflix-Romanzen oder rosa Romanen mit kitschigen Herzchen auf dem Cover.

Verliebt sein, ja, das kannte ich. Das hatte ich schon oft erlebt. Es war aufregend, ich fühlte mich dann wie eine Prinzessin, konnte nicht schlafen und sah die Welt in bonbonbunten Farben.

Aber diese sagenumwobene und viel besungene wahre Liebe war mir noch nicht über den Weg gelaufen. So richtig glaubte ich nicht daran. Bei anderen Paaren mochte es das geben. Bei Mona und ihrem Kai vielleicht. Aber mal ehrlich – wie viele richtig glücklich Paare gab es? Bei den meisten hing nach kurzer Zeit der Haussegen schief, dann kamen die Enttäuschungen, der Kampf ums Müllraustragen, die Eifersucht und der Streit darüber, ob seine Freunde wirklich jeden Donnerstag im Wohnzimmer lungern, extrascharfes Chili mampfen und die Bude vollpupsen mussten.

Nee, also echt. Darauf konnte ich gerne verzichten.

„Er war nicht meine große Liebe“, sagte ich ruhig. „Die gibt es sowieso nicht für mich. Er war nur ein kleiner, schmieriger Autofuzzi, der mich nicht verdient hat. Und auf so etwas habe ich keine Lust mehr. Gar nicht. Männer können mir gestohlen bleiben.“

„Es sind nicht alle wie Kevin“, sagte Mona warm.

„Alle, die ich treffe, schon. Nein, ich will gar keinen Kerl mehr. Die verarschen einen doch nur. Ich habe extra Urlaub eingetragen, weil ich davon ausgegangen bin, dass ich mit ihm nach Polen fahre. Und nun sitz ich dumm rum. Mich kotzt das alles so an!“

Ich sprang auf, stiefelte in die Küche und holte eine Packung Vanille-Eis aus dem Kühlschrank. Um diese Uhrzeit aß ich sonst nie Kohlehydrate, aber das war jetzt vorbei!

Mona sagte nichts, sondern schien nachzudenken.

Also drückte ich ihr einen Löffel in die Hand und sprudelte weiter.

„Alles Blödsinn mit dem Lowcarb-Zeug und so. Ewig habe ich mir alles Süße verkniffen, bin joggen gegangen, obwohl ich das gar nicht leiden kann. Nur, damit ich in meine engen Outfits passe. Die wandern jetzt alle in den Container!“

Ich schaufelte Eis in mich hinein, schluckte dazu ein paar Tränen hinunter und fühlte mich gleich viel besser.

„Und mit der neuen Frisur fange ich auch gleich an“, rief ich, sprang auf und holte die Schere.

„Halt!“, rief Mona laut.

Sie sah mich an wie Rambowsky, wenn er mir etwas Mörderwichtiges mitteilen wollte. Ihr Blick war so entschlossen und ihre Stimme so hart, dass ich die Schere vor lauter Schreck sinken ließ.

„Du setzt dich jetzt wieder hin, lässt die Schere liegen und löffelst in Ruhe dein Eis. Ich habe nämlich eine Idee“, sagte mein neuer Drill Instructor.

Mona zog ihr Handy hervor.

„Willst du eine Friseurin anheuern, die Hausbesuche macht?“, fragte ich.

Doch sie antwortete nicht. „Du hast ab Montag Urlaub eingetragen, stimmt`s?“, fragte sie stattdessen.

Verwirrt nickte ich. „Ja, für zehn Tage. Weil Kevin gesagt hat, dass er sich auch noch was von der Umgebung anschauen will.“

Bei der Erinnerung an den Mistkerl kochte gleich wieder die Wut in mir hoch. Ich könnte doch wenigstens das Minikleid zerschneiden? In winzigkleine Stücke? Die ich ihm dann in die Tanköffnung seines Angeberschlittens stopfte, damit der Motor verreckte. Oder müsste ich dazu noch Zucker reinschütten? Das konnte ich sicher leicht googeln.

Skeptisch sah Mona auf ihre Armbanduhr. „Hm, es ist zehn. Vielleicht ein bisschen spät, aber ich versuche es trotzdem. Vielleicht ist er noch wach.“

In mir schrillten sämtliche Alarmglocken. Sie wollte einen Mann anrufen? Damit der mich tröstete oder was? Nur über meine Leiche! Dem nächsten Kerl, der in meine Nähe kam und mir auf den Busen starrte, würde ich die Schere in die Weichteile rammen!

„Untersteh dich!“, zischte ich. „Du verschaffst mir jetzt kein Tröste-Date. Ich habe die Schnauze endgültig voll von Typen.“

Doch Mona lachte.

„Ich glaube nicht, dass Hinnerk in dein Beuteschema passen würde. Er ist um die siebzig, hat einen Bart, ein Faible für eingelegte Bratheringe und eine Frau namens Hedi.“

„Hinnerk?“ Ich starrte sie verständnislos an. „Ist das jemand aus diesem Örtchen an der Ostsee, von dem du immer schwärmst, als hätten die dich als Touristenbotschafterin angestellt?“

Sie nickte grinsend. „Ganz genau. Kai und ich waren erst neulich dort und haben ihn besucht. Da hat er gesagt, dass er selten vor elf ins Bett geht. Ich probier‘s jetzt einfach mal. Er verwaltet den Leuchtturm.“

„Himmel, Mona! Was zum Henker soll ich in einem Leuchtturm?“

Ich wollte Mona klarmachen, dass ich nicht das geringste Interesse an einem verschlafenen Ostsee-Nest hätte, doch sie hatte bereits ihr Handy am Ohr.

„Moin, Hinnerk, hier ist Mona. Ich habe dich hoffentlich nicht aufgeweckt?“, hörte ich sie sagen.

„Gut“, sprach sie nach seiner Antwort weiter. „Hör mal, ich habe eine Frage. Du und Hedi, ihr kümmert euch doch um die Wohnung im Leuchtturm. Ist die zufällig nächste Woche frei? Eine liebe Freundin von mir braucht dringend eine Auszeit.“

„Brauche ich nicht!“, widersprach ich lautstark. „Gar nicht! Nur ein neues Outfit, eine dicke Brille und eine Menge Oversize-Pullis!“

Doch Mona beachtete meinen Einwand gar nicht, sondern lauschte ihrem Gesprächspartner.

„Oh, super!“ Sie zwinkerte mir freudig zu. „Ihre Schwester arbeitet sowieso im Reisebüro, die kann das dann buchen. Und du kümmerst dich ein wenig um Jessica?“

Ich schnappte nach Luft. Herrje, ich war doch kein Kleinkind, das einen Babysitter brauchte!

Mona bedankte sich und legte auf, ein breites Grinsen im Gesicht.

War sie von allen guten Geistern verlassen?

„Hast du einen Vogel?“, rief ich. „Was in drei Teufels Namen soll ich denn in einem Leuchtturm?“

„Na, das ist doch klar!“, erwiderte Mona in einem Ton, als würde sie mir erklären, dass der Schnee weiß war.

Sie stand auf, ging zu meinem Sideboard und nahm meine Kamera in die Hand. Mit der Nikon kam sie zurück und legte sie auf den Couchtisch.

„Fotografieren sollst du dort“, sagte sie. „Du bist doch Spezialistin für ungewöhnliche Bilder. War da nicht dieser Traum einer eigenen Ausstellung? Sogar einen Titel hast du dir schon ausgedacht. *The other side of things you know*. Richtig?“

„Dein Elefantengedächtnis macht mir manchmal Angst“, gab ich zurück.

Vor einigen Wochen hatte ich mit Mona herumgealbert, eine Flasche Aperol Spritz geleert und Wolkenschlösser gebaut. Neben dem völlig verrückten Hirngespinst von einem Ehemann samt Haus, Familie und Golden Retriever war da auch diese Sache mit meinen Fotografien gewesen. Ich liebte es, ungewöhnliche Motive abzulichten. Das neue Rathaus von Hannover knipste jeder Tourist. Doch ich suchte stets nach verborgenen Ecken, nach abgeschabten Kanten, nach Rissen im perfekten Schein. Ich liebte es, die Stadt als Reflexion in Regenpfützen abzulichten. Ich hatte ein Auge für die Schönheit im Kleinen, den Zauber des Alltäglichen. Deshalb hingen an meinen Wänden Fotografien von einer heruntergefallenen Eiswaffel auf dem Asphalt. Von einer mittelgrauen Taube, die im hellgrauen Nebel über ein dunkelgraues Bürogebäude segelte. Von einem Bushäuschen mit halb heruntergerissenen Plakaten, dessen Kratzer in der Plexiglasscheibe durch die Abendsonne aufleuchteten.

„Du hast in Möwenitz die besten Motive, die man sich nur vorstellen kann“, sagte Mona. „Jetzt im März sind da noch keine Touristen. Und auch kein strahlender Sonnenschein, den du ja bekanntlich nicht magst zum Fotografieren.“

„Was du alles weißt über mich!“, maulte ich verwundert. „Aber trotzdem – ich allein im Leuchtturm?“

Das konnte ich mir nicht vorstellen. Mit Lesen hatte ich nur selten etwas am Hut, mit Sockenstricken noch viel weniger. Was sollte ich dort den lieben langen Tag tun?

„Der Ausblick ist der Hammer“, legte Mona nach. „Du bist auf einer Landzunge, hast Fenster rundherum. Bist mitten in den Wolken. Und vor dir die raue Ostsee. Also echt, Jessy, andere Fotografen würden garantiert morden für so eine Chance!“

Ich neigte meinen Kopf. „Sag mal, was zahlen die dir für diese Werbung? Kriegst du pro Tag ein Krabbenbrötchen umsonst, wenn du dort bist? Pro neu geworbenen Gast?“

Sie lachte und schüttelte den Kopf. „Ich wette, es wird dir dort gefallen. Wirklich! So eine Auszeit kann Wunder wirken.“

Noch immer war ich skeptisch. „Und dieser Hinnerk hat ganz sicher keinen Sohn, den du mir andrehen willst?“

„Großes Indianerehrenwort“, schwor sie. „Ich will dir niemanden vermitteln. Ganz im Gegenteil. Ich finde, du musst mal zu dir selbst finden. Und das geht an der wilden Ostsee ganz hervorragend.“

„Jetzt klingst du wie ein Seelenklempner“, murmelte ich.

„Den brauchst du nicht. Alles, was du nötig hast, ist eine Auszeit. Einen Tapetenwechsel. Und unglaubliche Fotomotive. Du wirst mir noch die Füße küssen, wenn du zurückkommst, stundenlang!“

„Darauf würde ich nicht wetten.“

„Ich schon“, verkündete sie überzeugt. „Falls es dir dort nicht gefällt, backe ich dir einen Mohnzopf, obwohl mich Hefeteig immer an den Rand des Wahnsinns treibt. Außerdem lade ich dich ins *Heureka Tokyo* ein, färbe mir die Haare rot und sage Rambowsky, dass sein neues Parfüm unerträglich ist.“

„Zwei Mohnzöpfe“, handelte ich sie hoch. „Und du musst Gyros Sushi essen. Mit Knoblauch-Wasabi.“

Das *Heureka Tokyo* war der neuste Schrei unter den In-

Lokalen von Hannover. Sie kombinierten dort griechische und japanische Küche, waren immer ausgebucht und schweineteuer. Und das süße Aftershave von unserem Radetzky war tatsächlich unerträglich.

„Meinetwegen sogar Moussaka mit Udon Nudeln und Pak Choi.“ Mona schüttelte sich vor gespieltem Ekel. „Ich tue alles, um dich zu überzeugen, dass du im Leuchtturm die Fotografen-Zeit deines Lebens haben wirst.“

„Du bist immer so herrlich undramatisch“, seufzte ich und nickte. „Also gut. Wenn dein Seelenfrieden davon abhängt, fahre ich eben nach Möwenitz und knipse ein paar Silbermöwen.“

Mona klatschte in die Hände und strahlte. „Wunderbar! Lass deine Kontaktlinsen daheim, die Miniröcke im Schrank und vergiss die Schere. Du wirst sowieso in einer warmen Jacke versteckt sein und eine Mütze über die Ohren ziehen müssen. Und wahrscheinlich keiner Menschenseele begegnen.“

„Auch keinem Kerl?“, hakte ich schmunzelnd nach.

„Ganz besonders keinem Kerl! Die treiben sich da doch überhaupt nicht herum. Es wird ein komplett ruhiger, sorgenfreier, total aufregungsloser Urlaub werden, das spüre ich!“

3. Wolkenzauber

Die Scheibenwischer bewegten sich im Takt zu einem Radiosong, als ich am Montagnachmittag in Richtung Ostsee unterwegs war. Seltsamerweise war es eine Nummer, die ich vor Jahren in Endlosschleife gehört hatte: *New Soul* von Yael Naim. Ich lauschte dem Text eine Weile. Irgendwie passte das Lied zu meiner Situation, ich war jetzt auch eine neue Seele, brach in eine unbekannte Welt auf. Und hatte, genau wie im Lied beschrieben, bisher wahrscheinlich jeden möglichen Fehler gemacht.

Aber damit war jetzt Schluss. Keine Männer mehr, keine Fehler, keine Enttäuschung. Easy! Darauf hätte ich viel eher kommen sollen.

Kurz nach Hamburg hatte Nieselregen eingesetzt, graue Wolken hingen träge am Himmel herum, die Märzsonne hatte heute offenbar keine Lust gehabt, aus ihrem Daunenbett zu kriechen.

Ich hatte damit kein Problem. Der Frühling ließ sich noch Zeit damit, die Natur aufzuwecken und überall bunte Farbkleckse zu verteilen. Das hatte den Vorteil, dass weniger Menschen sich zu Ausflügen oder langen Spaziergängen hinreißen ließen. Konnte mir also nur recht sein.

Meine Schwester Inga, die im Reisebüro arbeitete und den Leuchtturm damals auch an Mona vermietet hatte, war mehr als überrascht gewesen, dass ich dort hinwollte.

„Du willst allen Ernstes in ein Kaff fahren, wo es weder schicke Clubs noch Cocktailbars oder Einkaufszentren gibt?“, hatte sie gefragt, als ich ihr davon erzählte.

„Yes. Genau das will ich.“

Von Kevin hatte sie nie viel gehalten, deshalb hatte die Nachricht von unserer Trennung sie nicht übermäßig entsetzt. Dieser ominöse Hinnerk, der als eine Art Verwalter fungierte, hatte offenbar einen Freundschaftspreis ins System eingegeben. Jedenfalls belastete der Urlaub meinen mageren Kontostand nicht allzu sehr, das war praktisch.

Nun war ich also unterwegs nach Möwenitz. Und konnte es selbst kaum glauben. Wahrscheinlich würde ich nach spätestens drei Tagen die Krise kriegen und mich nach dem Großstadtlärm sehnen. Würde ich überhaupt schlafen können ohne vorbeirauschende Autos, grölende Kneipengänger und dem regelmäßigen Jaulen eines Krankenwagens, der in die nahe Klinik raste? An all diese Geräusche war ich seit über dreißig Jahren gewöhnt. Und ich hatte keinen Schimmer, ob ich mit der Stille eines einsamen Leuchtturms klarkommen würde.

Nun ja. Wenn es wirklich so unerträglich war, konnte ich einfach nach den ersten Tagen einen heimlichen Abgang machen. Musste ich Mona ja nicht auf die Nase binden, die würde mir sonst die Hölle heißmachen. Falls ich mich dort in der Einsamkeit null erholen konnte – was durchaus realistisch war – würde ich still und leise abreisen, mich zu Hause in der Wohnung verstecken, mir einen Wellnesstag im Schwimmbad gönnen und schließlich an die Arbeit zurückkehren, um von der tollen Zeit in Möwenitz zu schwärmen.

Oder so ähnlich.

„Echt kein schlechter Plan“, murmelte ich vor mich hin und drehte das Radio lauter, weil jetzt das herrlich melancholische *I still haven't found what I'm looking for* lief. Ich sang mehr schlecht als recht mit, weil ich nur den Refrain auswendig konnte. Beim Rest musste ich summen. Ich bog von der Bundesstraße ab und fuhr jetzt auf einer kleinen Küstenstraße.

Als die letzten Takte verklangen, rief ich dem U2-Sänger fröhlich zu: „Schau, Bono, ich hab dir was voraus! Ich habe nämlich gefunden, was ich suche.“

Zumindest, was die Geografie anging. Bei meinem Leben hingegen fehlte mir das große Ziel, auf das ich zusteuern wollte. Aber Möwenitz hatte ich gefunden, das stand schon mal fest. Ich passierte nämlich soeben das Ortsschild.

Als wollte mich das Wetter auf besonders gastfreundliche Weise begrüßen, hörte der Nieselregen auf. Ich bog ein paar Mal ab, dann befand ich mich auf der kleinen Straße, die in einen Schotterweg überging und direkt zum Leuchtturm führte, genau wie von Mona beschrieben.

Und da war er auch schon!

Mein Herz klopfte mit einem Mal wie wild, als ich ihn sah. Ich nahm den Fuß vom Gas und ließ meinen alten Corsa am Straßenrand ausrollen.

War das wirklich echt? Der Anblick war atemberaubend. Obwohl ich noch hundert Meter zu fahren hatte, würgte ich den Motor ab und stieg aus.

Meine Hände zitterten leicht, keine Ahnung, wieso. Doch – eine kleine Ahnung hatte ich: So ein Panorama hatte ich noch nie gesehen.

Auf Postkarten oder in Bildbänden war ich natürlich schon oft über stolze Leuchttürme gestolpert. Die glänzten dann im goldenen Abendlicht über sanften Dünen. Oder sie lockten im strahlenden Sonnenschein fröhliche Radfahrer zu einem Halt an ihren rot-weißen Ringen an.

Dieser Leuchtturm jedoch hüllte sich in unscheinbares Grau. Er hatte sich einen matten Mantel übergeworfen und strebte offenbar an, mit dem Hintergrund zu verschmelzen. Sogar eine dunkle Regenwolke hatte er überreden können, sich direkt hinter ihm aufzubauschen, sodass er darin fast verschwand. Der Himmel zeigte fünfzig Schattierungen von Grau, die Felsen der Landzunge passten sich farblich an, selbst das Gras neben meinen Füßen war irgendwie farblos. Es war, als hätte die Natur beschlossen, für den ersten Eindruck einen Schwarz-weiß-Filter über sich zu legen und ausschließlich mit Abstufungen von nebelgrau, Felsanthrazit, Gewitterwolkendüster und Möwensilber zu punkten.

Ich fand es absolut grandios!

Staunend stand ich vor dem Panorama und konnte mich nicht entscheiden, ob ich die geheimnisvoll dunkle Ostsee bewundern, den Zug der Wolken am Himmel beobachten oder mich an der matten Eleganz des in Grau gehüllten Leuchtturms erfreuen sollte. Ich hörte das Donnern der Wellen gegen die Steilküste, die heiseren Schreie der Möwen. Eine Gänsehaut kletterte meinen Rücken hinab. Eisiger Wind blies mir ins Gesicht, Haarsträhnen wirbelten herum, mir war kalt. Aber ich konnte mich von diesem sensationellen Anblick einfach nicht lösen.

Auch wenn ich fror wie ein Schneider, weil ich zum Autofahren meine Jacke ausgezogen hatte: Ich musste das Bild festhalten! Eilig kramte ich auf dem Rücksitz nach meinem Kamerakoffer, zog meine Nikon heraus und schoss eine Handvoll Fotos.

„Ist auch bei Schietwetter schön, nicht wahr?“, rief eine Stimme hinter mir.

Vor Schreck ließ ich fast die Kamera fallen. Ich fuhr herum und erkannte einen Mann im Wollmantel, mit robusten Winterstiefeln und einer Fellkappe auf dem Kopf. Sein struppiger, grauer Seeräuberbart verdeckte fast das gesamte Gesicht, nur die hellblauen Augen blitzten hervor. Dazu ein fröhliches Lächeln.

„Moin“, sagte er. „Ich bin Hinnerk. Du musst die Freundin von Mona sein, sie hat dich angekündigt. Schön bei uns, oder?“

Ich nickte. „Wunderschön! Diese Stimmung ist der Hammer, ich liebe so etwas. Ich bin Jessica, guten Tag.“

Er drückte meine Hand, die ich ihm entgegenstreckte, so fest, dass mir alle Finger wehtaten. Aber sein Lächeln entschädigte locker dafür.

„Ich war gerade auf meiner üblichen Runde“, erklärte er mir. „Bin bei jedem Wetter draußen, das hält fit. Da habe ich dein Auto gesehen und dachte, ich komme her und zeig dir alles.“

„Oh, das ist aber nett!“, freute ich mich.

„Ja, so sind wir hier in Möwenitz. Na ja, nicht zu allen. Aber Freunde von Mona sind auch meine Freunde.“ Er zwinkerte mir zu.

Ich mochte den alten Herrn auf Anhieb. Wenn er der einzige Mann blieb, den ich hier traf, würde das vielleicht doch noch ein Traumurlaub werden.

„Fahr deinen Porsche nach vorne zum Turm“, sagte er schmunzelnd. „Ich komme hin.“

„Aye, aye, Käpt’n!“ Ich lachte gut gelaunt und stieg in meinen Boliden.

Einige Minuten später stand Hinnerk vor dem Leuchtturm und deutete auf die Umgebung. „Wir sind hier so ziemlich der einzige Ort, der keinen kilometerlangen Sandstrand mit lustig bunten Strandkörben hat, sondern Felsen und einen Haufen Steine am Strand. Nur dort drüben gibt es ein Stück typischen Ostseestrand. Hat den Vorteil, dass die Touristen uns zum größten Teil in Ruhe lassen. Die beschweren sich in Nienhagen sogar, dass der Hundestrand steinig ist! Hier werden die nicht glücklich, das ist uns nur recht. Dafür freuen wir uns über Ausnahmen wie dich.“

„Passt perfekt! Ich bin nämlich heilfroh, wenn ich nicht ständig Horden von Urlaubern über den Weg laufe. Außerdem gefällt mir genau das Raue hier. So ein ewiglanger Sandstrand kann doch ganz schön langweilig sein.“

„Ich sehe, wir verstehen uns!“ Hinnerk nickte zufrieden und schloss die Holztür des Turms auf. Wir betraten ihn. „Da hinten geht es in den Anbau, dort hast du dein Schlafzimmer, das Bad und die Kombüse.“

Grinsend deutete er nach links. „Aber jetzt gehen wir erst mal nach oben.“

Puh, die Wendeltreppe sah aus, als würde sie zu Petrus persönlich führen. Aber da Hinnerk so forsch voranschritt, stieg auch ich schleunigst die Treppe hinauf. Oben angekommen blieb mir keine Zeit, richtig durchzuatmen, denn der Ausblick von hier war phänomenal.

„Wow“, flüsterte ich und machte ein paar Schritte auf die Fenster zu. „Das ist der Wahnsinn! Jetzt verstehe ich, was Mona meinte. Man ist wirklich mitten im Himmel.

Und über dem Meer. Und ganz nah an den Wolken dran. Schau, da fliegt eine Möwe! Ich muss sofort meine Kamera holen!"

„Mach mal langsam, min Deern!" Hinnerk hob die Hände, um mich auszubremsen. „Hier gehen die Uhren anders als bei dir in der Stadt. Es läuft nichts davon. Du kochst dir jetzt erst mal einen schönen Tee und knabberst ein paar Kekse, die auf deinem Küchentisch liegen. Sind von Hedi, meiner Frau."

Ich riss die Augen auf. „Du hast mir selbstgebackene Kekse gebracht?"

„Mona hat gesagt, ich soll nach dir sehen. Also habe ich dir das Notwendigste in den Kühlschrank und in die Küche gestellt. Da gehören Kekse dazu, Tee ist sowieso immer da."

Verwundert sah ich den alten Mann an. Er trug immer noch seine Fellmütze mit den Ohrenklappen, sein Bart sah kratzig aus und sein Mantel roch ein wenig nach Mottenkugeln – aber ich hätte ihn am liebsten umarmt. Dank seiner herzlichen Begrüßung fühlte ich mich sofort willkommen hier in Möwenitz und in meinem Turm.

Hinnerk erzählte mir einiges über den Ort und zeigte mir von oben einen tollen Wanderweg an der Küste entlang. Mir fiel es schwer, meine Augen hin und wieder auf ihn zu richten, denn mein Blick hatte sich mit dem stärksten Kleber aller Zeiten am Panorama festgeheftet.

Als Hinnerk das bemerkte, grinste er nur breit und zwinkerte mir zu. „Du wirst dich hier wohlfühlen, keine Frage. Eigentlich wäre die Wohnung für zwei Wochen vermietet gewesen, aber das Pärchen musste schon nach ein paar Tagen abreisen. Notfall in der Arbeit. So ein Unsinn! Wegen irgendeines Tüdelkrams lässt man doch den Urlaub hier nicht sausen.“ Er verdrehte die Augen.

„Da hatte ich ja richtig Glück, dass die solche Workaholics sind“, sagte ich.

Er strich sich über den Seebärenbart. „Glück? Ach, weißt du, manchmal ist das einfach Schicksal. So wie die Doppelbuchung bei Mona und Kai.“

„Hm“, machte ich. An solche Dinge glaubte ich ebenso wenig wie an die Existenz von Heinzelmännchen, die nachts meine Küche blitzblank wienerten, wenn ich ihnen nur ein Schälchen Tiramisu in den Flur stellte.

Weil Hinnerk interessiert meinen Fotokoffer musterte und generell so ein freundlicher Kobold war, wollte ich ihm aber nicht widersprechen.

„Wenn es das Schicksal richtig gut meint mit mir“, sagte ich leichthin, „verschafft es mir hier an der Ostsee so tolle Fotos, dass es doch irgendwann klappt mit einer eigenen Ausstellung.“

Überrascht sah er auf. „Das ist dein Traum?“

Ich zuckte die Schultern. „Glaub schon, ja.“

Er lächelt weise und gluckste ein wenig. „Wer weiß, vielleicht hilft Möwenitz dir dabei, ein paar Träume wahr werden zu lassen. Soll alles schon vorgekommen sein.“

„Ach, einer würde mir schon reichen“, sagte ich munter.

„Sei nicht so bescheiden, min Deern. Du bist jemand mit dem Herzen am rechten Fleck, das kann ich spüren. Also mach deine Wünsche nicht so klein, du hast verdient, glücklich zu sein.“ Er lachte und seine blauen Augen blitzten.

Der alte Herr war wirklich süß.

„Lieb von dir“, sagte ich. „Aber momentan bin ich einfach nur froh, meine Ruhe zu haben und über ein paar Dinge in meinem Leben nachdenken zu können.“

„Dafür bist du genau am richtigen Ort, glaub mir das."

Er führte mich nach unten, zeigte mir die restlichen Räume und die kleine Küche. Der Kühlschrank war gut gefüllt und die versprochenen Kekse sahen phantastisch aus.

Ich biss gleich mal in einen hinein. Die schmeckten genau wie die, die meine Oma früher oft gebacken hatte. Ich schloss kurz die Augen, gab mich ein paar süßen Erinnerungen hin und strahlte Hinnerk schließlich an. „Oh Mann, sind die gut! Sag deiner Frau meinen besten Dank."

„Ich denke gar nicht dran!", gab er zurück.

Als er meinen entsetzten Blick sah, brach er in Lachen aus. „Das machst du schön selbst! Du kommst einfach mal vorbei auf einen schönen Tee. Hedi freut sich immer über Besuch und jemanden zum Klönen."

„Mach ich!", versprach ich.

„Gut. Dann mache ich mich mal wieder auf den Weg. Melde dich, wenn du was brauchst. Meine Nummer steht am Kühlschrank."

Er tippte sich mit dem Finger gegen die Mütze und verschwand.

Ich lud meine Sachen aus dem Auto, packte auf die Schnelle ein wenig aus und stürmte anschließend wieder nach oben. Noch mehr dunkle Wolken schoben sich mir entgegen, als wollten sie mich begrüßen. Oder aber, als wäre ich ein neues Tier im Zoo und sie wären Besucher, die näher an meinen gläsernen Käfig heranrückten, um mich genau zu mustern. Bei der Vorstellung musste ich schmunzeln. Manchmal spielte meine Phantasie mir wirklich Streiche.

Ob man nach draußen gehen konnte? Vom Auto aus hatte ich gesehen, dass es einen schmalen Balkon gab, der unterhalb des Wohnzimmers rund um den Turm führte. Also nahm ich die Treppe und fand nach ein paar Stufen tatsächlich eine schmale Tür, die mir vorher gar nicht aufgefallen war. Sie knarzte widerwillig, als ich sie aufdrückte. Tatsächlich, ich stand jetzt direkt über dem Meer.

Sofort rannte ich los, um meine Kamera und das Stativ zu holen. Diesen Anblick musste ich einfach einfangen! Einzelne Sonnenstrahlen kämpften sich durch die Wolkenberge und beleuchteten die Szenerie auf geradezu surreale Art. Die Ostsee unter mir schlug aufbrausend eine Welle nach der anderen, donnerte gegen die Küste und benetzte meine Wangen mit einzelnen salzigen Tropfen. Es war einfach wunderbar.

Mit geübtem Griff befestigte ich die Nikon auf dem Stativ und richtete sie ein. Mit einer niedrigen ISO-Zahl stellte ich sicher, dass kein unerwünschtes Bildrauschen meine Aufnahme störte. Wie von selbst glitt mein Finger auf das Tastenkreuz meiner Kamera, passte den Weißabgleich an und kontrollierte die Belichtung. Ich brauchte eine hohe Blendenzahl, um sowohl die wilden Wellen im Vordergrund als auch die geheimnisvollen Wolken am Horizont scharf abzulichten.

Der Wind peitschte mir Haarsträhnen ins Gesicht, aber ich ließ mich nicht ablenken. Konzentriert stellte ich die restlichen Komponenten ein. Dann ein letzter Kontrollblick – und ich drückte den Auslöser. Das vertraute Klicken, als der Verschluss sich öffnete, ließ mein Herz schneller schlagen.

Würde es mir gelingen, das Spiel der Grauschattierungen, den Kontrast zwischen Sonnenstrahlen und dunklen Wolken, die Rauheit der Ostsee perfekt einzufangen?

Zögernd sah ich auf das Display der Kamera. Ein

Schauer kroch meinen Rücken hinab. Ja, das Bild hatte diesen besonderen Moment erfasst! Ein winziger Anflug von Stolz erfasste mich. Natürlich war es keine große Kunst, eine Kamera richtig einzustellen und eine Landschaftsaufnahme zu knipsen. Aber das Foto war anders als die üblichen fröhlichen Sonnenbilder von Ostseestränden und Strandkorbglück. Es zeigte einen kleinen Einblick in die raue Seele von Möwenitz, und das gefiel mir.

Morgen würde ich versuchen, den Leuchtturm in seinem grauen Mantel einzufangen. Oder mich an kleine Details wagen, an Steine im flachen Wasser, badende Möwen, an einen Tropfen, der am Geländer des Balkons hier am Turm hinunterlief.

Mona hatte recht gehabt, es war ein wunderbarer Ort für mich, um mich abzulenken von den dämlichen Männern und mich mit mir und meinem Hobby zu beschäftigen. Ich würde sie später anrufen, um ihr zu danken.

Erst einmal hatte ich aber Hunger. Ich ging wieder nach drinnen, legte Kamera und Stativ oben im Wohnzimmer ab, stieg anschließend die Treppe hinunter, um mir in der Küche etwas zwischen die Kiemen zu schieben. Die Versuchung, mich mit Hedis wunderbaren mürben Keksen samt Marmeladenfüllung vollzustopfen, war groß. Aber ich rief mich zur Vernunft und suchte mir aus dem Kühlschrank lieber Salat, Gurken und Tomaten zusammen, um mir mit dem ebenfalls von Hinnerk bereitgestellten groben Vollkornbrot und sahnigem Käse ein Sandwich zu basteln.

Mann, schmeckte das gut!

Ich stellte den Teller und ein Glas Wasser aufs Tablett, um alles nach oben zu tragen, weil ich mich von dem grandiosen Ausblick nicht länger, als unbedingt notwendig entfernen wollte.

Kaum hatte ich den letzten Krümel verdrückt, wartete ein spektakulärer Sonnenuntergang auf mich. Aber nicht, weil die Sonne wie ein orangener Ball in der Ostsee versank oder der Himmel rosarot explodierte. Sondern, weil es ein wundervoll bescheidener, fast schüchterner Sonnenuntergang war. Da war keine Sonne, die in die Welt hinausschrie: „Seht alle her, ich ziehe mir jetzt mein schönstes Kleid über und mache ein Spektakel aus meinem Abgang." Stattdessen beobachtete ich eine ruhige, in sich gekehrte Sonne, die sich am liebsten heimlich aus dem Tag stahl und deshalb die Wolken überredete, sich vor ihr aufzubauschen, damit sie still und leise in ihr Federbett schlüpfen konnte.

Ganz ohne Zuschauer schaffte sie es jedoch nicht, denn meine Freundin Nikon und ich standen bereit, um ihr heimliches Davonstehlen festzuhalten.

„Keine Angst, wir zeigen es niemandem. Leg dich beruhigt schlafen", flüsterte ich der Sonne verständnisvoll zu, als ihre letzten Strahlen die Wolken von hinten anleuchteten und ihnen magischen Glanz verliehen, während das Meer im Vordergrund sich bis zur Nase in eine dunkelgraue Samtdecke hüllte.

Die Nikon ließ ihren Verschluss verschwörerisch klicken. Einmal, zweimal, dreimal.

Dann winkte ich der Sonne zum Abschied zu, ging mit meiner Ausrüstung wieder nach drinnen und war mir sicher, nicht alle Tassen im Schrank zu haben. Herrje, wenn mir jemand zugehört hatte, würde er mich sofort abholen und einliefern lassen! Welcher normale Mensch unterhielt sich mit einer untergehenden Sonne?

Ach egal. Ich rief im Display die Bilder auf – und hielt die Luft an. Jeder andere würde solche Aufnahmen wahrscheinlich stinklangweilig finden, weil der übliche rotgoldene Ball natürlich weit aufregender daherkam. Aber mir gefiel genau diese stille, leise Komposition der Farben und Lichtspiele. Und außer mir würde diese Fotos sowieso niemand sehen, denn für eine Ausstellung taugten solche Bilder ohne große *Message* und ohne das Besondere sowieso nicht.

Zufrieden ließ ich mich auf das Sofa im Wohnzimmer fallen, studierte eine Weile den jetzt dunklen Himmel, der aus jedem der Fenster etwas anders aussah – und griff schließlich zum Telefon.

Mona ging sofort ran.

„Es ist ein Traum!“, schwärmte ich gleich los und hörte sie lachen.

„Glaub einer alten Freundin einfach mal was! Hast du schon erste Bilder gemacht? Schick mir doch welche.“

„Morgen kriegst du Fotos. Ich muss erst alles einrichten. Hinnerk habe ich auch schon kennengelernt. Ich muss ihn unbedingt bald besuchen und ihm das bezahlen, was er mir alles in den Kühlschrank gestellt hat. Dachte er, ich komme komplett verhungert hier an?“

„Er ist eben freundlich. So wie alle dort. Aber schau ruhig bei ihm vorbei, er und seine Frau sind irrsinnig liebe Menschen.“

„Mach ich“, versprach ich und biss von einem weiteren Keks ab. Wenn ich wieder in Hannover war, würde ich in kein einziges Minikleid mehr passen, aber das war schnurzegal. Und es fühlte sich verdammt gut an, dass mir das so egal war!

„Weißt du“, sagte ich sinnierend, „du hattest wirklich recht. Diese Auszeit hier tut mir gut. Vielleicht hatte ich genau das gebraucht: Zeit für mich ganz alleine. Niemanden sehen müssen, mit keiner Menschenseele reden, wenn ich nicht will. Keinem Kunden irgendwelche Sakkos andrehen, sich für niemanden schminken, kämmen, nett anziehen."

„So eine Zeit im Leuchtturm kann jeder gut gebrauchen." Monas Stimme war ernst geworden. „Aber du besonders. Vielleicht lernst du etwas Neues über dich selbst."

Ich nickte, auch wenn sie das natürlich nicht sehen konnte.

„Erst hatte ich Angst, dass ich hier gar nicht schlafen kann, weil mir der Lärm der Stadt fehlt. Aber es ist gar nicht unangenehm ruhig, ich habe vorhin extra gelauscht. Ich höre das Meer oder bilde es mir zumindest ein. Der Wind bläst gegen die Fenster, es knackt immer mal wieder. Und sogar Möwen höre ich manchmal schreien."

„Klingt besser als die Sirenen der Krankenwagen, die in deiner Wohnung die Wände erzittern lassen, oder?" Sie lächelte, das konnte ich hören.

„Viel besser!" Ich lächelte ebenfalls, lehnte meinen Kopf an den Sofarücken und atmete tief durch. „Ich bin glücklich, eine Freundin wie dich zu haben, Mona. Mehr brauche ich nicht. Ist sowieso viel mehr wert als jeder Mann."

„Du willst dauerhaft ohne Männer leben?"

„Klar. Ist viel entspannter. In jeder Hinsicht. Kontaktlinsen können nämlich manchmal die Hölle sein, von High Heels ganz zu schweigen. Außerdem kann ich ohne Reue Kekse futtern!"

Zur Bestätigung biss ich erneut ab und kaute so laut, dass Mona es mitbekam.

Sie lachte fröhlich. „Gute Argumentation! Mal sehen,

ob du das wirklich durchhältst."

„Klar. Hier in Möwenitz kann ich wunderbar damit starten. Da laufen garantiert keine Männer in meinem Alter herum, passt also. Morgen mache ich erst mal einen langen Küstenspaziergang. Hinnerk hat mir einen schönen Weg gezeigt, da kommt man sogar runter an den Strand. Ich werde mich richtig warm einpacken und losstapfen."

„Ganz ohne Minikleid?", neckte sie mich.

Ich lachte. „Oh ja. Dafür mit dicker Brille, Pudelmütze und meiner wärmsten Daunenjacke, in der ich aussehe wie das Michelin-Männchen persönlich."

„Perfekt! Ich wünsche dir ganz viel Spaß. Aber pass auf, Möwenitz ist für manche Überraschung gut."

„Mach ich!", versprach ich gut gelaunt und legte auf.

Überraschungen hier im verschlafenen Küstenort? Ich schmunzelte. Darunter konnte ich mir allenfalls vorstellen, dass jemand auf die unfassbare Idee kam, sein Matjesbrötchen mit thailändischem Chilisenf zu würzen, aber sonst nichts!

4. Kammi-Katze am Strand

Als ich am nächsten Tag aus dem Schlafzimmerfenster sah, blinzelte mir die Morgensonne kurz entgegen, versteckte sich aber wie ein schüchternes Kindergartenkind eilig hinter ihren Wolkenfreunden.

„Guten Morgen, Sonnenschein“, trällerte ich einen uralten Hit vor mich hin, den meine Mutter gern gehört hatte.

Noch vor dem ersten Kaffee rannte ich nach oben, um das Panorama zu bestaunen. Den Wellen nach zu urteilen, blies auch heute eine steife Brise über die Ostsee, ich würde mich also dick einmummeln müssen.

Und genau das tat ich auch, als ich eine Stunde später zwei Tassen Kaffee inhaliert und einen Joghurt gelöffelt hatte. Ich schlüpfte in meine wattierten Jeans und einen Wollpulli, in eine uralte, unförmige Winterjacke und in klobige Stiefel. Fehlte nur noch die Mütze mit Bommel, die ich mir jetzt über den Kopf zog. Doch weil die Winterjacke einen hohen Kragen hatte, rutschte mir die Mütze schnell wieder hoch.

„Warte nur, ich krieg das hin“, kündigte ich der Mütze an und machte mir langsam echt Gedanken, ob es normal war, sich mit allen möglichen Dingen zu unterhalten.

Mit einem Zopfgummi band ich meine Haare zu einem Dutt und stülpte die Mütze darüber, die dadurch mehr Halt hatte und nicht mehr verrutschte.

„Bravo!“, lobte ich mich selbst, rückte mir die Brille auf der Nase zurecht und verließ das Haus.

Als ich an meinem Corsa vorbeikam und mein Spiegelbild in der Scheibe sah, grinste ich. Ich sah aus wie eine Vogelscheuche mit Brille. Wahrscheinlich würden sämtliche Möwen der Ostsee Reißaus nehmen und sich nach Juist oder Sylt verdrücken.

Während ich den Küstenweg entlangmarschierte, überlegte ich, wann ich zum letzten Mal ungeschminkt aus dem Haus gegangen war. Vor fünf Jahren, als ich nach einer angesagten Lauchzwiebel-Rosenkohl-Quittensaft-Diät so Magendrücken gehabt hatte, dass ich zur Apotheke an der Ecke gerannt war, um mir eine Familienflasche Iberogast zu kaufen? Oder damals, als ich diese angepriesene Lehmmaske gegen Hautunreinheiten verwendet hatte und leider dabei eingeschlafen war? Hui, ich hatte so rubbeln müssen, um das Zeug wieder abzukriegen, dass mein Gesicht die Farbe reifer Erdbeeren angenommen hatte. Aber wenn ich mich recht erinnerte, hatte ich trotzdem schnell die Wimpern getuscht, als eine Stunde später der Heizungsableser geklingelt hatte.

Bei diesen Erinnerungen grinste ich. Hach, das lag alles hinter mir! Das war die *alte* Jessica gewesen. Die, der die Meinung anderer so verflucht wichtig gewesen war und die immer wie aus dem Ei gepellt aussehen hatte müssen. Die *neue* Jessica jedoch konnte megaentspannt in diesem

Michelin-Mäntelchen und total ungeschminkt herumspazieren, weil es sie nullkommanull interessierte, was die Eiderenten und Silbermöwen über sie dachten. Jawohl.

Selbst wenn sie Hinnerk begegnete, würde die *neue* Jessica nicht mit der ungeschminkten Wimper zucken, sondern sich daran erfreuen, dass sie quasi mit ihm im Partnerlook daherkam.

Vor mich hin summend stapfte ich den Küstenweg entlang, ließ mir den Wind um die Nase blasen und sog die klare Luft tief in meine Lungen ein.

Der Weg führte steil nach unten, bald kam ich an einem zerklüfteten Strand an. Es gab einige sandige Abschnitte, doch immer wieder ragten schroffe Felsen ins Meer oder lagen Steine im flachen Wasser. Dazwischen tummelten sich allerlei Wasservögel, die ich ganz sicher noch fotografieren würde. Heute hatte ich meine Kamera nicht dabei, denn mitsamt dem Stativ war sie schwer wie eine mittelgroße Wassermelone und so etwas wollte niemand freiwillig herumschleppen. Heute war einfach nur ein total relaxter Spaziergang angesagt, nichts weiter.

„Verflixt, wo treibst du dich herum?“, hörte ich plötzlich eine laute Stimme rufen.

Ich fuhr zusammen. War ich gemeint? Durfte man hier nicht herumlaufen, weil es ein Vogelschutzgebiet war?

„Komm sofort her, du kleine Ratte!“, brüllte die Stimme weiter.

Erneut schrak ich zusammen.

Verdammt, was hatte ich denn falsch gemacht? Brüteten hier seltene Uferschnepfen und nun wollte mich der Strand-Hausmeister davonjagen?

Er war jedenfalls noch nicht fertig mit den Beschimpfungen.

„Du tust das absichtlich, das weiß ich genau. Also hör auf, dich als Zicke aufzuführen und hier am Strand herumzustreunen."

Jetzt reichte es! Wie redete der denn mit mir? Okay, vielleicht hatte ich ein Hinweisschild übersehen, aber beleidigen ließ ich mich deshalb noch lange nicht. Wer immer es auch war, ich würde ihm jetzt gehörig die Meinung geigen!

„Ich streune nicht herum, sondern gehe ganz normal spazieren", brüllte ich in Richtung des Felsens, hinter dem der Strand weiterging. „Und eine Zicke bin ich erst recht nicht, du Ziegenbock!"

Etwas Buntes tauchte hinter dem Felsbrocken auf. Eine Gestalt in ausgewaschenen Jeans, groben Stiefeln und einer Jacke, die schon bessere Tage gesehen hatte. Auf dem Kopf trug die Gestalt eine bunte Ringelmütze, die aussah, als hätte ein Riese mit zwei linken Händen und Nadeln in Essstäbchengröße sie gestrickt.

Der Mann kam eilig näher. Aus der Entfernung hätte ich ihn für einen Skatkameraden von Hinnerk gehalten, aber nun bemerkte ich, dass er viel jünger war, vielleicht Mitte oder Ende dreißig. So genau konnte ich das nicht erkennen, denn er trug einen Fünf-Tage-Bart und einen sehr entsetzten Ausdruck im Gesicht.

„Ach du Scheiße", rief er, als er mich sah.

„Ich habe schon deutlich freundlichere Begrüßungen gehört", schoss ich zurück.

Er hob abwehrend die Hände. Sein Gesicht lief mit einem Mal himbeerrot an. „Nein, nein, das meinte ich nicht! Oh Mann, es tut mir total leid. Ich habe nur meine Katze gerufen. Dass jemand hier ist, habe ich gar nicht gesehen. Natürlich habe ich nicht dich angesprochen!"

„Deine Katze?“

„Genau.“ Er nickte eifrig. „Tiki. Sie ist ein bisschen speziell.“

Na, *wer* da speziell war, das wusste ich!

„Du hast sie Zicke genannt. Und kleine Ratte. Von einem wahnsinnig liebevollen Umgang spricht das nicht unbedingt.“

Er rieb sich über die Stirn und seufzte tief. „Du hast ja keine Ahnung“, stöhnte er.

Skeptisch sah ich ihn an. Er war etwas größer als ich, hatte breite Schultern, sofern die abgewetzte Jacke nicht aus den 80er-Jahren stammte und ausgepolstert war. Wäre sein Gesicht nicht immer noch pastellrot, würde er in die Kategorie *rauer Naturbursche mit herbem Küstencharme* fallen und könnte Werbung machen für Pils, Sanddornschnaps oder würzig gereiftem Schafskäse aus der Region. Auf jeden Fall wirkte er wie jemand, dem es egal war, was andere Menschen von seinem Outfit hielten. Sonst hätte er niemals diese kunterbunte Ringelmütze aufgehabt, die aussah, als wäre sie der allererste Häkelversuch einer Kindergartengruppe gewesen. Dass er genauso verlottert herumlief wie ich selbst, machte ihn mir ein wenig sympathisch. Das war wahrscheinlich der Grund, wieso ich nicht einfach weiterging, sondern nachhakte.

„Ich habe keine Ahnung von Katzen, meinst du?“, fragte ich. „Ich bin sicher keine Spezialistin, aber dass man mit Tieren freundlich und ruhig reden soll, weiß sogar ich.“

„Du hast keine Ahnung von Tiki“, korrigierte er mich, ohne auf den zweiten Teil meines Satzes einzugehen. „Sie ist hier irgendwo, dieses kleine Biest.“

„Und du glaubst, sie kommt zu dir zurück, wenn du sie

als Ratte beschimpfst? Vielleicht hat sie sich verlaufen und findet nicht zurück."

So ganz sauber im Kopf war der Kerl offenbar nicht. Instinktiv machte ich einen kleinen Schritt von ihm weg. Eigentlich schade, dass er so durchgeknallt war. Sein markantes, unrasiertes Gesicht gefiel mir, denn die hellen Augen bildeten einen tollen Kontrast zum braunen Bart. Außerdem hatte er eine tolle dunkle Stimme, die mir direkt in den Bauch kroch. Und das kleine, schüchterne Lächeln, das er nun hervorzauberte, wäre durchaus in der Lage, dem crushed Ice in einem Mojito das Fürchten beizubringen.

„Sie ist einem Kater nachgelaufen, ich habe es gesehen. Einem, der doppelt so schwer ist wie sie. Mindestens. Weil sie sich mit ihm prügeln will. Verlaufen hat sie sich garantiert nicht, sie könnte in Möwenitz Führungen für Touristen anbieten, so gut kennt sie sich hier aus."

Ich riss die Augen auf. „Du glaubst allen Ernstes, deine Katze will mit einem großen Kater kämpfen? Hast du dich da nicht vielleicht getäuscht und er ist hinter *ihr* hergeflitzt?"

Bevor er antworten konnte, hörte ich von weiter hinten ein wütendes Fauchen. Kurze Zeit später einen hellen, verzweifelten Schrei eines Tieres. Mir lief es eiskalt den Rücken hinab. Oh Gott, war der riesige Kater gerade dabei, eine kleine Katze zu verletzen?

„Verflixt, Tiki! Lass ihn in Ruhe!", rief der Mann und rannte in Richtung des Fauchens.

Als ich herumfuhr, stürmte plötzlich ein großer schwarzer Kater aus einem Felsvorsprung hervor und jagte an uns vorbei, als wäre der Teufel persönlich hinter ihm her. Sein Schwanz war so aufgeplustert, als würde er ihn gern einem Mantafahrer als Fuchsschwanzalternative verkaufen.

An seiner Schulter jedoch fehlte ein Stück Fell, wenn ich es richtig gesehen hatte.

„Hab ich's doch gewusst", hörte ich den seltsamen Kerl sagen. Er war vor dem Felsen stehen geblieben.

Neugierig ging ich ebenfalls dorthin und traute meinen Augen nicht. Vor seinen Füßen saß eine zierliche Katze, sah absolut unschuldig drein und putzte sich niedlich die rechte Vorderpfote. Sie hatte getigertes, graues Fell, sah superflauschig aus und wirkte fast wie ein junges Kätzchen. Dummerweise lag jedoch ein Büschel rabenschwarzer Katerhaare neben ihr, was ihre Unschuld ein klein wenig infrage stellte.

„Sie ist nur halb so groß wie der Kater", stellte ich überrascht fest.

„Ganz genau. Aber eine Schlägerkatze. Ich hätte sie Rambolotte taufen sollen. Oder Catzilla. Rabiata wäre auch noch was gewesen."

Die Katze schien angesichts der Namen das Näschen zu rümpfen, aber vielleicht bildete ich mir das auch nur ein.

„Vielleicht Kammi-Katze", steuerte ich bei.

Er lachte laut.

Die Katze musterte uns beide abfällig und drehte sich um, sodass wir auf ihr Hinterteil sehen mussten.

Kopfschüttelnd starrte ich sie an. Schließlich wandte ich mich ihm zu.

„Tut mir leid, ich muss mich wohl bei dir entschuldigen. Ich dachte echt, du bist einer, der mit Tieren schlecht umgeht. Aber offenbar ist sie wirklich sehr speziell."

Ein strahlendes Lächeln blühte auf seinem Gesicht auf. Eins von der Sorte, das meinen Puls in die Höhe jagte.

„Nee, *ich* muss um Verzeihung bitten! Schließlich

konntest du ja nicht wissen, dass ich nicht dich anschreie. Ich bin übrigens Arne."

Er streckte mir seine Hand entgegen, die ich bereitwillig schüttelte. Die Hand war warm und rau und riesig. Eine, die zupacken konnte, offenbar viel arbeitete, aber irgendwie auch Vertrauen schenkte.

„Jessica", sagte ich. „Ich wohne im Leuchtturm. Bin erst gestern hier gelandet."

„Freut mich, dich kennenzulernen", sagte er, und erneut fiel mir auf, dass er eine irrsinnig schöne Stimme hatte. Sie war dunkel und voll, klang männlich und doch sanft. Falls er als Hörbuchsprecher arbeitete, würde ich umgehend ein Abo bei irgendeinem Streamingdienst abschließen.

Er sah mich fragend an, und erst jetzt bemerkte ich, dass ich noch immer seine Hand festhielt.

Verflixt!

Sofort ließ ich sie los. „Äh, ja, der viele Sauerstoff hat mich wohl ein wenig verwirrt. Bin das nicht so gewöhnt. Aus der Stadt und so."

Herrje, was laberte ich da nur? Erzählte ich ihm gerade, dass es in Hannover keine Frischluft gab? Oh Mann, er musste mich für völlig irre halten.

Doch er schmunzelte nur freundlich. „Unsere raue Seeluft überfordert zarte Lungen, das glaube ich sofort."

Ich nickte nur und war unfähig, mir einen weiteren Satz aus dem Gehirn zu saugen. Lag garantiert an der ungewohnten Seeluft. Die hatte alle Synapsen lahmgelegt oder so.

Arne fiel offenbar auch nichts ein, was er noch sagen konnte.

„Hm", machte er, räusperte sich und zuckte kurz die Schultern. „Dann gehe ich wohl wieder zurü-..."

Er beendete den Satz nicht, weil Tiki plötzlich aufsprang, an uns vorbeirannte und in Richtung Sandstrand lief.

Arne zog die Augenbrauen zusammen. „Sie weiß genau, dass ich heute viel Arbeit habe und keine Zeit, sie einzufangen“, schimpfte er.

„Soll ich dir helfen?“

Dankbar sah er mich an. „Wenn du magst, sehr gerne.“

„Klar. Ich habe Urlaub und mache einfach nur einen Spaziergang. Da kann ich genauso gut einer Miezekatze hinterherjagen.“

Gemeinsam folgten wir dem Tier.

„Wieso heißt sie eigentlich Tiki?“, wollte ich wissen. „Ist ein seltsamer Name für eine Katze.“

„Weil sie irrsinnig schnell ist, wenn sie einen Kater verprügelt. Der Typ von vorhin hatte es übrigens gewagt, das Futter zu fressen, was sie neulich übrig gelassen hatte. Überhaupt hat er Tikis Reich betreten, was natürlich Majestätsbeleidigung ist. Deshalb hat sie ihm jetzt gezeigt, wer der Herr im Ring ist.“

Verständnislos drehte ich mich ihm zu. „Aber was hat das mit dem Namen Tiki zu tun?“

„Susi Kentikian“, sagte er. „Kennst du die? Ist eine Boxerin. Eine kleine, zierliche, aber richtig gute Kämpferin. Ich habe zwar mit Boxen nicht wahnsinnig viel am Hut, habe aber mal zufällig gelesen, dass sie wohl die schnellste Boxerin der Welt sein soll.“

„Und ihr Spitzname ist Tiki?“

„Glaub schon. Jedenfalls fand ich den Namen irgendwie passend für die Fellnase.“

Sein Blick glitt zu Tiki, die vor uns lief, und wurde weich wie warme Butter. Ich erkannte die Zärtlichkeit und auch den Stolz, mit dem er seine Katze ansah, und das ließ mein Herz aus dem Takt geraten. Ich selbst hatte nie ein Haustier besessen, aber immer gern sämtliche Hunde und Katzen aus der Nachbarschaft gestreichelt. Es gefiel mir, dass Arne über Tiki sprach, als wäre sie nicht nur irgendein Tier, sondern ein Familienmitglied. Und auch, dass er sogar seine Arbeit liegen ließ, um ihr hinterherzugehen.

Was er wohl für ein Mensch war?

Hatte er eine Frau und sieben Kinder oder lebte er mit Tiki allein? Was arbeitete er? Und wieso zum Henker konnte er sich keine ordentliche Mütze leisten?

Obwohl ich unbedingt mehr über ihn wissen wollte, wagte ich nicht, diese Fragen zu stellen. Sicher interessierte ich ihn nicht besonders, schließlich war ich nur eine Touristin mit dicker Brille und noch dickerer Jacke. Außerdem hatte ich mir ernsthaft vorgenommen, mich von allen Männern unter siebzig fernzuhalten. Und Arne war definitiv unter siebzig. Außerdem definitiv ein Mann.

Um mich abzulenken, blinzelte ich in die Sonne, die gerade hinter den Wolken hervorspitzte. Sie ließ die Wellenkämme glitzern und die runden Steine, die aus dem flachen Wasser ragten, nass glänzen.

„Schau nur, wie perfekt dieser Stein ist." Ohne lange nachzudenken, blieb ich stehen und deutete auf einen. „Eine perfekte Kugel, absolut symmetrisch. Als hätte eine Meerjungfrau ihn in liebevoller Arbeit so rund geschliffen. Und da drüben der Vogel, dieser Kleine! Die anderen um ihn herum picken fleißig, aber er steht einfach nur da und spielt den Zen-Meister."

Ich musste lächeln, als ich den kleinen Kerl beobachtete, der vollkommen still dastand.

Arne sah erst die Vögel und den Stein an, dann mich.

„Du hast ein gutes Auge“, lobte er.

„Ach was.“ Ich machte eine abschwächende Handbewegung. „Ich fotografiere gerne und da bekommt man einen Blick dafür.“

Er hielt mich weiterhin mit seinen graublauen Augen fest. Schöne Augen, wie ich fand. Passend zum Märzhimmel. „Die meisten Leute hätten die Sonne bewundert und das Funkeln des Meeres. Du aber siehst Steine.“

Es war mir peinlich, gelobt zu werden. Also zuckte ich die Schultern und lachte ein wenig. „Ich bin wohl auch ein bisschen seltsam. Passe sicher gut zu deiner Katze.“

Arne zwinkerte mir zu und nahm den Spaziergang wieder auf. Ich folgte ihm. Ob wir wirklich noch Tiki hinterhergingen, wusste ich gar nicht so genau. War aber auch egal.

„Ist dir kalt?“, fragte er. „Sollen wir lieber umdrehen? Tiki findet auch allein nach Hause. Es ist ganz schön frisch heute.“

Ich fror kein bisschen. Den kalten Wind, der mir immer mal wieder ins Gesicht blies, genoss ich. Es war toll, endlich mal wieder richtig in der Natur zu sein. Außerdem war ich mollig warm eingepackt. Nur meine Brille musste ich immer mal wieder auf die Nase schieben. Ich war sie nicht mehr gewöhnt und hatte oft das Gefühl, sie würde mir herunterrutschen.

„Was machst du denn beruflich?“, platzte es aus mir heraus. Wie subtil ich doch war! Das Blut schoss mir in die Wangen. „Ich meine, weil du an einem Wochentag an den Strand kannst.“

Doch Arne schien die Frage nicht zu stören.

„Ich bin Handwerker und selbstständig, kann mir also meinen Tag meistens einteilen, wie ich will. Oder eben auch mal abends und am Wochenende schuften.“

Das beantwortete meine Frage nur zur Hälfte. Da es eh schon egal war, hakte ich nach. „Und was genau machst du?“

„Ich bin Kunstschlosser“, sagte er und sah mich erwartungsvoll an.

Oh verdammt. Ich hatte keinen Schimmer, was das war. Mit einem Schlüsseldienst hatte ich mal zu tun gehabt, als ich mich dummerweise ausgesperrt und der Hausmeister auf Mallorca geweilt hatte. Aber ein Schlosser war ja etwas ganz anderes. Nur was genau?

Während ich noch in meinen Gehirnwindungen herumkramte, grinste Arne mich breit an. Auffällig breit. So, als hätte er damit gerechnet, dass ich mit dem Begriff nichts anfangen konnte.

„Du weißt nicht, was das ist, stimmt’s? Ich könnte auch sagen Kunstschmied. Sagt dir das mehr?“

„Du beschlägst Pferde so, dass sie danach kunstvoll durch Reifen springen, während sie den Refrain von *Macarena* wiehern?“, schlug ich vor und grinste zurück.

Dass ein Hufschmied natürlich etwas anderes war, wusste sogar ich.

Er lachte. „Gute Idee! Damit könnte ich wahrscheinlich viel Geld verdienen. Aber in Wirklichkeit ist mein Beruf ein bisschen anders. Stell dir mal eine hochherrschaftliche Villa vor. Mit breiter Eingangstreppe, Kiesauffahrt und einem Tor aus Metallstäben, in das das Wappen der Familie eingearbeitet ist.“

Wow, das war beeindruckend!

„So etwas machst du? Schmiedeeiserne Tore mit Monogrammen und dem Schriftzug *Bleib dem Tor fern, wenn du nicht zur Familie Montague gehörst*?“

Meine Schwester Inga hatte mich mal in eine moderne Verfilmung von Romeo und Julia geschleppt, weil sie Leonardo di Caprio so süß fand, und die Story war irgendwie hängen geblieben.

„In Verona habe ich noch nicht gearbeitet", sagte Arne. „Aber Schriftzüge habe ich tatsächlich schon gemacht."

Ich war sofort Feuer und Flamme. „Geheimnisvolle? In Latein? Für ein abgelegenes Haus mit verwunschenen Erkern und Türmchen?"

Meine Phantasie galoppierte sofort los und zeigte mir vom düsteren Mond angestrahlte Tore an Vampirvillen und Gespensterburgen.

Seine Augen blitzten munter. „So ähnlich."

„Sag schon, welche Schrift musstest du einarbeiten?"

Seine Mundwinkel zuckten. „Die wahnsinnig mysteriösen Worte: *Ahornallee 24, Familie Ringelhahn.*" Er lachte. „Das Haus lag tatsächlich sehr abgelegen. Und nachdem der Amazonbote schon mehrmals die von der Tochter des Hauses georderten Klamotten nicht geliefert hatte, bestellte die Familie den Schriftzug ins neue Tor."

„Das ist nicht ganz so mysteriös, wie ich gehofft hatte", sagte ich.

„Aber einträglich, die haben gut gezahlt. Was ist mit dir? Welchen spektakulären Job hast du?"

Oh je. Ich senkte den Blick und hatte es mit einem Mal sehr eilig, meine Stiefel zu mustern.

Schließlich atmete ich tief durch und sah Arne an. „Ich arbeite in einem Kaufhaus in Hannover. In der Abteilung für Herrenmode. Da wir angeblich auch allerhöchste Ansprüche erfüllen, schlagen bei mir meistens irgendwelche Bürohengste auf, denen ich dann teure Anzüge andrehen darf."

„Dann hast du es mit Anwälten, Bänkern und sonstigen Krawattenträgern zu tun? Stelle ich mir anstrengend vor.“

„Ist es auch. Sie rufen mich gern *Frooooiiilein* und scheuchen mich in der Abteilung herum.“

Er schien einige Sekunden zu überlegen.

„Hätte ich jetzt nicht gedacht“, sagte er schließlich. „Du bist so natürlich und normal. Ich war ein einziges Mal in so einem Laden, da waren die Verkäuferinnen alle schrecklich gekünstelt und aufgetakelt. Habe mich da völlig fehl am Platz gefühlt. Aber bei euch ist es sicher anders.“

„Nicht wirklich. Aber lass uns nicht von der Arbeit reden“, beendete ich das Thema eilig. Praktischerweise hatte ich nämlich etwas entdeckt.

Ich ging in die Hocke. „Hier sind gleich mehrere Muscheln, schau nur! Aber die hier gefällt mir am besten.“

Vor mir im nassen Sand lag eine kleine Muschel, die von roten und weißen Ringen gezeichnet war. Eine Ecke war abgebrochen, dort war das Rot sogar etwas dunkler.

„Schade, dass ich meine Kamera nicht dabeihabe“, murmelte ich vor mich hin und sprach dann direkt die Muscheln an. „Du wärst ein tolles Motiv. Vielleicht komme ich später zu dir zurück.“

Arne trat neben mich. Hoffentlich hatte er nicht mitbekommen, wie ich mit der Muschel geredet hatte. Sonst lief er sicher schneller davon als Tikis schwarzer Katergegner.

„Die hier würdest du fotografieren? Nicht die intakten Herzmuscheln da drüben oder die anderen baltischen Plattmuscheln, denen keine Ecke fehlt?“

Sein Blick, der auf mir ruhte, war nicht vorwurfsvoll, sondern interessiert.

„Die hier sieht aus, als hätte sie eine Wunde. Als hätte

irgendein Muschelmonster ein Stück von ihr abgebissen. Sogar das Rot ist an der Wunde dunkler. Sie hat Charakter, das gefällt mir."

Arne schwieg. Irgendwann nickte er langsam. „Ich verstehe, was du meinst."

Tiki tauchte plötzlich neben ihm auf. Sie schien die Muschel zu mustern, dann mich. Erst jetzt sah ich, dass ein Stück von ihrem Ohr fehlte, aber sicher war das eine alte Kampfspur. Außerdem hatte auch sie ein Loch im Fell, doch ein weit kleineres als der Kater.

Ihre hellgrünen Augen waren hypnotisch. Katzen hatten eine Ernsthaftigkeit an sich, die mich immer wieder faszinierte. Sie waren eigensinnig, aber auch magisch. Tiki blinzelte kein einziges Mal, sondern musterte mich so intensiv, als wollte sie in meine Seele hineinsehen.

Das machte mich ein wenig nervös.

Arne fiel das offenbar auf. „Tiki, du musst jetzt keinen Starr-Wettbewerb starten. Jeder weiß, dass du unschlagbar darin bist. Wie sieht es aus, willst du was fressen?"

Das letzte Wort betonte er sehr.

Umgehend miaute Tiki lautstark los.

Ich lachte. Vielleicht war sie doch kein magisches Wesen, sondern nur eine stinknormale Katze, für die wir Menschen ein praktischer Dosenöffner waren.

„Dann komm, kleine Kämpferin. Wir machen uns auf den Weg nach Hause."

Er streckte den Arm aus, um Tiki hochzunehmen. Sie ließ es sich anstandslos gefallen. Mehr sogar, ich bildete mir ein, ein zufriedenes Katzengrinsen zu sehen, als Arne sie auf den Arm nahm, streichelte und sich mit ihr auf den Rückweg machte.

Unschlüssig blieb ich stehen. Sollte ich ebenfalls wieder

zurückgehen? Oder wäre das aufdringlich?

Ich kam nicht dazu, mir weiter darüber Gedanken zu machen, denn Arne drehte sich zu mir um. „Gehst du mit uns wieder zurück, Jessica?“, fragte er. „Oder willst du hier noch nach Muscheln suchen?“

Ein heißkalter Schauer kroch mir über die Haut. Er hatte zum ersten Mal meinen Namen ausgesprochen. Mit dieser schokodunklen Hörbuchstimme, in die ich mich am liebsten hineingelegt hätte. Mein Herz flatterte aufgeregt.

„Habe meine Kamera nicht dabei, also komme ich mit euch beiden mit“, sagte ich eilig und ging auf Arne zu.

Als ich Tiki sah, musste ich lachen. Sie saß auf Arnes Arm, als wäre sie eine Königin und er ihre Sänfte. Die Vorderpfoten hatte sie übereinandergeschlagen, ihr Kopf wippte huldvoll mit, während er weiterging, und es fehlte wahrscheinlich nicht viel, dann hätte sie ihre Untergebenen mit einem adligen Nicken à la Queen Elisabeth gegrüßt.

„Sie sieht aus wie ein junges Kätzchen, das ausschließlich niedlich und harmlos ist“, sagte ich.

Arne nickte. „Das ist genau ihre Masche. Sie kommt total unschuldig daher, hat es aber faustdick hinter den Katzenohren.“

„Am rechten Ohr fehlt ein Stück.“

„Oh ja. Da hatte sie sich mit einer riesigen Maine Coone Katze angelegt. Die hat aber deutlich mehr Schrammen davongetragen als Tiki. Ich musste der Besitzerin eine extragroße Packung von Lenjas Pralinen bringen, um mich zu entschuldigen.“

Tiki sah aufs Meer hinaus, als würde das Gespräch rein gar nichts mit ihr zu tun haben. Der Himmel spiegelte sich in ihren hellen Augen, sodass sie babyblau erschienen.

Ich hob die Hand, um ihr vorsichtig über den Rücken zu

streicheln, und sie ließ es zu. Ihr Fell war so seidig weich, dass es mir ein seliges Lächeln aufs Gesicht zauberte.

„Lass dich nicht von ihr täuschen“, warnte mich Arne. „Vor Tiki ist nichts sicher. Sie kriecht sogar in Einkaufstüten, um dort die Packung mit den Leckerlis aufzureißen und sich selbst zu bedienen.“

„Schlaue Katze“, lobte ich grinsend.

„Wie lange bleibst du in Möwenitz?“, wollte Arne wissen.

„Zehn Tage habe ich geplant.“

„Oh!“ Er zog überrascht die Augenbrauen hoch. „Das ist ungewöhnlich für diese Jahreszeit. Die meisten Touristen kommen nur kurz vorbei. Oder fahren weiter nach Rügen. Hier gibt es kaum Sandstrand und weder Luxushotel noch zwölf Eisdielen an einer Uferpromenade.“

Ich zupfte an meinem Jackenärmel herum. „Na ja, es war eine spontane Idee. Eigentlich wollte ich woanders hin. Ach egal. War eine blöde Sache.“

Die Erinnerungen an Kevin drängten an die Oberfläche. Noch immer sah ich mich in der Bar stehen wie eine Idiotin, als er einfach mit den Geschäftsfreunden weggegangen war. Und mir mitgeteilt hatte, dass ich für ihn absolut unwichtig wäre. Ganz zu schweigen davon, dass der Sex mit mir nur *okay* gewesen sei! Beim Gedanken an diesen Mistkerl kochte Wut in mir hoch. Wut, aber auch maßlose Enttäuschung. Und die Erkenntnis, dass ich ohne Männer hundertmal besser dran wäre.

Vielleicht sollte ich mir auch ein Haustier zulegen. Einen Stall voll Wüstenrennmäusen. Oder einen Leguan, der mir jeden Abend freundlich die lange Zunge herausstreckte, wenn ich von der Arbeit heimkam.

„Alles okay, Jessica?“

Wieder diese tiefe Mousse au Chocolat-Stimme. Dazu sein graublauer Blick, der mich festzuhalten schien.

„Klar doch“, sagte ich leichthin und schob meine verrutschte Brille zurück auf die Nase. „Ich habe nur an einen unangenehmen Kunden gedacht, keine Ahnung, wieso.“

Arne lachte. „Hat mein Outfit dich an ihn erinnert?“

„Ähhh“, sagte ich gedehnt. „Solche Mützen gehören leider nicht zum Sortiment vom Kaufhaus Wenzel. Hast du die selbst gehäkelt? Das spricht dann allerdings nicht unbedingt für deine Fingerfertigkeit als Handwerker.“

Er zog die Mütze vom Kopf. Darunter kam ein dunkler Haarschopf zum Vorschein. Dichte Haare, leichte Wellen, ein wenig zu lang und jetzt natürlich total verstrubbelt – ich war absolut hingerissen! Diese modernen Herrenfrisuren mit abrasierten Seiten oder ultrakurz geschorenem Stiftelkopf mochten ja für die betreffenden Jungs praktisch sein. Aber mal ehrlich, für uns Frauen gab es doch nichts Schöneres, als mit den Fingern durch einen üppigen Haarschopf zu gleiten, mit weichen Nackenhaaren zu spielen oder die Nase ins frisch gewaschene Federkleid zu stecken. Wie Arnes Haare wohl rochen? Für eine Sekunde blitzte ein Bild in mir auf, bei dem er aus der Dusche kam, nur mit einem Handtuch um die Hüfte, ich ihn umarmte, wohlig an ihm schnupperte und lächelte, weil er seine Haare wieder einmal aus Bequemlichkeit mit dem Duschgel statt mit dem Shampoo gewaschen hatte.

„Habe ich was in den Haaren? Einen Möwenschiss?“, fragte Arne ernst und fuhr sich darüber.

Mist! Ich hatte wie hypnotisiert auf seinen Kopf gestarrt und er hatte es bemerkt.

„Äh, nein. Ich war nur geblendet von deiner exklusiven Mütze“, redete ich mich schnell heraus.

„Haben meine Nichten mir gemacht. Toll, oder? Jede hat ihre fünf Lieblingsfarben reingehäkelt. Sie sind Zwillinge. Ich bin ihr Lieblingsonkel. Allerdings auch ihr einziger.“ Er grinste breit.

Wir waren am Pfad angekommen, der vom Strand nach oben führte. Da dieser schmal war, ging Arne voraus. Leichtfüßig kletterte er samt Tiki, die sich immer noch tragen ließ, nach oben. Mein Puls kletterte in die Höhe, während ich Arne folgte. Womöglich lag das nicht nur am Anstieg.

Himmel, ich musste mich zusammenreißen! Er war ein Mann. Und mit Männern wollte ich aus gutem Grund nichts mehr zu tun haben. Ich wusste doch nur allzu gut, wohin so etwas führte.

„Ich mach mich dann mal auf den Weg zurück zu meinem Türmchen“, sagte ich deshalb, als wir oben angekommen waren.

Arne nickte. „Muss auch wieder an die Arbeit. Die Landzunge ist übrigens einer von Tikis Lieblingsplätzen, vielleicht besucht sie dich mal und bettelt dich an um ein Stück Käse.“

„Soll ich ihr dann eins geben?“

„Du liebe Zeit, nein! Du kriegst sie sonst nie mehr los, hast am Ende zerkratzte Möbel und einen Koffer mit Krallenmuster. Ruf mich an, falls sie bei dir auftaucht, dann hol ich sie gleich ab.“ Er kramte mit einer Hand eine zerknitterte Visitenkarte aus der Hosentasche und reichte sie mir.

Arne Jensen, Kunstschmied, stand recht nüchtern über der Adresse und Telefonnummer.

„Okay, ich melde mich, falls Tiki bei mir auftaucht.“

Sicher war das eine Ausrede gewesen, um mir seine Nummer aufzudrängen. So ähnlich hatte Kevin es auch gemacht. Kevin. Noch immer gab es mir einen Stich, an ihn zu denken. Nein, ich musste mich von Kerlen fernhalten, zu meinem eigenen Schutz.

Arne schien einen Moment zu warten. Womöglich hoffte er darauf, dass ich ihn zum Kaffee in luftiger Leuchtturmhöhe einlud oder so etwas in der Art. Da ich aber beharrlich schwieg, wünschte er mir einen schönen Tag.

„Vielleicht laufen wir uns ja nochmals über den Weg", fügte er noch an und hob Tikis Pfote, um mir damit zu winken.

„Gut möglich!" Ich winkte zurück.

Der Wind spielte mit seinen Haaren, als er sich umwandte und in Richtung Dorf spazierte. Ich sah ihm noch eine Weile hinterher. Dann riss ich mich endlich am Riemen und schlenderte zurück zur Landzunge. Dass mein Atem schneller ging und mein Herz munter herumsprang, schob ich darauf, dass ich nicht trainiert genug war.

„Ich sollte echt mehr Sport machen als das bisschen Joggen", riet ich mir selbst. Und zwar irgendwo, wo es keine Männer gab. Beim Synchronschwimmen zum Beispiel. Nein, das ging nicht, ich hatte die Eleganz eines Muldenkippers. Vielleicht Pilates. Oder Hot Yoga. Da gab es sicherlich keine Kerle. Und falls doch, waren das garantiert keine, die so herrlich männliche Arbeitshosen trugen, dazu robuste Helden-Stiefel, eine just-out-of-bed-Frisur und eine Ringelmütze, die aussah, als stammte sie aus der Requisitenkiste der Pipi-Langstrumpf-Filme.

5. Überraschungsbesuch

Am Nachmittag überfiel mich ein höllischer Appetit auf Bananenmuffins mit Schokostückchen. Ich lümmelte auf dem Sofa im Wohnzimmer, erfreute mich immer mal wieder an dem beeindruckenden Himmel um mich herum und las einen Thriller. Der war so spannend, dass ich total vergessen hatte, mir ein Mittagessen zu brutzeln. Inzwischen war es schon fast vier und ein fieses Hungermonster zwickte mich in den Magen.

Ich wälzte mich von der Couch, tappte die Wendeltreppe nach unten und kramte in der Küche herum. Es waren tatsächlich fast alle Utensilien da, um etwas zu backen. Muffinblech gab es keines, die Zutaten fehlten mir natürlich auch. Da die Vorräte, die Hinnerk mir in den Kühlschrank gesteckt hatte, auch nicht ewig reichen würden, beschloss ich, einkaufen zu gehen.

Im Schuppen neben dem Anbau hatte ich ein klappriges Fahrrad gesehen, das würde ich nehmen. Ein Auto musste man in Möwenitz nicht benutzen. Als ich in meine Jacke schlüpfte, zögerte ich. Sollte ich meine Kontaktlinsen einsetzen und mich ein wenig zurechtmachen? Der Blick in den Spiegel hatte mir verraten, dass ich aussah wie eine Teilnehmerin in der RTL2-Show *Vom hässlichen Entlein zur Schwanenprinzessin,* leider *vor* der Verwandlung.

Beim Lesen war es allerdings viel angenehmer, keine Linsen zu tragen. Und ich musste später unbedingt erfahren, wieso der Krimimörder alle Opfer in lange Unterhosen mit Schlumpfmotiv gesteckt und am Tatort jeweils sieben lila Filly-Pferde hinterlassen hatte!

Ich kämmte mir also nur notdürftig die Haare, band sie zu einem Pferdeschwanz und schwang mich aufs Fahrrad. Hier kannte mich keiner, aufreißen wollte ich auch niemanden, also konnte ich völlig entspannt als *Vorher*-Modell herumdüsen.

Wie zauberhaft das kleine Örtchen war! Schnucklige Backsteinhäuser reihten sich aneinander, in den kleinen Vorgärten würden sicher bald Rosen und Hortensien blühen. Ich entdeckte späte Schneeglöckchen und ein paar frühe Krokusse, die ihre bunten Köpfe der Sonne entgegenreckten. Ich war so fasziniert, dass ich abstieg und das Rad schob, weil ich jedes Detail an den Häusern bewundern wollte. Hier gab es ein getöpfertes Namensschild an der Tür, dort einen geschnitzten Hund, der vor der Tür Wache hielt, weiter vorne einen geschickt gemauerten Bogen, der in den Obstgarten führte.

Da ich meine Kamera nicht dabeihatte, knipste ich mit dem Handy einige Fotos und schickte sie an meine Schwester Inga. Sie hatte schließlich nicht nur mich, sondern auch Mona in Möwenitz eingebucht und sollte ruhig mal sehen, wie idyllisch es hier war.

Als ich verzückt vor einem Fachwerkhaus am Marktplatz stand, klingelte mein Telefon. Inga war dran.

„Hallo, Schwesterchen“, sagte sie. „Es scheint dir ja gut zu gefallen an der Ostsee. Sieht aus, als würdest du den Trubel der Großstadt gar nicht vermissen.“

„Mal abwarten. Ich bin ja erst einen Tag hier. Aber da du im Reisebüro offenbar die Möwenitz-Buchungs-Beauftragte bist, wollte ich dir ein paar Bilder zeigen.“

Sie lachte. „Wir haben leider nur die Leuchtturmwohnung und zwei kleine Ferienhäuser im Programm, sonst nichts. Es sieht aber wirklich schön aus dort. Hast du denn schon ein paar Leute kennengelernt?“

„Hinnerk habe ich getroffen. Er hat einen Rübezahlbart, graue Haare und ein riesengroßes Herz. Wenn ich es richtig verstanden habe, ist er der Verwalter des Leuchtturms. Aber ansonsten genieße ich die Ruhe.“

„Dir ist niemand sonst über den Weg gelaufen?“, fragte Inga mit dieser besonderen Stimme.

Manchmal war sie mir richtig unheimlich. Wir verstanden uns gut, waren aber keine dieser Schwestern, die sich irrsinnig nahestanden, die Gedanken der anderen lasen, die gleichen Filzpantoffeln kauften und am Ende ein Brüderpaar heirateten, um ein gemeinsames Doppelhaus zu bauen und am genau gleichen Tag den Nachwuchs zu entbinden. Trotzdem wusste Inga manchmal Dinge, die sie gar nicht wissen konnte.

„Ach, na ja, am Strand ist mir jemand begegnet“, nuschelte ich. „Aber total flüchtig und so.“

Blöderweise spürte ich schon jetzt, dass Inga Blut geleckt hatte.

„Ein Mann! Und er gefällt dir, das höre ich sofort an deiner Stimme.“

„Unsinn. Er hat seine Katze gesucht, wir haben ein paar Takte geredet, das ist alles.“

„Ist er hübsch? Was macht er beruflich? Wann seht ihr euch wieder?“, schoss Inga sofort eine Salve nach der anderen ab.

„Gar nicht.“

Das stoppte sie für eine Sekunde. Aber nicht länger.

„Was: *gar nicht*? Ist er gar nicht hübsch, arbeitet er gar nicht oder seht ihr euch gar nicht wieder?“, hakte sie nach.

Ich grinste in mich hinein.

„Es geht dich *gar nichts* an, Schwesterherz. Aber ich kann dir versichern, dass ich weder seine Telefonnummer noch eine Verabredung mit ihm habe. Weil ich nämlich eine völlig männerfreie Zeit genießen will. Und davon würde ich mich nicht mal abbringen lassen, wenn Arne aussehen würde wie ein Hollywoodstar.“

Gut, das mit der Telefonnummer stimmte nicht ganz. Aber er hatte mir die ja nicht gegeben, damit ich ihn einfach so anrufen konnte, sondern nur wegen Tiki.

„Arne heißt er also, so, so.“ Ich sah meine Schwester förmlich vor mir. Und seufzte deshalb tief. Sie war schrecklich neugierig, wenn es um Männer ging. Lag vielleicht daran, dass sie selbst ebenfalls Single war.

„Und ich wette, er sieht gut aus“, fuhr Inga fort.

Mein Seufzen wurde deutlicher. „Er trägt eine Mütze, die zwei Kinder gehäkelt haben. Ich hatte eine mit dickem Bommel auf, außerdem meine Brille und einen Michelin-Männchen-Mantel. Glaub mir, es war kein Date und es wird auch keines stattfinden.“

„Ist ja erst dein zweiter Tag. Wer weiß, was noch alles passiert. Ich gebe die Hoffnung nicht auf.“

„Erzähl mir lieber, was mit deinem sexy Kollegen los ist“, schoss ich zurück. „Hat er dich endlich mal auf einen Kaffee eingeladen?“

Nun war es an Inga, lautstark zu seufzen. Vielleicht hatten wir doch ein paar schwesterliche Gemeinsamkeiten. Das theatralische Seufzen gehörte jedenfalls zu unseren Superkräften.

„Er trifft sich lieber mit Emil vom Blumenladen nebenan. Und wirft ihm sehr sehnsuchtsvolle Blicke zu. Ich schätze, als Frau habe ich wenig Chancen bei ihm."

„Ach, Mensch, das tut mir leid. Dabei habt ihr euch doch so gut unterhalten!"

„Ja, über Musicals. Das hätte mich vielleicht stutzig machen sollen", sagte Inga.

„Ich sag's ja: Ohne Kerle ist man viel besser dran. Morgen schleppe ich meine Kamera hier ins Dorf und dann schieße ich richtig tolle Fotos. Außerdem backe ich eine Ladung Muffins, nur für mich allein."

„Du willst den süßen Arne nicht mit deinen Spezialmuffins überraschen? Er würde sich umgehend in dich verlieben."

„Genau deshalb werde ich ihn davon kilometerweit fernhalten. Ich will meine Ruhe haben. Männer machen nur Ärger. Und Falten. Du weißt doch, wie das ist", neckte ich sie.

Inga lachte. „Wahrscheinlich bist du schlauer als ich. Obwohl ich da so ein Gefühl habe. Wenn du den Namen Arne säuselst, zuckt mein linkes Ohr. Wer weiß, ob da nicht doch was passiert mit euch."

„Wäre mir neu, dass du ein zertifiziertes Wahrsager-Ohr hast. Ich für meinen Teil schlendere jetzt jedenfalls weiter durch den Ort, kauf mir Mehl und Papierförmchen. Und verdrücke die Muffins dann ganz alleine, ätsch."

Ich wünschte Inga einen schönen Arbeitstag, sie mir einen guten Appetit, dann legte ich auf.

Schmunzelnd schob ich mein Rad weiter, sah in einige Läden hinein, blieb schließlich vor einem Fachwerkhaus stehen, in dem sich eine Teestube befand. Die war offenbar im ersten Stock, unten konnte man alle möglichen Sorten von Tees kaufen, außerdem selbst gemachte Pralinen, Gebäck und Dekosachen. Ich hatte schon einige Detox-Diäten hinter mir, mich mit Brennnesseltee entschlackt und mit basischem Löwenzahntee entsäuert. Deshalb fuhr ich auf Kräutertee nicht so wahnsinnig ab. Aber gegen einen kräftigen Schwarztee hatte ich nichts einzuwenden. Da es bereits hier vor dem Laden herrlich aromatisch roch, drückte ich die Ladentür auf.

„Ah, du bist die Mieterin im Leuchtturm", begrüßte mich eine hübsche junge Frau mit rotblonden Locken. „Ich bin Lenja. Hinnerk hat mir von dir erzählt."

„Und mir von dir!" Ich lächelte sie an, anschließend sah ich mich begeistert um. „Was für ein toller Laden! Du hast ja sogar Kräuteressenzen und Schüßlersalze."

„Böse Zungen behaupten, ich sei die Kräuterhexe hier im Ort." Sie schmunzelte. „Ein bisschen stimmt es, ich beschäftige mich schon lange mit Heilkräutern und solchen Dingen. Wir haben in Möwenitz keinen Hausarzt, deshalb kommen die Leute mit kleineren Wehwehchen manchmal zu mir."

Lenja war nicht nur hübsch, sondern wirkte so freundlich und herzlich, dass ein Teil von mir am liebsten nach Möwenitz umgezogen wäre. Einfach nur, weil man sich hier im Teeladen neben Pralinen auch eine Arnikasalbe kaufen konnte. Und weil bärtige Seebären einem den Kühlschrank auffüllten. Und weil man hier Ringelmützen trug, die zwei Nichten gehäkelt hatten, auch wenn man damit wie ein missglückter Komiker aussah.

„Du brauchst meine neue Mischung“, sagte Lenja weich. Ihr sanfter Blick ruhte auf mir.

„Deine was?“

Anstatt mir zu antworten, drehte sie sich um und nahm eine der riesigen Teedosen aus dem Regal hinter ihr. Sie hob den Deckel an und hielt mir die Dose entgegen.

„Riech mal und sag mir, was du denkst.“

Ich sah in die Dose hinein. Zwischen den dunklen Teeblättern schimmerten winzige Blüten in Blau und Orange. Ein herrlicher Duft stieg mir in die Nase. Er war kräftig, aber auch ein bisschen süß und blumig. So eine Mischung kannte ich noch gar nicht.

„Es erinnert mich an meine Oma, keine Ahnung, wieso“, sinnierte ich. Bei ihr roch es immer so, wenn man den Wäscheschrank aufmachte. Weil sie selbst genähte kleine Säckchen darin liegen hatte. Oft genug hatte ich ihr die Nadel eingefädelt und dafür als Dankeschön einen Apfelpfannkuchen bekommen. Manchmal hatte sie mir auch eine *Bravo* gekauft, was mir sogar lieber gewesen war. Ich schnupperte erneut, weil es so ein wunderbarer Geruch war. Davon musste ich meiner Oma unbedingt ein Päckchen mitbringen, sie würde sich bestimmt freuen. „Und es riecht nach Frühling“, ergänzte ich. „Aber auch nach heimeligen Winterabenden. Was ist das?“

„Ein kräftiger Darjeeling mit Lavendelblüten, Orangenzesten und noch ein paar geheimen Zutaten. Er bringt dir tiefe Ruhe, macht dich aber auch mutig für Veränderungen“, sagte Lenja.

Erstaunt blinzelte ich. „Woher weißt du das? Dass ich gerade dabei bin, mir ein paar alte Zöpfe abzuschneiden?“

Was fast wortwörtlich gemeint war. Den Plan, mir einen Kurzhaarschnitt zu verpassen, hatte ich nicht aufgegeben.

Sie hob die Schultern. „Manchmal spüre ich solche Dinge. Genauer gesagt, ich habe oft ein Gefühl, wer gerade welchen Tee brauchen kann. Das macht wahrscheinlich die Übung."

„Oder du hast eine sehr gute Menschenkenntnis. Im Gegensatz zu mir. Ich kann mich null auf mein Bauchgefühl verlassen, falle immer auf die falschen Kerle herein und schätze Leute oft nicht richtig ein."

Ich stieß ein kleines Lachen aus, weil es mir peinlich war, Lenja mein halbes Leben vor die Füße gekippt zu haben. Himmel, was war nur los mit mir?

Doch sie schien das nicht zu stören. Vielleicht war sie es auch gewohnt. So wie die Barmänner. Denen erzählte doch auch jeder seine Sorgen.

„Hier an der Ostsee kriegst du deinen Kopf frei", versprach sie. „Lass dir den Wind um die Ohren blasen, lehn dich an einen Felsen, schau den Silbermöwen zu. Dann klärt sich ganz vieles, wirst schon sehen."

Dankbar lächelte ich sie an. „Kriegt man bei dir zum Tee auch immer so guten Rat? Ich nehme übrigens zwei Päckchen mit hundert Gramm von deiner Spezialmischung."

Lenja füllte den Tee in eine Packung, wobei sie eine uralte mechanische Waage benutzte. Ich liebte solche Gegenstände. Fasziniert beobachtete ich, wie sie die genaue Menge abmaß.

„Hier ist irgendwie die Zeit stehengeblieben", murmelte ich vor mich hin.

Obwohl ich leise gesprochen hatte, nickte sie. „Und genau das ist es, was den Menschen hier so guttut. Auch den Urlaubern." Sie zwinkerte mir zu.

Das glaubte ich ihr sofort. „Sag mal, wo kann ich hier

Lebensmittel einkaufen? Ich will Muffins backen und brauche noch Zutaten. Ein paar gesunde Sachen muss ich auch noch besorgen."

„Bei Tjark im Küstenmarkt. Ist nicht schwer zu finden, ich erklär dir gleich den Weg. Hast du denn eine Muffinform? Oder soll ich dir ein paar Papierformen mitgeben? Ich backe für meine Teestube selbst und habe hunderte davon herumstehen. Bei Tjark wirst du die wahrscheinlich nicht bekommen."

„Das wäre toll!"

Ich bezahlte den Tee, ließ mir eine Wegbeschreibung und ein Tütchen mit den Papierformen geben und bedankte mich von Herzen.

Möwenitz war wirklich erstaunlich. Garantiert gab es auch hier ein paar Stinkstiefel, keine Frage. Aber bisher waren mir nur ausgesprochen nette und hilfsbereite Menschen begegnet.

Ich fuhr mit dem Rad zum Küstenmarkt – der eine sehr seltsame Mischung aus Lebensmittelladen und Landwirtschaftsbedarf darstellte. Es gab Bananen, Babywindeln, Bohnensuppe in Dosen und Blauschimmelkäse aus der Region. Ebenso aber Mistgabeln, Gummistiefel, Pferdehalfter und Zapfeneimer. Tjark selbst war ein blondes Nordlicht wie aus dem Buche, der mich neugierig musterte und selbstverständlich bereits wusste, dass ich im Leuchtturm wohnte. Zeitung oder Radio brauchte man hier wirklich nicht, alles Wichtige verbreitete sich offenbar über den Hinnerk-Kanal.

Aber es störte mich nicht. Ich gondelte mit meinen Einkäufen zurück zur Landzunge, stieg vor dem Leuchtturm ab und schob das Rad in den Schuppen. Als ich mit meinen Einkäufen herauskam und den Anbau betreten wollte, weil sich dort die Küche befand, hörte ich es im Gebüsch rascheln.

Sofort stahl sich ein Grinsen auf mein Gesicht. Das war bestimmt eines der wilden Kaninchen, die es hier gab! Mona hatte mir davon erzählt. Sie hatte sogar ein verletztes in den Leuchtturm geholt und mit Kai gesund gepflegt. Erst danach stellte sich heraus, dass es gar nicht so verwildert war wie gedacht. Ein paar wilde Szenen hatte es trotzdem gegeben, insbesondere mit dem Weihnachtsbaum, wenn ich mich recht erinnerte.

Da ich die Arme voll hatte, schloss ich erst auf, stellte die Einkaufstüten im Haus ab und schlich wieder nach draußen, wo ich in die Hocke ging.

Etwas Graues schoss an mir vorbei. Und flitzte ins Haus hinein. Von Hoppeln allerdings keine Spur.

„Das war doch kein Kaninchen!“, rief ich erstaunt und stand auf.

Ich ging in die Küche, sah mich um. Keine Spur von einem Eindringling. Die Tür zu meinem Schlafzimmer stand offen. Würde sich ein wildes Kaninchen unter dem Bett verstecken, wenn es aus Versehen hereingelaufen wäre?

Ich ging auf die Knie, zog mein Handy aus der Tasche und leuchtete unters Bettgestell. Fehlanzeige. Ein paar Wollmäuse fand ich, aber keine sonstigen Nagetiere.

Als ich wieder aufstand und mich umschaute, sah ich aus den Augenwinkeln eine Bewegung. Und zwar unter der Bettdecke, die ich nur schlampig zurückgeschlagen hatte.

„Das kann ich doch nur träumen.“ Ich machte einen Schritt aufs Bett zu, zog die Bettdecke hoch – und blickte in die hellen Augen von Tiki.

„Mau!“, rief sie mir freundlich zu und ringelte sich auf der Matratze niedlich ein.

Mir klappte die Kinnlade nach unten. Sie war hier hereingelaufen, als wäre das ihr Zuhause! Und jetzt nistete sie sich in meinem Bett ein, als würde sie dort hingehören.

Ich wusste nicht, ob ich lachen oder sie davonscheuchen sollte.

Putzig war sie ja mit ihrem weichen, grau getigerten Fell, dem rosa Näschen und dem eingerissenen Ohr. Aber ich hatte keine Ahnung, ob sie stubenrein war, wenn kein Katzenklo in der Nähe war. Oder ob ihr mittendrin einfallen würde, das schöne Bettzeug zu benutzen, um ihre Krallen zu schärfen.

Ein seltsames Geräusch drang an meine Ohren. War das der Kühlschrank, der brummte?

Erst nach einigen Sekunden fiel es mir auf: Tiki schnurrte! Gar nicht ladylike übrigens, sondern richtig laut. Nun musste ich tatsächlich lachen.

„Du kleines süßes Biest machst dich einfach auf meinem Bett breit, rollst dich superniedlich zusammen und schnurrst mir jetzt auch noch die Ohren voll?“, murmelte ich.

Ich setzte mich auf die Bettkante und streichelte die Katze. Das Schnurren wurde noch eine Spur lauter.

Eigentlich sollte ich meine Einkäufe wegräumen. Und außerdem hatte ich doch Muffins backen wollen. Doch jetzt schob ich mich vorsichtig neben Tiki, bis ich ebenfalls auf dem Bett lag, schmiegte meinen Kopf ins Kissen und legte meine Hand auf ihr warmes Fell.

Auch wenn ich immer noch ein bisschen Angst hatte, dass sie mir ins Laken strullerte, wurde ich mit einem Mal ganz ruhig. Alles schien einen Gang zurückzuschalten.

Der Wind blies nur noch sanft gegen das Fenster, mein Atem ging gleichmäßiger, sogar meine Lider fühlten sich schwer an. So eine schnurrende Fellnase war offenbar besser als Baldrian und warme Milch mit Honig.

Gerade als ich es mir schön kuschelig gemacht hatte, fielen mir Arnes Worte ein. „Sie zerkratzt Möbel und hinterlässt Krallenspuren“, hatte er gesagt.

Oh Mann. Obwohl ich mir das bei diesem süßen Schmusekätzchen kaum vorstellen konnte, sollte ich seine Warnung wohl lieber ernstnehmen.

Ich rappelte mich also auf und kletterte aus dem Bett, wobei ich Tiki anstieß. Sie dachte offenbar, dass ich sie aus dem Kuschelnest verjagen wollte, und fauchte mich an. Na bravo. Ich hatte keine Ahnung, wie man mit Katzen umging, egal ob mit schnurrenden oder fauchenden Stubentigern. Deshalb räumte ich notdürftig meine Einkäufe weg, anschließend suchte ich die zerdrückte Visitenkarte hervor und rief Arne an.

Es tutete lange. Ich wollte schon auflegen, da meldete er sich. „Jensen hier“, sagte er und klang irgendwie weit entfernt. Im Hintergrund hörte ich ein Rauschen.

„Hier ist Jessica.“ Mein Herz klopfte so schnell, als würde ich beim Bundespräsidenten persönlich anrufen. Was war nur los mit mir?

„Deine Katze ist hier“, erklärte ich schnell. Schließlich wollte ich nicht, dass er dachte, ich würde grundlos bei ihm anrufen.

„Tiki?“

„Hast du noch eine andere?“

Sein Lachen war warm wie der Vanillepudding meiner Oma. Und machte mich ebenso süchtig, wenn ich nicht aufpasste.

Also straffte ich die Schultern und sagte mit möglichst nüchterner Stimme: „Sie ist ins Haus geschlüpft und hat sich in meinem Bett ausgebreitet. Kannst du sie bitte abholen, bevor sie hier irgendetwas zerkratzt?“

Im Hintergrund hörte ich Motorengeräusche. „Würde ich gern, aber ich bin südlich von Schwerin, hatte da einen Kundentermin. Bin soeben erst losgefahren.“

Verflixt!

„Wie lange brauchst du denn, bis du hier bist?“

„Sicher über eine Stunde. Du kannst sie aber einfach nach draußen verfrachten, sie findet den Weg zurück.“

Ich drehte mich um und suchte Tiki. Sie war mir in die Küche gefolgt, saß nun vor dem Kühlschrank und warf einen sehnsuchtsvollen Blick nach oben. Dabei sah sie so klein und niedlich aus, dass ich ihr am liebsten ein Schälchen mit Schlagsahne hingestellt hätte. Aber irgendwo hatte ich mal gelesen, dass man Katzen so etwas gar nicht geben sollte, auch keine pure Milch.

„Das bringe ich nicht übers Herz“, sagte ich zu Arne. „Draußen kommt gerade richtig viel Wind auf, da tut sie mir leid. Außerdem kratzt sie mich vielleicht, wenn ich sie jetzt hochnehme.“

Er seufzte tief. Das brachte mich zum Grinsen. Inga und ich waren offenbar nicht die einzigen Menschen, die ein Seufz-Faible hatten.

„Du bist ihr schon auf den Leim gegangen“, kommentierte er.

Ich zuckte die Schultern. „Kann schon sein. Ich habe eben ein butterweiches Herz. Darf ich ihr irgendwas geben? Sie sieht sehr hungrig aus.“

„Warte, ich steck dich ins Ohr. Dann höre ich dich besser als über den Autolautsprecher.“

Es knackte, danach klang seine dunkle Stimme so nah, als würde er direkt neben mir stehen. Ein heißer Schauer rieselte meinen Rücken hinab.

„So ist es besser mit dem Telefonieren“, sagte er. „Sie hat heute Mittag, bevor ich losgefahren bin, eine Riesenportion Futter verdrückt. Deshalb glaube ich nicht, dass ihre Rippen herausstehen und sie vor lauter Hunger kaum mehr laufen kann.“ Ich hörte, dass er lächelte.

„Aber vielleicht hat sie Durst?“

Erneut ein kleines Lachen. „Okay. Da du sonst keine Ruhe gibst: Hast du zufällig Naturjoghurt im Haus?“

„Yep! Soeben bei Tjark gekauft.“

„Dann gib ihr ein paar Löffelchen davon auf einen Unterteller. Sie wird dich lieben. Ist übrigens gut gegen Hunger und Durst.“

Sofort zog ich die Kühlschranktür auf. „Mach ich! Bleibst du noch so lange dran?“

„Klar. Stehe sowieso gerade im Stau. Da vertreibe ich mir gern die Zeit mit euch zwei Damen.“

Ich sah ihn förmlich vor mir, ein breites Grinsen im Gesicht. Und ich mochte den Anblick, wie ich feststellte. Selbst wenn er in meiner Vorstellung diese kunterbunte Mütze trug.

Als ich den Joghurtbecher aus dem Kühlschrank nahm, strich mir Tiki erwartungsvoll um die Beine. Kaum zog ich den Deckel ab, sprang sie an mir hoch und rammte mir dabei ihre Krallen ins Knie.

„Aua! Du bist aber ungeduldig“, schimpfte ich.

„Oh ja“, stöhnte Arne. „Das ist sie.“

Ich stellte einen Unterteller auf den Fußboden. Tiki miaute lautstark. Kaum näherte ich mich mit dem ersten vollen Löffel, schob sie ihren Kopf gegen meine Hand, sodass der Joghurt neben dem Teller landete. Sie stürzte sich direkt darauf.

„Lass mich raten, sie hat mit ihrem sturen Holzkopf deine Hand weggeschubst?“, fragte Arne.

Erstaunt musterte ich das Handy, bevor ich wieder hineinsprach. „Haben wir einen Videoanruf laufen?“, fragte ich stirnrunzelnd.

„Ich kenne mein Kätzchen eben.“

Ich beobachtete Tiki, die hingebungsvoll den Joghurt schlabberte. Sie hatte die Augen dabei geschlossen und war offenbar so verzückt, dass sie nichts anderes mehr wahrnahm.

Mein Lächeln wurde breiter. Ihr zuzusehen war wirklich herrlich. Da musste man einfach gute Laune bekommen.

„Was hast du denn in Schwerin gemacht?“, wollte ich wissen. „Ein Tor?“

„Weit gefehlt. Eine ältere Dame, natürlich nicht ganz ärmlich, wünscht sich einen schmiedeeisernen Gartenpavillon. Mit Schmetterlingsdesign, weil sie die Flattermänner so liebt. Sie will außen herum lauter Sträucher pflanzen, die bei Insekten beliebt sind. Sommerflieder, Phlox und so etwas. Und in der Mitte soll als Hingucker der Schmetterlingspavillon stehen, in dem sie dann sitzen und ihre bunten Freunde bewundern kann.“

Fasziniert lauschte ich ihm.

„Wo kriegst du denn so ein Design her?“

Ich stellte es mir handwerklich schon extrem schwierig vor, so etwas Ausgefallenes zu schmieden. Aber es klang, als hätte die Dame auch noch genaue Vorstellungen, wie die Schmetterlinge aussehen sollten.

„Na, du bist gut! Das mache ich natürlich selbst. Ist Teil meines Berufs.“

Jetzt kam ich mir dämlich vor. „Oh, tut mir leid. Das war mir gar nicht klar. Ist ja der Wahnsinn, ich könnte so etwas niemals."

„Glaub ich nicht. Du hast ein sehr gutes Auge für Details. In dir steckt sicher eine Künstlerin."

„Von wegen. Etwas zu fotografieren, ist keine richtige Kunst. Klar, man muss einen Blick für gute Motive entwickeln. Aber ich erschaffe nichts, du schon."

„Ich habe das gelernt, es ist kein Hexenwerk. Und die Verzierungen oder Motive wiederholen sich. Du kannst gerne mal in meiner Werkstatt vorbeikommen, dann zeige ich dir alles."

„Sehr gerne!", rief mein vorlauter Mund voller Begeisterung, bevor meine Vernunft überhaupt zu Wort kam.

„Prima! Ich freue mich", erwiderte Arne. „Aber sag mal, was treibt Tiki? Es ist so verdächtig ruhig. Putzt sie sich?"

Ich wandte mich um. Da ich nichts gehört hatte, war ich davon ausgegangen, dass sie immer noch den Joghurt aufleckte. Doch der Teller war spülmaschinensauber, die Katze fehlte.

„Mist, sie ist irgendwo hingelaufen. Hoffentlich passiert ihr nichts."

„An deiner Stelle würde ich mir lieber Sorgen um die Einrichtung machen", sagte Arne trocken. „Hast du irgendwo Chipstüten herumliegen? Die reißt sie liebend gern auf und verteilt alles auf dem Boden, weil sie anscheinend davon ausgeht, dass zwischen Paprikachips ein paar Katzenleckerli versteckt sind."

„Hier unten in der Küche liegt eine Packung Basmatireis, aber die ist noch ganz. Aber Moment mal – Hinnerk hatte mir eine Tüte Popcorn dagelassen, die könnte oben im Wohnzimmer liegen. Ich sehe gleich mal nach."

Eilig stieg ich die Wendeltreppe hinauf und sah mich oben im Wohnzimmer um. Kein Chaos auf dem Fußboden, auch sonst war alles ruhig. Nur mein Atem ging schnell, ich war die vielen Stufen nicht gewöhnt.

„Alles okay", keuchte ich. „Nur ich brauche ein Sauerstoffzelt, weil ich so hochgestürmt bin. Das bisschen Joggen am Wochenende reicht wohl nicht für meine Kondition."

„Zu so etwas kann ich mich nie aufraffen, ich bewundere dich da. Jedes Mal an Neujahr nehme ich mir vor, endlich mit dem Joggen anzufangen. Aber spätestens am zehnten Januar ist es vorbei damit."

„Kenne ich gut!" Ich ließ mich auf die Couch fallen, um ein bisschen durchzuatmen. Dabei musterte ich wie immer den Himmel. „Wow, heute sieht der Horizont richtig unendlich aus. Als könnte man bis Dänemark sehen. Oder bis nach Grönland. Und die Farben! Als hätte ein Maler einen neuen Aquarellkasten bekommen und jedes Töpfchen ausprobieren müssen."

„Cooler Vergleich. Du kannst es kaum erwarten, deine Kamera aufzustellen, stimmt's?"

Er hatte recht, ich würde gern ein paar Fotos knipsen. Aber noch lieber lauschte ich seiner Stimme. Mit ihm zu reden, war so einfach. Es war, als wären wir uralte Freunde, würden uns schon ewig kennen.

„Läuft mir ja nicht davon", sagte ich langsam.

„Irgendwann möchte ich ein paar Fotos sehen, die du gemacht hast."

„Habe noch kaum welche geschossen. Aber das ergibt sich sicher mal." Ich war stolz auf mich, dass ich so vage geblieben war. Schließlich hatte ich Vorsätze! Und dazu gehörte, keinen Mann zu treffen.

Vom Telefonieren kam in meinen Vorsätzen nichts vor, das war also in Ordnung, beschloss ich.

„Erzähl mir mehr über diesen Auftrag mit den Schmetterlingen. Wie lange arbeitest du an so etwas?"

Bereitwillig berichtete Arne von seiner Arbeit. Während ich ihm interessiert zuhörte, ging ich langsam wieder nach unten. Irgendwo musste Tiki ja sein.

Ich fand sie weder im Flur, noch im Schlafzimmer oder in der Küche. Erst jetzt fiel mir auf, dass die Tür zum Badezimmer einen Spalt offenstand.

Sie würde doch nicht dort hinein ...?

Oh doch, das würde sie!

Tiki hatte ganz offensichtlich die Faszination der Klopapierrolle entdeckt. Nicht nur, dass sie das Papier vollständig abgerollt hatte. Nein, sie hatte es über den gesamten Boden des Badezimmers verteilt, außerdem in winzig kleine Schnipsel gerissen, die beim kleinsten Lufthauch herumwirbelten. Sie selbst saß mittendrin, wischte mit der Tatze die Schnipsel herum und sah mich mit dem unschuldigsten Blick an, den eine Katze nur draufhaben konnte.

„Ich glaub es nicht!", entfuhr es mir.

„Oh je. Du hast Tiki gefunden. Was hat sie angestellt?"

„Sie ist ins Bad gelaufen."

„Hast du dort eine Klopapierrolle hängen?", fragte er sofort.

„Jetzt nicht mehr", gab ich trocken zurück.

Ich bückte mich, um ein paar der Schnipsel aufzuheben. Tiki nutzte das aus und flitzte an mir vorbei, wobei sie einen Teil der weißen Schnipsel mit sich fortschleppte und sicher in der gesamten Wohnung verteilte.

„Du kleines Miststück“, murmelte ich.

Arne lachte. „Verstehst du jetzt meine Schimpforgie am Strand?“

„Oh ja! Tiki hinterlässt offenbar gern Chaos.“

„Ist ihr zweitliebstes Hobby. Kommt gleich nach dem Verprügeln von Katern.“

Bevor ich etwas Lustiges erwidern konnte, fegte Tiki plötzlich wie wild in der Wohnung herum. Sie rannte durch die Zimmer, sprang aufs Bett, auf der anderen Seite wieder herunter, düste durch den Flur und landete schließlich in der Küche. Ich schmunzelte angesichts dieser geballten Lebensfreude. Ihr zuzusehen, machte richtig gute Laune! Doch mein Lächeln erstarb schlagartig, als Tiki auf die Arbeitsplatte sprang, wo sie sich suchend umsah.

„Verdammt, das Honigglas steht ganz am Rand“, keuchte ich.

Ich hatte nur die gekühlten Sachen weggeräumt, aber die anderen Einkäufe einfach in der Küche abgestellt. Eine Schachtel mit Müsli zum Beispiel und eben das Glas mit dem Honig.

„Ganz ruhig“, flüsterte ich und schlich näher an sie heran. „Ich tu dir rein gar nichts. Du gehst jetzt einfach ein Stück zur Seite und dann ist alles gut. Wenn du brav bist, gibt es noch einen Löffel Joghurt für dich.“

Als würde sie jedes Wort verstehen, blieb sie sitzen und sah mich ruhig an.

Perfekt! Ich hatte eine große Karriere als Katzenflüsterer vor mir. Ja, ich konnte Tiere hypnotisieren, ich würde reich und berühmt werden. Jetzt einfach nur die Hand ausstrecken und Tiki ganz vorsichtig von der Arbeitsplatte pflücken ...

Unendlich langsam streckte ich die Hand aus. Schon

berührten meine Finger ihr Fell. Gleich würde ich sie haben!

Doch Tiki hatte andere Pläne, als sich von mir entfernen zu lassen. Sie machte einen Riesensatz und sprang selbst von der Arbeitsplatte. Allerdings nicht, ohne dem Honigglas mit den Hinterbeinen einen Schubs zu geben.

„Nein!“, kreischte ich.

Dann klirrte es.

„Alles okay bei dir, Jessica?“, drang Arnes besorgte Stimme aus meinem Handy. „Sie hat doch wohl nicht das Honigglas runtergeworfen?“

„Oh, verdammt“, knurrte ich nur.

Tiki hatte die Küche wie ein geölter Blitz verlassen. Ich hingegen stand wie versteinert da und blickte auf die Bescherung. Das Glas war in tausend Teile zersprungen und der Honig verteilte sich mitsamt den winzigen Scherben großflächig auf den Küchenfliesen.

„Ach du Scheiße!“, sagte Arne. Und das war sehr zutreffend, obwohl es sich bei Honig eigentlich um das Gegenteil davon handelte.

Ich seufzte so tief, dass meine Schwester mir neidlos die Krone als Seufzerkönigin aufgesetzt hätte. Wie zum Henker sollte man klebrigen Honig samt Scherben von den Fliesen entfernen?

Ich zog erst mal zehn Blätter Küchenpapier von der Rolle. Tiki tappte heran und bekam leuchtende Augen, als sie die Küchenrolle sah. Doch da hatte sie sich geschnitten.

„Denk erst gar nicht dran!“, zischte ich sie an. „Wenn du auch nur das kleinste Pfötchen auf die Küchenrolle setzt, lasse ich dich ausstopfen und auf ein Regal stellen.“

Offenbar erkannte sie an meinem Ton, dass ich es ernst meinte. Sie setze sich in den Flur, unmittelbar vor der

Küchentür, und putzte sich in aller Seelenruhe das Fell.

„Soll ich dir helfen?“, bot Arne an. „Ich brauche allerdings noch mindestens eine Dreiviertelstunde. Aber dann kann ich vorbeikommen und mit dir putzen. Tut mir total leid, dass Tiki so eine Schweinerei veranstaltet hat.“

„Das ist nett, aber ich putze das lieber gleich weg. Sonst verläuft es nur noch weiter. Oder sie tappt mittenhindurch und verteilt das klebrige Zeug überall.“

„Dann lade ich dich aber demnächst als Entschuldigung mal zu Lenja ein. Und eine Pralinenschachtel bekommst du auch. Da sollte ich gleich eine Dauerbestellung bei Lenja aufgeben.“ Er lachte kehlig.

Kevin war nie auf die Idee gekommen, mir Pralinen zu schenken, fiel mir in diesem Moment ein. Okay, ich aß so etwas normalerweise auch nicht. Wegen der körpernahen Minikleider und so. Aber jetzt?

Nein, ich musste mir treu bleiben. Und dazu gehörte, mich mit keinem Kerl zu treffen. Basta.

„Ach, kein Problem, so schlimm ist es nicht“, wiegelte ich ab, ohne auf seine Einladung einzugehen. „Du, ich lege jetzt auf. Brauche beide Hände zum Putzen.“

„Tut mir wirklich leid.“ Arne klang zerknirscht. „Ich melde mich, wenn ich in Möwenitz bin, okay? Wenn die Übeltäterin dann immer noch bei dir ist, kann ich sie abholen.“

Wollte ich das? Dass er zu mir kam?

Ich hatte keine Ahnung. Aber das musste ich ja jetzt noch nicht entscheiden. Wenn Tiki noch mehr Unheil anrichtete, würde ich sie tatsächlich vor die Tür setzen.

„Ja, so machen wir es“, sagte ich und legte auf.

Eine ganze Weile war ich damit beschäftigt, die Sauerei in der Küche wegzuputzen. Die Tür zum Leuchtturm und somit zur Wendeltreppe hatte ich in weiser Voraussicht geschlossen, damit Tiki nicht nach oben laufen konnte. Reichte schon, wenn sie hier unten im Anbau ihr Unwesen trieb. Sie beobachtete aufmerksam, wie ich alles auftupfte und den Boden schrubbte. Das war anscheinend besser als Fernsehen.

Ich stopfte die klebrigen Tücher in zwei Müllbeutel und trug diese nach draußen, wo die Tonne stand. Kaum hatte ich die Tür geöffnet, wischte Tiki schon zwischen meinen Beinen hindurch und lief munter den Kiesweg entlang Richtung Dorf.

„Tiki!“, rief ich ihr hinterher. „Komm zurück, du kriegst auch noch was zu fressen.“

Doch sie reagierte nicht.

Nun gut, dann war sie eben auf dem Heimweg. Sollte mir recht sein. Mir reichte die Aufregung für heute. Zum Muffinbacken hatte ich keine Lust mehr, das lief mir nicht davon. Ich ging also zurück ins Haus und stiefelte nach oben ins Wohnzimmer. Dort ließ ich mich mit einem wohligen Stöhnen aufs Sofa fallen und lachte über mich selbst. Ich klang, als hätte ich einen 16-stündigen Arbeitstag hinter mir, dabei hatte ich Urlaub und nicht viel unternommen. Ich zog mein Handy hervor und schrieb Arne eine Nachricht, dass Tiki nach draußen gelaufen war.

Es gab also keinen Grund mehr, dass er vorbeikam.

Eigentlich sollte ich mich darüber freuen. Ich konnte mich also völlig ungestört auf die Couch fläzen, Schnittchen verdrücken und meinen Krimi weiterlesen. Ja, das war super. Und dieses komische Ziehen in meinem Bauch kam sicher nur daher, dass ich so lange nichts gegessen hatte. Aber keinesfalls davon, dass ich mich über einen Besuch von Arne ein klitzekleines bisschen gefreut hätte.

6. Telefonseelsorge

Das Licht war heute pures Gold. Ich legte den Krimi zur Seite, nachdem ich vier Kapitel verschlungen hatte, denn der lief mir nicht weg. Diese Abendstimmung jedoch musste ich unbedingt einfangen. Also holte ich von unten meine Jacke und baute die Kamera erneut auf dem Rund-um-Balkon auf. Wieder und wieder betätigte ich den Auslöser, probierte mit verschiedenen Einstellungen herum, ließ die Nikon ihr Bestes geben.

Erst als die Sonne fast vollständig im Meer versunken war und nur noch ein Hauch von Pastell ihren Schlafplatz verriet, trug ich meine Gerätschaften zurück ins Wohnzimmer. Ich schenkte mir ein Glas Rotwein ein, bemerkte, dass sich der letzte Hauch Sonnenuntergang darin spiegelte, und knipste auch dieses Bild.

Sah gar nicht so schlecht aus, wie mir ein Blick auf mein Display verriet. Nichts, womit man einen Blumentopf gewinnen konnte, aber irgendwie stimmungsvoll.

Ich versuchte das Gleiche mit der Spiegelung einer Kerze in den dunklen Fensterscheiben, ich fing den schmalen Lichtstreifen auf dem Meer als Reflexion auf dem Fernseher ein. Und ich schoss ein paar Bilder, bei denen der Rauch der frisch ausgepusteten Kerze sich geheimnisvoll vor die Umrisse der Landzunge schob.

Da ich Dunkelheit schon immer liebte, verzichtete ich auf Kerzen und die Stehlampe, sondern blieb eine Weile im Finsteren sitzen. Ich beobachtete die Silhouetten der vorbeiziehenden Wolken, lauschte dem Wind. Fühlte mich mit einem Mal schrecklich einsam.

Nicht deshalb, weil ich allein hier im Leuchtturm herumsaß. Sondern weil niemand da war, mit dem ich diese Eindrücke teilen konnte.

Andererseits hätte Kevin mir garantiert den Vogel gezeigt, wenn ich von der Schönheit der Ostsee bei Nacht geschwärmt hätte. Oder von einem unendlichen Horizont, von verwundeten Muscheln am Strand und vom goldenen Licht.

Er hatte für meine Fotos nie viel übrig gehabt. Außer natürlich, wenn ich ihn im Muscle-Shirt neben seinem neusten Angeberauto abgelichtet hatte. Dieses Bild hatte er im Freundeskreis herumgeschickt. Aber nur deshalb, weil es ein tolles Motiv hatte – nämlich ihn.

Nein, ich war alleine besser dran, gar keine Frage. Für Männer hatte ich einfach kein Händchen. Ich nahm den nächsten Schluck vom Rotwein, da klingelte mein Handy. Wenn es Mona oder Inga waren, würde ich ausnahmsweise nicht rangehen. Ich hatte keine Lust, mit ihnen zu sprechen, wusste aber nicht, wieso nicht.

Doch als ich auf die Anzeige sah, stand dort Arnes Name. Stimmt, ich hatte ihn eingespeichert, um ihm die Nachricht zu schreiben. Nur aus Gewohnheit natürlich.

Ohne lange nachzudenken, hob ich ab.

„Moin, Jessica“, begrüßte er mich, obwohl es draußen stockdunkel war. „Ich wollte nur sagen, dass Tiki gut daheim angekommen ist. Wobei du dir wahrscheinlich sowieso keine Sorgen gemacht hast.“

„Stimmt.“ Ich lächelte. „Inzwischen habe ich kapiert, dass sie tatsächlich zehnmal tougher ist, als sie aussieht.“

„Ich hoffe, sie hat dich nicht zu stundenlangen Putzorgien gezwungen. Tut mir wirklich leid.“

„Quatsch. Du kannst doch nichts dafür.“

„Irgendwie schon. Vielleicht müsste ich sie mal richtig erziehen. Keine Ahnung, ob das bei Katzen Aussicht auf Erfolg hat. Was treibst du denn gerade?“

Entspannt lehnte ich mich am Sofarücken an. „Ich erhole mich mit einem Glas Rotwein auf der Couch. Und ich habe ein paar recht nette Fotos vom Sonnenuntergang geknipst. Heute war alles golden. Überall flüssiges Metall, Glanz und Schimmer, als wäre ein Juwelier am Werk gewesen.“

Ich verdrehte die Augen über mich selbst. Was laberte ich da nur? Arne wohnte hier. Er hatte schon zwölf Millionen Sonnenuntergänge über dem Meer gesehen. Wahrscheinlich fielen die ihm gar nicht mehr auf.

Doch seine Stimme war weich und warm. „Ja, ich hab's auch gesehen, wunderschön. Ich mag diese Stunden, wenn der Tag in den Abend übergeht. Das hat einen ganz besonderen Zauber. Du hast das toll beschrieben.“

Ungläubig lauschte ich ihm. Wollte er mich veräppeln? Machte er sich über mich lustig? Doch es war beim besten Willen kein Sarkasmus zu erkennen.

„Ganz genau“, sagte ich vorsichtig. „Ich habe sogar ein paar wilde Ideen ausprobiert. Aber erst, als die Sonne schon fast verschwunden war. Eine Reflexion im Rotweinglas.“ Ich lachte, um meine Unsicherheit zu überdecken.

„Das würde ich gerne sehen. Kannst du mir das schicken? Oder ist das nur auf deiner Kamera gespeichert?“

Zögernd kaute ich auf meiner Lippe herum. „Es gibt eine App. Mit der kann ich die Bilder direkt übertragen. Aber bestimmt bist du total enttäuscht. Ist echt nichts Besonderes. Millionen von Fotografen haben schon Sonnenuntergänge geknipst oder funkelnde Rotweingläser.“

„Aber nicht im Möwenitzer Leuchtturm.“ Seine Stimme lächelte.

Gutes Argument. Ich stand auf, um meine Kamera vom Sideboard zu holen. „Okay, ich überspiele welche. Aber erwarte nicht zu viel.“

Eilig rief ich die SnapBridgeApp auf, dann aktivierte ich an meiner Nikon die Bluetooth-Funktion und wählte ein paar Fotos aus, die ich an mein Handy schickte. Die Bilder mit den Reflexionen waren tatsächlich schön geworden. Und das Pastelllicht hatte ich ebenfalls gut eingefangen.

„Die Fotos sind noch roh“, erklärte ich Arne. „Damit sie perfekt sind, müsste ich sie noch am PC oder an der Kamera bearbeiten.“

„Roh ist gut. Sagt mein Freund, der Sushikoch.“ Er lachte, ich musste ebenfalls schmunzeln über seinen Witz.

Ein paar Klicks, dann wanderten die Fotos auf sein Handy hinüber.

„Wow“, flüsterte er und klang ehrlich beeindruckt. „Ich wusste, dass du Talent hast. So etwas spüre ich. Und jetzt sehe ich es schwarz auf weiß. Oder eher sonnenuntergangsbunt.“

„Ach komm, das sind nur einfache Bilder.“ Sein Lob

war mir ein bisschen peinlich. Andererseits war ein Teil von mir stolz wie ein narzisstischer Gockel, dass ihm meine Fotos gefielen.

Er sprach weiter. „Lass mich raten: Das mit deinem Job im Kaufhaus ist gelogen. In Wirklichkeit bist du eine berühmte Profifotografin und nur deshalb hier inkognito unterwegs, weil dich sonst Fans belagern würden."

Ich prustete los. „Du hast eine blühende Phantasie, Arne!"

„Gar nicht! Ergibt doch alles Sinn! Du sammelst hier Eindrücke für deine neue Ausstellung. Den Namen sehe ich schon in riesigen Lettern auf Plakaten stehen: *Die geheime Ostsee durch die Linse von Karla Kalimera*."

Mein Lachen wurde lauter. „Das soll mein Künstlername sein? Hast du den von Benjamin Blümchen geborgt?"

„Oh Mist, das stimmt! Fiel mir gar nicht auf. Ich musste da mal eine Folge mit meinen Nichten anhören. Das ist die rasende Reporterin, oder?"

„Genau. Karla Kolumna. Allerdings hat die auch eine Kamera. Du liegst also nicht komplett verkehrt."

„Na, siehste! Aber mal im Ernst, hattest du noch nie eine Vernissage?"

Ich seufzte. „Was glaubst du, wie viele Hobbyfotografen es gibt? Und jeder träumt von einer Ausstellung. Die Chancen stehen zwanzigmal schlechter als für einen Lottosechser."

Im Hintergrund hörte ich ein Miauen. Eines, das ich inzwischen selbst recht gut kannte.

„Tiki, du hast jetzt Pause", sagte Arne. „Spiel mit dem Tennisball da drüben."

Etwas rollte herum.

„Was macht sie eigentlich, wenn du länger unterwegs bist?“, fragte ich. „Du kannst sie doch nicht den ganzen Tag – oh, sorry, du lebst vielleicht gar nicht alleine.“

Verflixt! Ich kam rüber wie ein neugieriges Waschweib, das sich wahnsinnig subtil nach seinem Familienstand erkundigte.

Doch Arne klang ganz normal. „Sie ist Freigängerin und ich habe eine Katzenklappe. Das ist gar kein Problem. Sie kann jederzeit auf dem Sofa chillen. Oder eben draußen herumstreunen. Und ja, ich lebe allein. Gott sei Dank.“ Sein Grinsen war nicht zu überhören.

Ich trank einen weiteren Schluck. Der Wein stieg mir allmählich zu Kopf. Es war noch nicht mal acht Uhr, insofern eigentlich viel zu früh, um einen Beaujolais zu schlürfen, aber ich hatte Urlaub. Und hatte eine Trennung hinter mir. Da waren zwei Gläser Wein erlaubt.

„Das klingt so, als hättest du miese Erfahrungen mit Mitbewohnern gemacht“, tastete ich mich heran.

„Oh ja. Das kann man so sagen.“ Mit einem Schlag war er ernst geworden.

Jetzt bereute ich meine Fragerei. Aber ich konnte sie nun mal nicht rückgängig machen. Also bemühte ich mich zumindest um einen heiteren Tonfall.

„Willkommen im Club. Ich bin nur hier im Leuchtturm, weil mein Ex-Freund lieber ohne mich verreist. Blöder Mistkerl! Der Urlaub war schon im Plan eingetragen, deshalb bin ich hier gelandet.“

„Den Kerl hast du hoffentlich abgeschossen?“

„Richtig. Der kann mir total gestohlen bleiben. Und was war bei dir?“

Es war mittlerweile komplett dunkel. Mein Handy war die einzige Lichtquelle, aber es machte mir nichts aus. Ich konnte mir in diesem Moment nichts Schöneres vorstellen, als hier oben im Stockfinsteren zu sitzen, nach dem Rotweinglas zu tasten und mit Arne zu telefonieren.

Gespannt lauschte ich, was er mir nun offenbaren würde.

„Ich war drei Jahre mit Stella zusammen. Und weißt du, im Nachhinein komme ich mir so blöd vor. Ich hätte von Anfang an merken müssen, dass es eine dumme Idee ist. Sie war nämlich wunderschön."

Er hielt inne, als warte er auf eine Antwort von mir. Doch ich wusste nicht, worauf er hinauswollte.

„Äh, das verstehe ich jetzt nicht."

Arne atmete tief durch. „Stella war eine dieser Frauen, nach der sich Männer umdrehen. Eine, die genau darauf achtet, wie sie sich kleidet. Und die immer topgestylt ist. Weißt du, was ich meine?"

„Schon. Aber mir ist das Problem immer noch nicht klar."

„Na ja, sie hat das gebraucht. Die Bewunderung, die Komplimente. Ohne diese Bestätigung kam sie nicht klar. Anfangs fand sie es noch spannend, mit einem Handwerker zusammen zu sein, der etwas Schönes erschafft. So habe ich sie auch kennengelernt, ich habe in der Villa ihrer Eltern die Balkongitter gemacht, sie wollten Monogramme ihrer Namen. Als sie, die schöne Tochter des Hauses, mit mir ausgehen wollte, war ich total überrascht. Natürlich habe ich sie angebetet und war megastolz, eine so hübsche Frau abbekommen zu haben. Meine Kumpels haben mir alle auf die Schulter geklopft und so. Dass sie gern shoppen ging, hat mich nicht gestört, weil ich sowieso viel gearbeitet habe. Dabei hätte ich das doch wissen müssen. Es läuft immer gleich mit solchen Frauen!"

Da war Schmerz in seiner Stimme. Schmerz und Enttäuschung. Ich presste das Handy ganz fest an mein Ohr, weil ich ihm so nah wie möglich sein wollte.

„Was läuft immer gleich?“, fragte ich leise.

Er atmete tief durch. „Ich kenne das schon seit der Schulzeit. Da gab es auch in jeder Klasse ein paar Mädchen, die jeder angeschwärmt hat. Und die schrecklich oberflächlich waren. Ist ja auch klar, wenn man ständig Komplimente kriegt! Dann dreht sich natürlich alles nur ums Äußere. Für solche Mädels waren Normalsterbliche wie ich immer nur Luft. Die haben mich nie beachtet. Außer sie haben sich einen Vorteil erhofft, weil sie im Auto mitfahren wollten oder so etwas. Aber auf ein Date wären sie nie mit mir gegangen.“

„Du sprichst von dir, als wärst du ein hässliches Monster“, ging ich dazwischen. „Das stimmt doch gar nicht! Du siehst gut aus!“

„Lieb von dir, Jessica. Aber ich bin allenfalls Durchschnitt. Außerdem habe ich nichts übrig für Markenklamotten, hippe Frisuren oder so Kram. Das ist mir alles viel zu seelenlos. Wieso ich mich auf Stella eingelassen habe, ist mir bis heute ein Rätsel. Wahrscheinlich hat mein Ego sich geschmeichelt gefühlt. Zumindest am Anfang. Als sie dann mit fast allen meiner Freunde rumgemacht hat, nicht mehr. Aber noch einmal passiert mir das nicht. Falls ich jemals wieder mit einer Frau ausgehe, muss sie ganz natürlich sein. So wie du.“

Sein Lächeln war zurückgekehrt. Er hörte sich sogar an, als hätte er mir zugezwinkert. Mir war bewusst, dass ein Zwinkern völlig geräuschlos vonstattenging, aber es fühlte sich so an.

Ich war so verzückt von seiner Stimme, seinem Lächeln

und dem eingebildeten Zwinkern, dass der Inhalt seiner Worte verzögert in meinem Verstand landete.

„Ich und ganz *natürlich*?“, wiederholte ich erstaunt.

Wie kam er nur auf so eine Idee, ich war doch auch immer mords aufgetakelt und ... Shit! Erst jetzt fiel mir ein, dass er mich ja am Strand getroffen hatte, wo ich als bommelmützige Brillenschlange ohne Taille und Haare unterwegs gewesen war. Klar, dass er mich für ein total naturbelassenes Teletubby hielt!

„Selbstverständlich!“, bestätigte er. „Du gehst raus in die Natur, du hast ein Auge für die Schönheiten der Landschaft, du tippelst nicht mit Stilettos herum, sondern trägst vernünftige Schuhe. Du bist eben keine oberflächliche Shoppingqueen, sondern eine bodenständige Frau mit Herz und Verstand!“

Ach du Scheiße!

Arne würde tot umfallen, wenn er jemals meinen Schuhschrank sähe! Oder meinen Schminktisch im Schlafzimmer samt meiner Sammlung an Lippenstiften, Lockenstäben und Lidschatten.

Aber Moment – das war die alte Jessica. Die, die ich in Hannover zurückgelassen hatte. Die, die ich mit Kevin in den Wind geschossen hatte. Weil sie immer nur die falschen Männer anzog.

Jetzt hingegen war ich eine völlig neue Jessica. Eine, die immer noch darüber nachdachte, sich ihre Blondmähne abzusäbeln und den gesamten Kosmetikkram in den Müll zu kippen.

„Na ja“, sagte ich gedehnt. „So ein richtiges Naturkind bin ich nicht.“

„Das meine ich ja auch nicht. Aber dir geht es nicht total um dein Äußeres, du stehst nicht stundenlang vorm

Spiegel oder kriegst einen Heulkrampf, weil du mal einen Pickel auf der Nase hast. Und du legst es nicht darauf an, dass jeder Mann deinem wackelnden Hintern hinterherstarrt."

Ich schwieg.

War ich bisher so gewesen? Eine Tussi, die immer Aufmerksamkeit und Komplimente für ihr Äußeres brauchte? Ein bisschen traf das auf mich zu, musste ich mir eingestehen. Aber womit hätte ich auch sonst punkten sollen? Ich war weder schlau oder erfolgreich, noch hatte ich andere Talente. Und war nicht jeder Mensch auf Bestätigung angewiesen? Mit einem hübschen Aussehen funktionierte das eben am leichtesten.

„Sie hat dich sehr verletzt", sagte ich schließlich weich. Denn es ging momentan nicht um mich, sondern um Arne. Und ich konnte förmlich spüren, wie sehr diese Enttäuschung immer noch an ihm nagte.

„Ich bin drüber weg. Stella hat jetzt einen Typen, der besser zu ihr passt. Und der einen tiefergelegten BMW fährt, keinen peinlichen Lieferwagen mit Anhänger wie ich." Er lachte bitter.

„Sie ist 'ne doofe Nuss", kommentierte ich.

„Dein Ex ebenso", sagte er. „Komm, lass uns anstoßen auf unsere unwürdigen Verflossenen. Ich hol mir ein kühles Bier aus dem Kühlschrank und wir trinken Telefon-Prost."

Ich mochte seine Ideen. Seine Stimme sowieso. Und überhaupt die Art, in der er sich mit mir unterhielt. Normalerweise fand ich es schrecklich anstrengend, mit einem Mann zu telefonieren, den man gerade erst kennengelernt hatte. Kevin hatte kaum drei Worte herausgebracht, wenn ich ihn mal angerufen hatte. Und bei seinem Vorgänger,

Pascal, waren Telefonate die gesamte Zeit über zäher als Kaugummi gewesen.

Arne jedoch vermittelte mir das Gefühl, mit einer alten Freundin zu quatschen. Nun ja, nicht ganz. Bei alten Freundinnen bekam ich selten feuchte Hände und ein hüpfendes Herz.

Einer spontanen Eingebung folgend entzündete ich eine Kerze, rückte die Brille auf meiner Nase zurecht, hielt mir das halbvolle Weinglas vors Gesicht und knipste ein Selfie. Auf dem Bild war ich nur als verzerrter Schemen zu erkennen. Dass ich lächelte, konnte man trotzdem sehen, meine Brille ebenfalls. Und auch, dass das Weinglas eine Menge Fingerabdrücke zu bieten hatte, aber das war egal.

Ich hörte, dass er die Bierflasche öffnete und den Inhalt gluckernd in ein Glas goss.

„Oha, sogar ein Glas!“, neckte ich ihn. „Dabei heißt es, Handwerker trinken grundsätzlich nur aus der Flasche.“

„Ich bin doch kein Banause!“ Er lachte erneut. „Wenn ich ehrlich sein soll: Das mache ich tatsächlich meistens. Aber jetzt, wo wir uns nur hören, wollte ich nicht riskieren, dich mit einem Bierrülpser zu verscheuchen.“

Seinen Humor mochte ich ganz besonders, der sollte auf meiner Liste mit liebenswerten Dingen an ihm ganz weit oben stehen.

„Von wegen nur hören.“

Ich schickte ihm das Foto.

„Cool!“, lobte er. „Moment, das probiere ich auch. Damit du mich auslachen kannst.“

Es raschelte und knisterte. Sogar eine ganze Weile lang. Schmunzelnd drückte ich das Handy an mein Ohr. Was zum Teufel trieb er da?

Ein entrüstetes „Mau!“. Ein unterdrücktes Fluchen.

Mein Grinsen wurde breiter.

Endlich kam das Foto. Sofort prustete ich los. „Was für ein toller Schnappschuss!“

Arne saß auf einem gemütlichen Sessel, hielt die Bierflasche in der Armbeuge an sich gedrückt und mit der Hand Tiki fest, die äußerst missmutig dreinschaute. Der Grund dafür war klar: Er hatte versucht, ihr die Ringelmütze über den Katzenkopf zu ziehen.

„War gar nicht so leicht, eine so künstlerisch verwackelte Aufnahme hinzukriegen“, sagte er.

„Das schaffen wirklich nur die Besten“, antwortete ich, konnte meinen Blick aber nicht vom Bild losreißen. Arnes Gesicht war tatsächlich etwas unscharf, aber sein verschmitztes Lächeln und die blitzenden Augen zogen mich trotzdem in ihren Bann.

Bei ihm lief Musik, das fiel mir erst jetzt auf. „Was hörst du gerade? Hast du das Radio an?“

„Eine CD. Ich weiß, das ist altmodisch. Heutzutage streamt man nur noch. Aber ich mag meine Sammlung, sie ist eine richtig wilde Mischung aus allen möglichen Genres. Warte, ich dreh lauter auf, dann hörst du es. Du kannst ja vorab schon mal raten, was ich laufen habe.“

Ich rechnete mit einer alten Rocknummer. Etwas Erdiges, Bodenständiges.

„Da du heißes Eisen schmiedest, gibt es nur zwei Möglichkeiten: Metallica oder Aerosmith.“

Arnes Lachen war kehlig und rau. „Mag ich auch gerne, aber heute habe ich etwas ganz anderes aufgelegt.“

Gespannt lauschte ich – und traute meinen Ohren kaum. Das war ruhige Klaviermusik. Das Intro zu einem 80er-Jahre-Song? Nein, es blieb beim reinen Klavierspiel.

„Keine Ahnung, wer da klimpert“, gab ich zu.

„Ludovico Einaudi. Ist peinlich, ich weiß. Den hören wahrscheinlich eher Senioren. Aber ich mag ihn. Da hat mich mal eine Kundin draufgebracht, der ich ein Treppengeländer ins Haus gebaut habe. Die hatte das den ganzen Tag laufen. Erst dachte ich, ich halt es nicht mehr aus und muss zur Apotheke laufen, um mir die stärksten Ohrstöpsel zu holen. Aber nach zwei Tagen hatte ich mich daran gewöhnt. Am dritten habe ich mitgesummt und mir abends eine Best of-CD bestellt."

„Du bist leicht zu begeistern, das gefällt mir. Dir könnte ich eine gesamte Anzugkollektion andrehen. Samt passenden Krawatten, Socken und Hemden. Kurzarm plus Langarm."

Erneut trank ich einen Schluck Wein. Er war warm und samtig, genau wie das Gespräch mit Arne. Und wie der Wein ließ die Unterhaltung mich schweben und wohlfühlen, hüllte mich ein und ließ alle Anspannung von mir abfallen.

Das melodische Klavierspiel im Hintergrund berührte etwas in mir. Etwas, das sehr tief vergraben war. Vielleicht war es auch Arnes Stimme. Oder die Leichtigkeit, die er verströmte. Ich wollte, dass dieser Abend niemals endete. Dass wir uns bis morgen früh unterhielten, über Lieblingssongs sprachen, die besten Eissorten aufzählten, von den lustigsten oder traurigsten Szenen in Filmen schwärmten.

Und das taten wir dann auch.

Wir redeten über alles und nichts. Arne erzählte witzige Anekdoten von skurrilen Kunden, mit denen er zu tun hatte. Außerdem erfuhr ich, dass Hinnerk und Hedi sich tatsächlich über jeden Besuch freuten, dass es in Lenjas Teestube einen Tortenaufzug gab und dass Möwenitz eine Frau Bürgermeister hatte, die davon träumte, dass der Ort bei Touristen richtig groß rauskam.

Im Gegenzug erzählte ich ihm von meiner Schwester Inga aus dem Reisebüro, von meinem Faible für Guacamole mit Taco-Chips und schließlich von meinem Einsatz als Weihnachtsengel im Kaufhaus Wenzel.

Der Wein war mir ordentlich zu Kopf gestiegen, vielleicht auch die Gespräche. Ich kicherte jedenfalls wie ein kleines Mädchen, während ich davon erzählte.

„Unser Chef, der Radetzky, hat meine Kollegin Mona und mich tatsächlich in Engelkostüme gesteckt. Mit Flügeln! Das musst du dir mal vorstellen. Und Hausmeister Herbert saß als Weihnachtsmann zwischen uns. Ich sag's dir, nach diesen Wochen habe ich einen Schreikrampf bekommen, wenn ich irgendwo *Jingle Bells* gehört habe. Das lief dreißigmal am Tag, ist schlimmer als Folter."

„Da lobe ich mir Einaudi. Aber mal im Ernst, gibt es davon ein Foto? Das würde ich irrsinnig gern sehen. Du mit Flügelchen als Engel. Schick mir eins!"

Oh Gott, hoffentlich kam er nicht auf die Idee, danach zu googeln! Gut, offizielle Bilder gab es nur vom Santa Claus in der Winterwonderworld, nicht von uns. Aber manch stolze Mutter hatte vielleicht Bilder auf Instagram gepostet. Wenn er die fand, würde er mich mit Engelslocken und Lipgloss sehen, außerdem in einem kurzen Glitzerkleid und in High Heels, weil Rambowsky darauf bestanden hatte.

„Nee, du. Ich will das alles vergessen. So ein Trauma muss man hinter sich lassen und nicht wieder aufbrechen, hat mein Psychiater geraten." Ich kicherte und hoffte, dass er nicht weiter auf dem Engelthema herumritt.

Um ihn abzulenken, erzählte ich von Mona, die noch viel mehr als ich unter der Glitzerdeko und den Weihnachtsliedern gelitten hatte und sich deshalb übers Fest in einen einsamen Leuchtturm eingebucht hatte.

„Stimmt!", unterbrach Arne mich. „Die Geschichte machte im Dorf die Runde. Es gab eine Doppelbelegung. Und ein Kaninchen spielte eine wichtige Rolle."

Während ich ihn mit Details versorgte, hörte ich ihn gähnen. Gerade wollte ich ihn neckend fragen, wieso er schon müde sei, da sah ich auf die Handyuhr.

„Holy Moly, es ist schon nach elf Uhr", rief ich. „Und du musst wahrscheinlich früh aufstehen, oder?"

„So schön wie du habe ich's nicht, dass ich bis mittags an der Matratze horchen kann, das stimmt."

Wie hatte die Zeit nur so schnell vergehen können? Wir hatten mehrere Stunden telefoniert. Konnte das wahr sein?

Erneut kontrollierte ich die Uhr, mit dem gleichen Ergebnis.

„Wird Zeit, gute Nacht zu sagen", schlug ich vor.

„Keine schlechte Idee. Aber es bleibt dabei, dass ich dich als Entschuldigung für Tikis Honigchaos zum Essen einlade. Und ich will unbedingt noch mehr Fotos sehen."

Wollte ich das? Mit ihm ausgehen?

„Ich muss erst welche knipsen", wich ich aus. „Wir hören uns bestimmt wieder einmal."

„Oder du kommst bei mir in der Werkstatt vorbei. Ist nicht schwer zu finden, du hast ja meine Visitenkarte."

„Mach ich! Gute Nacht, Arne!"

„Schlaf gut, Jessica. Und träum was Schönes."

Seine Stimme war wie flüssige Schokolade. Süß und warm und so duftend, dass ich mich am liebsten darin wälzen wollte.

Er hatte aufgelegt, aber trotzdem war er irgendwie noch hier. Ich blieb noch eine Weile auf dem Sofa sitzen.

Da mein Handy jetzt aus war, umgab mich absolute Dunkelheit, doch das störte mich nicht.

Mit Arne war es völlig anders als mit allen Männern, die ich bisher kennengelernt hatte. Und das waren nicht wenige gewesen. Immer hatte die Optik eine große Rolle gespielt. Ich war in Bars angesprochen worden, auf Partys, sogar an der Tankstelle hatte ich mal eine Telefonnummer zugesteckt bekommen. Wenn ich ehrlich sein sollte, hatte auch ich mich oft in einen Kerl verknallt, weil er einfach heiß aussah. Und ja, wenn mir ein Typ vorgesäuselt hatte, wie unfassbar hübsch ich war, hatte ich mich blitzschnell in ihn verguckt.

So war das schon immer gewesen.

Bis jetzt.

Bei Arne lief es auf eine neue Weise ab. Er hatte noch kein einziges Mal gesagt, dass ich schöne Augen oder ein *rattenscharfes Fahrgestell* hätte, um bei Kevins Wortwahl zu bleiben. Dafür interessierte er sich für meine Fotos und nannte mich *natürlich*.

Schon irre. Obwohl ich ihm als vermummte Vogelscheuche begegnet war, schien er sich unbedingt mit mir treffen zu wollen. Das machte mir ein wenig Angst. Er mochte Frauen, die nicht oberflächlich waren. Aber traf das auf mich zu? Hatte ich überhaupt Tiefgang?

Seufzend stand ich auf, nahm das leere Weinglas und tappte nach unten, um mich bettfertig zu machen. Als ich endlich wohlig eingekuschelt im Bett lag, glänzte der Schlaf durch Abwesenheit. Stattdessen waberten Gesprächsfetzen aus dem Telefonat durchs Zimmer. Ich hörte noch immer Arnes Lachen. Auch seine Musik.

Da ich sowieso nicht einschlafen konnte, nahm ich mein Handy, um zum wiederholten Mal sein Foto zu betrachten.

Was zum Teufel war es nur, das mich so anzog?

Ich rief Spotify auf, suchte nach diesem Pianisten. Fand ihn. Klickte den nächstbesten Song an, er hieß *Passaggio*. Als die melancholischen Klavierklänge begannen, schloss ich die Augen. Normalerweise hörte ich nur Popsongs aus dem Radio, aber diese Musik berührte mich tief. Sie war leichtfüßig und doch bewegend, sie war zart wie das Lächeln von Arne und auch dunkel wie seine Stimme.

Nach einer Weile schloss ich die Augen, legte das Handy auf den Nachttisch und ließ mich von diesem Ludovico in den Schlaf spielen – mit dem Gedanken, dass Arne möglicherweise die gleiche Musik hörte und wir uns dadurch auch beim Einschlummern nahe waren.

7. Schmiedeliebe

Als ich am nächsten Tag aufwachte, hatte ich das Gefühl, kaum geschlafen zu haben. Trotzdem war ich voller Energie. Ich packte mich warm ein und ging noch vor dem ersten Kaffee eine Runde joggen. Nicht, weil ich mir irgendwelche dummen Kalorien abtrainieren musste, sondern weil ich riesige Lust hatte, durch die frische Morgenluft zu traben.

Es war herrlich! Keine Menschenseele war unterwegs, nur Möwen begleiteten mich neugierig, der Wind küsste mich seefeucht ins Gesicht und das Meer spielte sein unendliches Wellenlied. Immer wieder verlangsamte ich meine Schritte, bewunderte den morgendlichen Himmel, winkte einem wilden Kaninchen zu, das quer über den Weg flitzte.

Als ich zurück in den Leuchtturm kam, hatte ich zwar keine kolossale Laufleistung vorzuweisen, aber ein glückliches Lächeln im Gesicht.

Ich schaltete die Kaffeemaschine an, duschte mich und gönnte mir anschließend ein ausgiebiges Frühstück.

Danach packte ich meine Fotoausrüstung zusammen, mümmelte mich wieder warm in Jacke plus Bommelmütze ein und machte mich auf den Weg. Heute würde ich bis zum Abwinken meiner Fotoleidenschaft frönen!

Ich begann nicht am Strand, sondern spazierte aufs Dorf zu. Muscheln und Wellen konnte ich auch die nächsten Tage noch ablichten. Heute wollte ich den Foto-Sherlock spielen und mich auf die Suche nach möglichst ausgefallenen Motiven machen.

Mir kam ein toller Gedanke: Ich würde winzige Ausschnitte von Gebäuden oder Gärten fotografieren und Arne musste später zuordnen, wo das war. Quasi ein Foto-Ratespiel. So etwas gefiel ihm sicher! Ich startete mit dem kunstvoll gemauerten Torbogen, weil ich an dem als Erstes vorbeikam. Er war mit Efeu bewachsen und ich fand eine Perspektive, bei der die Pflanze die hohe Maurerkunst ganz besonders schön umrankte.

Es folgte eine Haustür mit mehrfarbigen Holzintarsien, eine getöpferte Vogeltränke und eine Metall-Eule, die jemand aus verschieden großen Schraubenmuttern geschweißt hatte. Bei jedem Objekt probierte ich verschiedene Einstellungen aus, spielte mit Blickwinkel, Licht und Entfernung herum, ließ die Nikon alles durchtesten, was für solche Aufnahmen möglich war.

Bei einem alten Fachwerkhaus fand ich an dunklen Balken einen halbverrosteten Zimmermannnagel, ein paar Häuser weiter gab es ein kleines Wandgemälde, das halb von einer Clematis verdeckt war, die sich noch im Winterschlaf befand. Nein, das stimmte nicht. Da waren ein paar frische, grüne Triebe, die ich natürlich ablichten musste, weil sie einen scharfen Kontrast zum halb verwitterten Fischerbootgemälde darstellten.

Ich schlenderte weiter und entdeckte am Ortsrand ein kunterbunt zusammengewürfeltes Haus mit Obstgarten, das mich faszinierte. An einer alten Leiter hingen Blumentöpfe, in denen eine frühe Salatsorte spross, auch Frühbeete mit zerkratztem Plexiglasdeckel gab es. Neben einer in die Jahre gekommenen Bank vor dem Haus lehnte ein Gehstock, in den jemand offenbar ein Motiv schnitzen wollte. Ich hob ein paar der heruntergefallenen Späne auf, legte sie auf die Bank und knipste wild drauflos.

„Soll ich meinen feinen Sonntagsanzug holen?“, riss mich eine krächzende Stimme aus der Konzentration.

Ertappt fuhr ich zusammen. Es war Hinnerk, der aus der Haustür gekommen war und breit grinsend neben mir stand.

„Deinen Anzug?“, wiederholte ich verwirrt.

„Na, wenn du eine Fotosammlung von meiner Hütte machst, gehöre ich doch auch mit drauf, oder?“

Ich lachte fröhlich. „Klar! Setz dich hin und schnitze ein wenig, dann lichte ich dich ab. Und falls ich jemals eine Ausstellung haben sollte, wirst du der Star. Kann allerdings noch dauern. Hundert Jahre oder so.“

Er fuhr sich über den Bart. „Macht nichts. Man erlebt immer mal Überraschungen. Über das Honorar müssen wir dann aber noch harte Verhandlungen führen!“

„Erst mal sehen, ob du überhaupt fotogen bist!“, erwiderte ich schmunzelnd.

„Ach herrje!“, rief eine weibliche Stimme. „Du wirst doch den alten Kaspar nicht als Fotomotiv verwenden?“

Eine zierliche grauhaarige Frau stand in der Haustür. Das musste Hedi sein. Sie hatte genau wie ihr Mann ein wettergegerbtes Gesicht, nordisch-blaue Blitzeaugen und unzählbare Lachfalten um den Mund.

„Misch dich nicht ein, Hedi, du verstehst nichts von Kunst. Leute wie ich haben eben Charakter.“

„Das heißt nicht Charakter, das heißt Falten“, klärte sie ihn auf. „Aber davon hast du jede Menge, das stimmt.“

Sie kam auf mich zu und streckte mir die Hand entgegen. „Ich bin Hedi. Und du musst Jessica sein. Hinnerk hat schon von dir erzählt. Ich setze gleich mal Teewasser auf, du wirst nach der Fotografiererei mit Hinnerk eine Stärkung brauchen.“

Ich schüttelte ihr die Hand und bedankte mich für die Kekse im Leuchtturm, doch ihr Gatte krähte dazwischen.

„Hedi, du hast keine Ahnung von guten Bildern! Wir müssen verschiedene Posen durchgehen. Natürlich auch mit der Belichtung herumprobieren. Und erst einmal herausfinden, was eigentlich meine Schokoladenseite ist. Nicht wahr, min Deern?“

Er drehte sich nach links und zog seine Lippen zu einem Entenschnabel zusammen. Danach präsentierte er mir seine andere Seite, diesmal verengte er die Augen, neigte den Kopf ein wenig und formte einen Kussmund. Entgeistert starrte ich ihn an. Was in drei Teufels Namen tat er da? Wenn ich es nicht besser wüsste, würde ich sagen, dass er eine Marilyn Monroe-Pose einnahm. Aber die war viele Jahrzehnte jünger und deutlich bartloser gewesen, von den Falten ganz zu schweigen.

Hedi lachte laut. „Er hat ein paar Folgen von Heidi Klums Topmodel-Show gesehen. Und nun fühlt er sich offenbar zum Fotomodell berufen. Red ihm bloß nicht ein, dass du auch noch Laufstegbilder brauchst! Sonst stolziert er hier herum, verstaucht sich den Knöchel und ich muss ihn gesund pflegen.“

„Man kann in jedem Alter schön sein“, stellte Hinnerk

lautstark klar. „Und vielleicht werde ich ja entdeckt? Für die Werbung?“

„Außer für Ricola Kräuterzucker oder eine Salbe gegen Hämorrhoiden kann ich mir da nichts vorstellen“, gab Hedi trocken zurück.

Er streckte ihr die Zunge raus. Ich drückte auf den Auslöser. Wir lachten alle drei.

„Bitte sprich ein Machtwort, Jessica!“, flehte Hedi mich an. Ihre Augen blitzten fröhlich wie die eines jungen Mädchens.

Also gut. Ich musste ihren Gemahl offenbar etwas bremsen.

„Du siehst toll aus, Hinnerk“, sagte ich. „Weißt du, ich bin auf der Suche nach Motiven direkt aus dem Leben. Deshalb wäre es super, wenn du was schnitzen würdest. Und ich könnte dich bei dieser Arbeit einfangen.“

Als ich aufsah, gab Hedi mir mit einem Handzeichen zu verstehen, dass ich auf dem richtigen Weg war. Sie verschwand ins Haus, während Hinnerk sich den Stock schnappte und ein Messer aus der Hosentasche zog.

„Wie soll ich schauen?“, fragte er. „Sinnlich-erotisch? Naiv-unberührt? Oder lieber verwegen-verführerisch?“

Er führte mir alle drei Gesichtsausdrücke vor und ich musste mir heftig auf die Zunge beißen, um nicht laut loszuprusten. Ein wenig sah er nämlich aus, als hätte er in eine Zitrone gebissen. Oder als würde er unter hartem Stuhlgang leiden.

„Wie wäre es mit träumerisch-versunken?“, schlug ich vor. „Das kommt sicher toll an bei Heidi – äh, bei den Leuten, die vielleicht mal dein Bild sehen. Wenn es gut wird, kriegst du natürlich einen Abzug.“

Ich hatte zwar keine Ahnung, wo man hier ein Foto ausdrucken lassen konnte, aber darum würde ich mich später kümmern.

Hinnerk grinste. „Du sagst dann also mal: Ich hab ein Foto für dich? So wie die Heidi?“ Er strahlte mich an.

Lachend nickte ich. Ich hatte die Show nur mal beim Durchzappen gesehen und wusste so ungefähr, was er meinte.

Immerhin schien ihn meine Zusicherung zu beruhigen, denn er beugte sich jetzt über den Stab und begann mit der Schnitzarbeit. Ich verbarg mich hinter der Kamera und tat, als müsste ich alles Mögliche einstellen. Dabei wartete ich einfach nur ab, bis sein Gesichtsausdruck nicht mehr so gekünstelt war.

Anfangs schaute Hinnerk immer wieder zu mir und probierte verschiedene Mienen aus. Ich riet ihm, zu vergessen, dass ich und die Nikon anwesend waren. Irgendwann gelang ihm das und er konzentrierte sich endlich auf seine Arbeit. Er kratze mit dem Messer übers Holz, drehte sein Werk immer wieder, modellierte die Umrisse eines Fisches aus, der den Stock seitlich zieren sollte. Sein Blick war nun ganz auf das Holz gerichtet, er schien die Kamera tatsächlich vergessen zu haben. Ich bemerkte, dass Hinnerk leise vor sich hin summte und drückte mehrfach auf den Auslöser. Wunderbar! Das war genau der selbstversunkene Ausdruck, den ich wollte.

Ich knipste um mein Leben, während Hinnerk in Seelenruhe vor sich hin schnitzte. Ob durch die Linse oder einfach so – ich liebte es, ihm zuzusehen. Sein wettergegerbtes Gesicht mit den tiefen Furchen, sein kaum wahrnehmbares Lächeln und die meerblauen Augen zogen mich in ihren Bann. Und würden es hoffentlich auch mit den Betrachtern des fertigen Bildes tun.

Irgendwann sah er auf.

„Schiet, ich habe gar nicht gemerkt, dass du noch da bist. Bei mir macht sich langsam der Tee-Durst breit. Komm, wir gehen hinein und lassen uns von Hedi verwöhnen.“

Dazu sagte ich nicht nein. Das Häuschen war innen genauso gemütlich und zusammengewürfelt eingerichtet, wie ich es vermutet hatte. Hedi servierte Tee mit Sahne und Kluntjes, außerdem gab es mürbe Kekse, die sie selbst gemacht hatte. Ich fühlte mich sofort wohl bei den beiden.

Wir klönten eine ganze Weile, tranken Unmengen Tee und lachten viel. Hedi und Hinnerk neckten sich gegenseitig, aber bei allem Augenverdrehen und vorgeschobenen Beschwerden merkte ich bei jeder Silbe, wie sehr sie sich schätzten.

Als ich mich irgendwann verabschiedete, spazierte ich nachdenklich weiter. Es musste schön sein, einen so vertrauten Partner zu haben. Jemanden, mit dem man über alles reden konnte. Den man necken und mit seinen liebgewonnenen Schwächen aufziehen konnte. Und der einem trotzdem zulächelte, eine Umarmung spendierte, mit jeder Silbe zu verstehen gab, dass man zusammengehörte.

„Traumschlösser“, murmelte ich vor mich hin. So etwas gab es nur in ganz seltenen Fällen. Oder vielleicht bei der Generation von Hinnerk und Hedi. Aber in meinem Umfeld kannte ich kaum Paare, die einen so liebevollen Umgang pflegten. Oder überhaupt mehrere Jahre zusammenblieben.

Freunde waren da viel verlässlicher. Und mal im Ernst – man war als Frau doch viel besser dran ohne Partner! Keiner meiner bisherigen Freunde hatte mich jemals auf solchen Fotosafaris wie heute begleiten wollen.

„Stinklangweilig!“, hatte jeder genölt, wenn die Sprache darauf gekommen war. Und mit einer Reise an die Ostsee im kühlen März hätte ich auch keinen der Jungs hinterm Ofen vorgelockt. Nein, so ein Singleleben war deutlich erstrebenswerter!

Auch wenn ich mir das nachdrücklich einredete, versetzte mir die Vorstellung, auf ewig allein zu sein, einen kleinen Stich ins Herz. Klar, man konnte dann nicht versetzt, verletzt, verlassen werden, das war ein Vorteil. Aber es gab eben auch keinen, der wie Hinnerk seiner Hedi im Vorbeigehen die Hand auf den Rücken legte. Oder ihr ein dankbares Lächeln schenkte, wenn sie extra für ihn einen separaten Teller mit Aniskeksen bereitstellte, weil das sein liebstes Gebäck war.

Ich seufzte tief. Wieder einmal.

Nachdenklich schlenderte ich weiter.

Wieso war das Leben so kompliziert? Dieses Konstrukt mit Mann und Frau war nicht wirklich gut durchdacht, fand ich. So eine Birke wie die, an der ich vorbeiging, hatte es deutlich besser. Die ließ sich von herumsummenden Bienen bestäuben, unterhielt sich in Baumsprache mit den beiden benachbarten Birken und musste nie ihrem Bettnachbarn die Nase zuhalten, weil der ihr nach einem wodkareichen Kumpelsabend das Schlafzimmer vollschnarchte.

Gerade als ich der Birke einen neidischen Blick zuwarf, zerriss ein herzergreifendes Schreien die friedliche Szenerie. War das ein Kind? Hatte es sich verletzt?

Erneut der klagende Wehlaut. Diesmal ahnte ich die Richtung.

Ich lief sofort los, die Straße entlang, bog in eine Seitengasse. Als der Schrei zum dritten Mal erklang, schien er immer noch vor mir zu sein. So, als hätte sich das Kleinkind weiterbewegt.

Um Gottes willen, war da eine Entführung im Gange? Szenen aus dem Krimi, den ich gerade las, blitzten vor mir auf. Raubte jemand gerade ein kleines Mädchen und trug es mit sich fort?

Ich beschleunigte meine Schritte. Das Geräusch war weiter vorne gewesen, ich musste noch ein Stück laufen. Keuchend rannte ich an den Häusern entlang, erreichte schließlich das Ende einer Straße. Vor mir befand sich nur noch ein kleines Wohnhaus mit einem Anbau, der nach einer großen Werkstatt aussah. Um das Gelände herum ging ein reich verzierter Zaun aus Eisen. Aber keine Menschenseele weit und breit. Mein Atem war abgehackt, als ich mich umsah.

Da, eine Bewegung! Ich fuhr herum. Und sah aus den Augenwinkeln, wem ich gefolgt war.

„Das gibt's ja nicht!", japste ich und warf Tiki einen so finsteren Blick zu, dass ihr hoffentlich Angst und Bange werden würde.

Funktionierte allerdings nicht.

Die Katze war durch den Zaun geschlüpft, drehte sich jetzt zu mir um und sah mich an. Ich hob langsam meine Kamera. Dieses Mistvieh hatte ein Grinsen im Gesicht, das würde ich beschwören! Auch wenn man es wegen der Barthaare nicht gut erkennen konnte. Aber ich würde sie ablichten und das Bild so vergrößern, dass ich es beweisen konnte!

Klick!

Schon hatte ich das erste Foto geschossen. Tiki sah direkt in die Kamera und neigte ihren Kopf niedlich zur Seite, als hätte sie eine zweijährige Ausbildung zur Filmkatze hinter sich. Jeder Hersteller von Katzenfutter würde seinen Umsatz verzehnfachen, wenn er sie für die Werbung einsetzte.

Sie stolzierte majestätisch am Zaun entlang und blieb schließlich neben einer Holzbank stehen, deren Füße wie schmiedeeiserne Katzenpfoten aussahen.

Ich sog die Luft ein. Erst jetzt ging mir ein Licht auf, wo ich war. Klar! Das hier war Arnes Haus!

„Hast du mich hierhergelockt?“ Ungläubig starrte ich sie an, doch sie war mit einem Mal sehr eifrig mit der Fellpflege beschäftigt.

Das Blut rauschte in meinen Ohren. Ob das jetzt von der kleinen Sprinteinheit kam oder davon, dass ich vor Arnes Haus stand, wusste ich nicht. Das schmiedeeiserne Tor war allerdings geschlossen. Ich bemerkte Reifenabdrücke in der Einfahrt, aber das passende Fahrzeug fehlte. Erst jetzt fiel mir auf, dass über der Werkstatt in wunderschön geschwungenen Eisenlettern stand: *Kunstschmiede.*

Sollte ich klingeln? Arne hatte schließlich gesagt, dass ich jederzeit vorbeikommen dürfte.

Zögernd stand ich vor dem Klingelknopf am Tor.

Ach was, ich würde es jetzt probieren. Wenn er keine Zeit hatte, würde er mir das sicher mitteilen.

Ich presste den Finger auf den Klingelknopf, aber nichts passierte. Erneut klingelte ich, doch Arne war offensichtlich ausgeflogen.

Tiki war keine große Hilfe. Sie wandte sich mir zu, ließ ein verhaltenes „Mau“ ertönen – und schlüpfte durch eine Katzentür ins Haus.

„Na toll“, rief ich ihr lautstark hinterher. „Ist dir schon einmal aufgefallen, dass ich viel größer bin als du? Ich passe durch keine Katzenklappe. Außerdem sagt man als anständige Katze *miau* und nicht *mau*!“

„Jessica?“, sprach mich jemand an. Ein Mann. Ich zuckte zusammen, als hätte man mich bei einem Einbruch erwischt.

Neben mir stand Tjark. Besser gesagt er saß auf einem Fahrrad und grinste mich an. Verflixt noch mal! Hoffentlich hatte er mich nicht reden gehört!

„Moin, Tjark“, sagte ich schnell.

„Wieso willst du durch Arnes Katzenklappe krabbeln?“, fragte er.

Ich lief tomatenrot an. „Äh, ich habe mit seiner Katze geredet. Ist ... äh .... so ein Tick von mir. Quasi ein Tiki-Tick. Also, dass ich mit Haustieren spreche. Vielleicht werde ich mal ein Kinderbuch schreiben.“

Himmel, was log ich da nur zusammen?

Tjarks Grinsen war fast so breit wie das Tor zur Werkstatt. „Cool! Wird sicher ein Bestseller. Falls du übrigens Arne suchst: Den habe ich vor einer halben Stunde weggefahren sehen.“

„Ich habe nur seinen Zaun bewundert.“

Er sah mich an, als fragte er sich, wieso man so eine Durchgeknallte wie mich frei herumlaufen ließ.

„Logo. Ist ein sehr schöner Zaun. Echte Handarbeit. Im Sommer halten sämtliche Touristenbusse der Gegend an, um ihn zu bestaunen.“ Er lachte fröhlich, zwinkerte mir zu und trat in die Pedale.

Kaum war er außer Sichtweite, klatschte ich mir die Hand gegen die Stirn. Herrje! Ich war einfach nur peinlich. Kein Wunder, dass Tjark sich über mich lustig machte. Es war echt gut, dass Arne nicht hier war. Wenn ich den auch mit so viel Unsinn belaberte, würde er schreiend davonlaufen.

Ich machte ein paar Schritte am Zaun entlang. Innen lehnten halb fertige Werkstücke an einer Halterung. Metallstäbe, die wie Pflanzenstiele gestaltet waren, aus denen Blätter und Blüten wuchsen. Die Blätter waren so fein geschmiedet, dass ich einzelne Blattadern erkennen konnte. Daneben hingen schneckenartige Gebilde, gebogene Ornamente und ein Element, das mich am meisten faszinierte. Es war ein Stück eines Treppengeländers, vermutete ich, und Arne hatte die wilde Ostsee hineingearbeitet. Wellen bauschten sich auf, große und kleine, der Umriss eines Schiffs schaukelte auf dem Meer, seitlich erkannte ich fliegende Möwen.

„Wow“, flüsterte ich.

Ich presste die Nikon gegen den Zaun, zoomte Details heran, fotografierte das Objekt aus verschiedenen Winkeln. Auch kleine Ausschnitte des Zauns und des Tors lichtete ich ab.

Schon jetzt freute ich mich diebisch auf Arnes Miene, wenn ich ihm im Rahmen meines Ratespiels diese Fotos zeigen würde. Doch wieso warten? Ich konnte ihm doch schon jetzt eines der Bilder schicken. Ohne Kommentar. Mal sehen, ob er draufkam, welches Detail ich geknipst hatte!

Das passende Bild war schnell gefunden. Es zeigte einen winzigen Ausschnitt eines Kringels an seinem eisernen Tor. Ich hatte ihn so fotografiert, dass er wie Gold glänzte. Mit ein paar Bearbeitungen kam das noch besser zur Geltung, sodass das fertige Foto nun aussah, als hätte ich in einem Juwelierladen geknipst.

Ich schickte ihm das Bild an sein Handy und machte mich gut gelaunt auf den Rückweg.

Als ich gerade auf die Landzunge einbog, kam ein

Anruf rein. Grinsend meldete ich mich.

„Na? Hast du erkannt, wo ich war?“

„Hat eine Weile gedauert“, gab er zu. „Aber wenn ich mich nicht irre, hast du dich zu meinem Haus verirrt.“

„Ich bin den Schreien einer verrückten Katze gefolgt. Und du brauchst dir nichts einzubilden, ich habe Hunderte von Fotos im ganzen Dorf geknipst. Sogar ein richtig tolles Model habe ich kennengelernt. Eines, das jede Pose kennt.“

„Tiki?“

„Von wegen. Hinnerk!“

Ich erzählte ihm kurz, dass der von einer Entdeckung durch Heidi Klum träumte. Danach fragte ich, wo er sich eigentlich herumtrieb.

„Bei mir kam heute ein Auftrag rein. In Rostock. Nein, das stimmt nicht, den Auftrag habe ich schon länger, aber heute hat mir die zuständige Dame wieder mal alles umgeworfen. Was für eine blöde Schnepfe!“

„War sie so arrogant?“

„Genau. Schrecklich eingebildet. So eine richtig Aufgetakelte im Kostümchen und mit dämlichen Schuhen. Oh Mann! Aber der Auftrag ist toll, auf den freue ich mich. Du, hast du morgen Lust auf einen Tee? Bei Lenja? Oder warte, ich weiß nicht, wann ich zurückkomme. Muss ihr noch einige Muster zeigen und was vorbereiten. Lieber abends? In Kurts Kombüse? Dann kannst du mir auch deine Fotos zeigen.“

Ich erstarrte. Mein Herz klopfte herum, als wäre ich soeben aus Dänemark herübergeschwommen.

Er wollte ein Date mit mir?

Das kam natürlich überhaupt nicht infrage. Ich hatte schließlich meine Vorsätze. Und ich war total konsequent, wenn ich mir etwas vorgenommen hatte. Also würde ich ihm jetzt erklären, dass ich ...

„Natürlich! Sehr gerne!“, hörte ich mich sagen.

„Super! Ich melde mich noch wegen der Uhrzeit. Bis dann, Jessy!“

Er legte auf. Meine Füße waren am Boden festgewachsen. Ich starrte das Handy an.

Himmelherrgott, ich hatte zugesagt!

Eine kleine und sehr vernünftige Stimme flüsterte mir zu, dass ich noch absagen konnte. Dummerweise kreischte eine andere Stimme aber samt Geigenuntermalung und Trompetengetöse in mein Ohr: „Arne will sich mit dir treffen! Er steht auf dich! Ihr werdet heiraten, in einem schmiedeeisernen Traumhaus leben und vierzehn Enkelkinder haben!“

8. Kombüsen-Krawall

Am nächsten Tag lief ich herum wie ferngesteuert. Meine Güte, es war weiß Gott nicht mein erstes Date mit einem Mann! Trotzdem war ich nervöser als ein Abc-Schütze am ersten Schultag. Um mich zu beruhigen, backte ich endlich die Bananenmuffins, für die ich die Zutaten gekauft hatte. Das brachte mich ein wenig runter.

Und natürlich hatte ich Mona geschrieben, dass Arne mich treffen wollte. Leider hatte sie sich noch nicht gemeldet.

Es war schon vier Uhr, als sie endlich anrief. Und zwar mit Videocall.

„Sorry, ich war unterwegs. Hab deine Nachricht erst jetzt gesehen. Wolltest du dich nicht von allem, was ein Y-Chromosom und einen Hauch von Brustbehaarung hat, fernhalten?"

„Es ist ja kein richtiges Date", nuschelte ich. „Nur ein Treffen. Wegen der Fotos, die ich geschossen habe. Und weil er mir von einem neuen Auftrag erzählen will."

Ich sah Mona lachen. „Rein platonisch also? Weil du ja

berühmt bist für deine zahlreichen männlichen besten Freunde?“

Jetzt kicherte auch ich. „Irgendwann ist immer das erste Mal. Aber mal im Ernst: Es ist völlig anders mit Arne. So etwas habe ich noch nie erlebt.“

„Du klingst schwer verliebt. Das höre ich deiner Stimme an. Außerdem hast du so ein Strahlen.“

„Nein“, widersprach ich. „Wir haben ewig telefoniert, das weißt du ja. Es war so wunderbar entspannt. Und so einfach, mit ihm zu reden, ihm zuzuhören. Die Stunden sind nur so dahingeflogen. Sonst ging es immer ums Aussehen, wenn ich jemanden kennengelernt habe. Ich hab dem Typen tief in die Augen geschaut und er ...“

„Und er dir in den Ausschnitt“, unterbrach Mona mich trocken.

„Stimmt. Ich habe sonst immer den Bauch eingezogen, heimlich kontrolliert, ob die Frisur gut sitzt oder auf dem Klo die Lippen nachgezogen. Wenn ich ehrlich sein soll, habe ich manchmal nur mit halbem Ohr zugehört, was der Typ erzählt hat.“

„Kein Wunder, manche haben hauptsächlich über die PS-Zahl ihrer Autos geredet“, warf sie ein.

„Bei Arne interessiert mich alles, was er sagt. Ich will mehr über seinen Beruf erfahren, ihm mal beim Schmieden zusehen. Ich will wissen, welche Filme er mag, wovon er träumt, was seine Lieblingsmarmelade ist.“

„Langsam mache ich mir echt Sorgen um dich, Jessica.“ In Monas Stimme lag ein Lächeln, aber ich sah in ihrem Blick auch Ernsthaftigkeit.

„Ich pass schon auf mich auf, keine Angst. Vielleicht werden wir ja wirklich nur gute Freunde? Das wäre doch toll.“

Bei der Vorstellung zog sich allerdings alles in mir zusammen. Klar, Freundschaft war etwas Wunderbares. Aber ich wollte, dass Arne nicht nur einen Kumpel in mir sah. Mist. Hatte Mona recht damit, dass ich mich ein klitzekleines bisschen verknallt hatte?

„Ich würde dir von Herzen einen Partner wünschen, der dich wirklich sieht“, sagte sie weich. „Der die Frau sieht hinter deinem hübschen Gesicht. Die Brille steht dir übrigens richtig gut.“ Sie nickte mir zu.

Nachdenklich spielte ich mit einer Haarsträhne. „Du meinst echt, ich soll ungeschminkt und ohne Aufbrezelei zum Date erscheinen?“

Sie zog überrascht die Brauen zusammen. „Na klar! So habt ihr euch doch auch kennengelernt!“

„Ja schon, aber das war ein Spaziergang in der Kälte. Wenn man sich aber in einem Lokal trifft, dann ...“

„Jessica!“ Mona wurde lauter. „Du hast mir doch selbst gesagt, dass er dich für deine Natürlichkeit gelobt hat. Und dass er Modepüppchen nicht leiden kann. Also entspann dich, setz die Brille auf und noch etwas, das besser ist als jedes Minikleid.“

„Ein Krönchen?“, riet ich schmunzelnd.

„Dein Lächeln. Denn genau das ist es, was bei ihm gut ankommen wird.“

Ich atmete tief durch. „Du hast recht. Oh Mann, was würde ich nur ohne dich machen? Es ist einfach so ungewohnt.“

„Oh ja“, stöhnte Mona. „Der Mensch ändert nur sehr widerwillig seine Gewohnheiten. Da bist du nicht allein.“

Wir redeten noch eine Weile, tauschten Neuigkeiten aus dem Kaufhaus aus, schließlich verabschiedeten wir uns.

„Ich bin so dankbar, dass du meine Freundin bist“, sagte

ich. „Eine bessere gibt es nicht."

„Spar dir die Begeisterungsstürme für Arne auf", gab sie grinsend zurück. Dann wurde sie ernst. „Du weißt, ich drück dir wie wild die Daumen. Weil du es wirklich verdient hast, dass ein Mann deine wahren Werte erkennt. Mach das Beste aus dem Abend."

„Aye, Captain Mona!", rief ich fröhlich und legte auf.

Ich war wirklich ein Glückskind. Sogenannten Freundinnen, die sich nur zum Proseccoschlürfen trafen und sich mit einem gesäuselten „Hallo, Süüüße, du siehst so toll aus" begrüßten, konnte ich nichts abgewinnen. Mona hingegen sagte mir oft genug auch unangenehme Dinge und genau das war es, was ich so an ihr schätzte. Neben der Tatsache natürlich, dass sie die dreckigsten Witze von ganz Hannover erzählen konnte. Sie versuchte immer, das Beste aus mir herauszuholen. Und sie kannte mich wahrscheinlich besser als ich mich selbst.

Deshalb würde ich selbstverständlich auf ihren Rat hören und völlig ungestylt zu meinem Date mit Arne gehen. Er hatte inzwischen eine Nachricht geschrieben und als Uhrzeit halb acht vorgeschlagen. Das passte mir gut, denn so konnte ich vorher noch meine geknipsten Fotos bearbeiten.

Als ich das nächste Mal auf die Uhr sah, war es Viertel vor sieben. Meine Aufregung stieg. Normalerweise würde ich schon längst im Bad stehen, um meine Haare zu einer Lockenpracht zu formen, mir geheimnisvolle Smokey Eyes zu schminken und meine Klamottenauswahl zu überdenken.

Heute jedoch nicht. Heute war ich superduperentspannt. Nur kämmen musste ich mich natürlich. Das galt ja nicht als Aufstylen, sondern war ein völlig normaler Vorgang.

Ich bürstete also meine Haare, warf dabei einen Blick auf mein Spiegelbild. Himmel, auf meinem Kinn war ein roter Fleck! Wurde das ein Pickel?

Zögernd betrachtete ich die Stelle. Ich konnte Arne doch nicht zumuten, mir die ganze Zeit aufs Kinn zu starren, weil ihn der Pickel irritierte. Szenen aus einem Loriot-Sketch gingen mir durch den Kopf. Da war es eine Nudel gewesen, die den Heiratsantrag sabotiert hatte. Was für ein Drama! Natürlich erwartete ich von Arne keine Liebeserklärung, aber irritieren wollte ich ihn auch nicht.

Also zog ich meinen Kosmetikbeutel zu mir heran. Ich hatte ihn bei der Abreise nicht ausgeräumt, sondern einfach in den Koffer geworfen. Als Erstes fiel mir eine Tube Grundierung entgegen. Ich verstand das als Wink des Schicksals und verschaffte mir damit einen ebenmäßigen Teint. Ein paar Pinselstriche Rouge folgten, um die Konturen meines Gesichts etwas zu betonen. Das war ja immer noch nichts, was als *geschminkt* durchgehen würde. Ja, Männern fiel so etwas sowieso nie auf, die gingen stets davon aus, dass wir Frauen von Natur aus eine total feine Haut, null Unreinheiten, rosige Wangen und ewiglange Wimpern hatten. Das Tuschen selbiger fiel somit in die gleiche Kategorie. Machte doch jede. Es wäre etwas anderes, wenn ich mir falsche Wimpern aufgeklebt hätte, aber ein wenig Mascara lief sowieso noch unter *nude Look.*

Kritisch musterte ich mein Gesicht im Spiegel. Ich versuchte, mich in Arne hineinzuversetzen. Er wollte mich treffen. Womöglich würde er sogar für uns beide bezahlen, weil er ein Kavalier der alten Schule war. Er hatte nach meinen Fotos gefragt, mir vieles von seiner Arbeit erzählt. Für ihn hatte dieser Abend heute also eine Bedeutung.

Was würde er denken, wenn ich mit zerzausten Haaren

und in einem faden Oversize-Pulli anschlurfte? Er musste doch davon ausgehen, dass er mir total unwichtig war. Ja, sogar, dass ich ihn nicht respektierte!

Mir war es jedenfalls so ergangen, als ich mal für Kevin ein schönes Abendessen gekocht und den Tisch festlich dekoriert hatte und er in einer ausgebeulten Jogginghose und seinem Sportshirt aufgetaucht war.

„Er soll doch merken, dass ich mich auf den Abend mit ihm gefreut habe. Und dass er mir wichtig ist. So wichtig, dass ich mich für ihn nett zurechtgemacht habe!", bestätigte ich mir selbst. Und öffnete das Döschen mit den Lidschatten.

Natürlich konnten auch meine Haare nicht so bleiben. Aus alter Gewohnheit hatte ich einen Lockenstab eingepackt, den steckte ich jetzt an. Und ich fummelte meine Kontaktlinsen in die Augen.

Irgendwo in meinem Hinterkopf tauchte plötzlich Arnes Stimme auf, die sagte, dass er meine Natürlichkeit so schätzte. Mein Nacken verspannte sich bei diesem Gedanken. Doch ich wischte die Stimme eilig weg. Er wusste doch, dass ich am Strand total leger herumlief! Und auch auf dem Weinglasfoto hatte er meine Brille gesehen.

Also war es doch null Problem, wenn ich mich heute ein klein wenig zurechtmachte. Bestimmt würde er stolz sein, wenn die anderen Gäste in Kurts Kombüse den Kopf nach mir umdrehten. So etwas schmeichelte doch jedem Mann! Es war ja einfach nur eine andere Facette von mir und er würde wissen, dass ich an anderen Tagen die Natürlichkeit in Person sein konnte.

Ich zauberte weiche Locken in meine Haare, knetete Glanzgel hinein, zupfte mir neckische Strähnen in die Stirn. Die schwierigste Frage lag aber noch vor mir.

Was sollte ich anziehen? Ich hatte kein einziges Minikleid eingepackt, nur Pullis, Jeans und eine Strumpfhose zum Darunterziehen, falls es so richtig kalt wurde.

Ich zerrte einen Pulli nach dem anderen aus dem Koffer, um ihn zu mustern. Moment mal – der hier war richtig lang. Wenn ich die Strumpfhose anzog, darüber den Pulli als kurzes Strickkleid mit neckischem V-Ausschnitt, dazu meine Stiefel, würde ich Arne sicher zum Staunen bringen. Und so ganz furchtbar aufgetakelt war das doch nicht, immerhin trug ich keine sexy Stilettos, außerdem war der Pulli längst nicht so körperbetont wie meine sonstigen Kleider. Okay, ich band mir noch einen Gürtel um die Taille, damit er nicht so sackartig daherkam. Aber es war immer noch ein eher legeres Outfit, fand ich.

Arne hatte das mit der Natürlichkeit sicher mehr im übertragenen Sinn gemeint. Bisher hatte er in mir vielleicht nur eine Kumpelfreundin gesehen. Aber ich wollte, dass er mich auch als Frau wahrnahm! Und das funktionierte nun mal besser, wenn mein roter Spitzen-BH aus dem Ausschnitt des Pullikleids hervorblitzte.

Mein Spiegelbild zeigte eine attraktive Frau. Erleichtert atmete ich aus. Ich fühlte mich unendlich viel sicherer, wenn ich so aus dem Haus ging!

Die Vorstellung, in meinem Spaziergehoutfit ein Lokal zu betreten, hatte mir höllisch Angst gemacht, wie ich jetzt feststellte. Da wäre mir so unwohl gewesen, dass ich wahrscheinlich kein einziges Wort herausgebracht hätte. Aber nun war ich mit meinem Aussehen zufrieden, das gab mir viel mehr Selbstbewusstsein, somit auch mehr Ausstrahlung. Bingo!

Der Blick auf meine Armbanduhr verriet mir, dass es schon kurz vor halb acht war. Himmel, ich musste mich sputen. Schnell schlüpfte ich in meine Jacke, griff zu meiner Handtasche und machte mich auf den Weg. Um nicht zu spät zu kommen, nahm ich das Auto. Ich fand einen Parkplatz in der Nähe der Kneipe und stieg aus.

Mein Herz schlug mir bis zum Hals, als ich auf die Eingangstür zuschritt. Kurts Kombüse sah von außen sehr urig aus. Viel dunkles Holz, Butzenscheiben, ein Hauch von Knoblauch und überbackenem Käse stieg in meine Nase.

Ich holte tief Luft und drückte die Tür auf.

Als ich den Innenraum betrat, blieb ich erstaunt stehen und sah mich um. Wo zum Henker war ich denn hier gelandet? Es sah aus wie die Filmkulisse zu einem Piratenfilm! Sogar ein Papageienpärchen saß gemeinsam auf einem Stock über dem Spirituosenregal. Natürlich war das eine Attrappe, aber die Vögel wirkten fast wie echt. Der Barkeeper trug einen goldenen Ohrring und ein Stirnband mit Ankermuster. Nur die Augenklappe fehlte noch, dann wäre er der perfekte Komparse für *Fluch der Karibik* gewesen.

Ein Schauer lief mir den Rücken hinab. Ich hatte mir unter dem Lokal, in das Arne mit mir gehen wollte, ein gutbürgerliches Fischrestaurant vorgestellt. Mit weißen Tischdecken und Kerzen und einer hübschen Bedienung, die über das Gericht des Tages informierte.

Das hier wirkte eher wie eine Hafenkaschemme. Gut besucht war der Laden trotzdem. Oder genau deshalb. Am Tresen hingen einige Kerle herum, die gerade mit Schnapsgläsern anstießen, diese auf Ex austranken und neben ihren Biergläsern abstellten, um sofort Nachschub zu bestellen.

Als einer mich sah, stieß er seinem Barhocker-Nachbarn den Ellbogen in die Rippe.

„Hey, scharfe Braut!“, rief er mir zu. „Bei uns ist noch Platz!“

Ich tat, als hätte ich es nicht gehört und suchte nach Arne. War der noch gar nicht hier?

Der Barkeeper – wahrscheinlich war er sogar der Inhaber – zwinkerte mir ebenfalls zu. „Darfst schon reinkommen, Schätzchen. Wir beißen nicht.“

„Ich bin mit Arne verabredet“, sagte ich, weil ich ihn noch nicht erblickt hatte.

„Der sitzt da hinten.“ Er deutete nach rechts, grinste breit und rief quer durchs Lokal: „Arne, da ist eine Lady, die behauptet, sie hätte ein Date mit dir!“

Ich hörte Gelächter, außerdem ein paar anerkennende Pfiffe. Jetzt hatte ich Arne endlich gesehen. Er saß am seitlichsten Tisch, wandte sich mir zu und riss die Augen auf.

„Tja, jetzt bist du überrascht, nicht wahr?“, sprach ich leise vor mich hin und freute mich diebisch darüber, dass er mich so erstaunt ansah. Sicher hatte er nicht erwartet, dass sich unter meinem Michelin-Männchen-Mantel, den ich am Strand getragen hatte, eine durchaus sehenswerte Figur versteckte. Und ich wollte wetten, dass er ein wenig stolz war, wenn ich jetzt auf ihn zuging. In einer fließenden Bewegung ließ ich meine Jacke von den Schultern gleiten, damit auch mein Dekolleté zur Geltung kam.

Sobald ich saß, musste ich ihm unbedingt erzählen, wie verzweifelt ich in meinem Koffer herumgegraben hatte, um ein nettes Outfit für heute zu basteln. Garantiert würden wir gemeinsam darüber lachen und er mich wahrscheinlich auch noch in den nächsten Tagen deswegen necken.

Nur noch drei Schritte, dann war ich am Tisch angekommen. Wie in Zeitlupe stand Arne vom Stuhl auf.

Seine Augen flackerten, was ich ein wenig seltsam fand. Und sein Lächeln, das ich so mochte, fehlte komplett.

„Jessica?“, fragte er heiser.

Ich lachte. „Sag bloß, du hättest mich nicht erkannt? Ich wollte mich ein klein wenig zurechtmachen. Wenn ich schon mit einem so tollen Schmiedekünstler ausgehe.“

Der Wirt kam heran. „Hey, Arne, du Teufelskerl. Da hast du ja einen sexy Hasen an Land gezogen“, sagte er lachend.

Arne jedoch schien ihn gar nicht zu hören. Er verzog keine Miene, starrte mich nur unentwegt an.

„So läufst du normalerweise herum?“ Seine Stimme war eisig.

„Äh, na ja, manchmal“, gab ich zu. „Beim Strandspaziergang natürlich nicht. Wir haben schließlich alle verschiedene Seiten, und ich wollte ...“

Weiter kam ich nicht.

Arne schüttelte den Kopf. Er war leichenblass. „Tut mir leid. Da hab ich mich wohl total getäuscht“, keuchte er. „Ich dachte, du bist anders. Aber das war alles Unsinn.“

Danach riss er seine Jacke von der Stuhllehne, würdigte mich keines Blickes und drängte sich an mir vorbei, um ohne Worte nach draußen zu verschwinden.

Ich war wie vom Blitz getroffen.

Träumte ich?

Alle Gespräche im Lokal waren erstorben. Unzählige Blicke waren auf mich gerichtet. Ich lief knallrot an.

War das Arnes Ernst?

Hilfesuchend schaute ich mich um. Am Nebentisch erkannte ich Lenja. Ich wandte mich völlig baff ihr zu.

„Hat er mich jetzt wirklich hier stehen lassen?“, fragte ich sie bebend.

Lenjas Blick war voller Mitgefühl. Sie stand auf, kam näher, um mir etwas zuzuraunen. „Ich glaube, er mag es nicht besonders, wenn Frauen sich sehr stylen“, sagte sie.

Wie in Trance nickte ich. Brachte aber kein Wort hervor.

Ich stolperte durch die Kneipe in Richtung Ausgang, hatte immer noch die Hoffnung, dass Arne draußen auf mich wartete. Vielleicht hatte er bei meinem Anblick akuten Sauerstoffmangel bekommen oder so. Und alles würde sich als lustige Neckerei herausstellen.

Doch draußen vor dem Lokal war niemand. Die Straße lag menschenleer vor mir.

„Arne?“, rief ich. Meine Stimme klang so krächzend, dass ich locker als Papagei Nummer drei hätte anheuern können.

Keine Antwort.

Verdammt.

Ich hatte es verbockt. Kolossal verbockt!

Oh, verfluchte Scheiße! Wieso hatte ich es nicht lassen können, mich in ein gottverdammtes Barbie-Outfit zu werfen?

Mona hatte mich doch gewarnt!

Jetzt war alles vorbei. Ich war einfach nur dumm. Strohdumm. Das müsste ich inzwischen eigentlich wissen.

9. Beinbruch mit Folgen

Kaum war ich im Leuchtturm angekommen, riss ich mir den eng geschnallten Gürtel vom Leib, pfefferte den Spitzen-BH in eine Ecke und warf mich aufs Bett. Tränen der Wut stiegen hoch, drängten nach draußen. Ich schlug auf mein Kissen ein.

Wieso war ich nur so dämlich gewesen?

Immer wieder traf ich die komplett falschen Entscheidungen. Kein Wunder, dass es kein Mann mit mir aushielt. Entweder ich suchte mir falsche aus, oder ich verprellte die richtigen Kerle, weil ich genau das Gegenteil von dem tat, was sie mochten.

Ich hatte noch nie im Leben für irgendwas eine Auszeichnung erhalten. Aber gäbe es einen Preis für das saublödeste Verhalten im Umgang mit Männern, würde ich den jedes verdammte Jahr abstauben.

Immer wieder sah ich Arnes entsetztes Gesicht vor mir, aus dem nicht nur alles Blut gewichen, sondern auch sein wunderbares Lächeln verschwunden war. Ich musste ihn maßlos enttäuscht haben. Dabei hatte er mir doch immer wieder zu verstehen gegeben, dass er keine zurechtgemachten Frauen mochte, weil er schlechte Erfahrungen gemacht hatte. Und ich Idiotin hatte mich als genau so eine präsentiert. Nur weil ich immer wieder auf mein Aussehen setzen musste, ich dumme Kuh.

Er hatte recht, ich war genauso oberflächlich wie seine Ex. Und er war besser dran, wenn er mich niemals wieder sah.

Ich setzte mich auf, kramte nach einem Taschentuch, putzte mir die Nase. Gleich morgen früh würde ich abreisen. Hier hatte ich nichts mehr verloren. Außerdem wollte ich es ihm nicht antun, dass er mir irgendwo über den Weg lief. Ich würde einfach aus seinem Leben verschwinden, als wäre ich nie in Möwenitz gewesen.

Heute war ich zu schwach und zu durcheinander, um mich in mein Auto zu setzen. Durch meine tränennassen Augen würde ich die Straße kaum sehen, das brachte nichts.

„Ich sollte mich endgültig daran gewöhnen, dass ich nicht für Beziehungen geschaffen bin“, erzählte ich dem Taschentuch und schnäuzte anschließend kräftig hinein. „Das war der finale Wink des Schicksals. Jetzt habe sogar ich es kapiert. Ich werde allein bleiben, das ist besser so.“

Das Taschentuch antwortete nicht. Ich zog das nächste aus der Packung. Nicht, weil ich hoffte, dass dieses gesprächiger war. Sondern weil die Erinnerungen an Arne so schmerzhaft waren. Wie sehr liebte ich seine Stimme! Die ich nie mehr wieder hören würde. Wie gerne wäre ich noch einmal mit ihm am Strand entlanggelaufen, hätte mit ihm Muscheln gesucht, mir alles über Möwenitz erzählen lassen und dabei seine graublauen Meeraugen bestaunt. Doch das würde nie mehr geschehen.

Es tat so verdammt weh. Meine Augen brannten, was allerdings nicht an den Kontaktlinsen lag.

„Die musste ich ja auch unbedingt reinfummeln, ich Esel“, schimpfte ich. „Mona hatte sogar noch betont, wie gut mir die Brille steht!“

Aber ich hatte ihr nicht geglaubt. Dabei wusste ich doch längst, dass Mona viel schlauer war als ich und ich auf ihren Rat hören sollte. Sie hatte es schließlich geschafft, sie hatte einen anspruchsvollen Job, einen tollen Architekten als Freund, sie kriegte alles hin, was sie sich in den Kopf gesetzt hatte.

Ich hingegen war eine Versagerin auf der ganzen Linie. Schon immer gewesen. Ich bekam in meinem Leben rein gar nichts hin und würde immer eine einfache Verkäuferin bleiben, die von irgendwelchen Schlipsträgern herumgescheucht wird. Das mit den Fotos war auch ein Luftschloss. Kein Mensch würde sich jemals für Bilder eines schnitzenden Mannes, eines gemauerten Torbogens oder für die Detailaufnahme eines schmiedeeisernen Blütenblattes interessieren.

Mein Herz krampfte sich zusammen. Niemals würde ich Arne in seiner Werkstatt besuchen und ihn bei seiner Arbeit beobachten können. Und natürlich würde er nie einen Zaun schmieden, in den er unsere beiden Anfangsbuchstaben als kunstvoll geschwungene Ornamente einarbeitete, um der ganzen Welt unsere Zusammengehörigkeit zu zeigen.

Das waren alles Kleinmädchenträume. Auch die Sache mit der Ausstellung.

Es war Zeit, erwachsen zu werden. Und dazu gehörte, endlich mit dem Teeniekram Schluss zu machen.

Schwerfällig, als wäre ich keine pubertierende Lolita,

sondern eine uralte Frau, erhob ich mich vom Bett. Ich tappte in die Küche, nahm die Küchenschere aus der Schublade. Ohne einen Spiegel zu bemühen, setzte ich sie an. Zwischen Schulter und Ohr. Schnipp. Die erste lange Strähne fiel auf den Küchenboden.

Gut so.

Mir liefen weiterhin Tränen über die Wange, aber ich machte mir nicht die Mühe, sie wegzuwischen.

Wieder ein Zuschnappen. Die nächste Ladung Haare segelte auf meine Füße. Ich machte weiter und weiter, bis mir keine Strähne mehr auf die Schulter fiel. Danach holte ich einen Müllbeutel, fegte die Haare zusammen und stopfte sie hinein. Mit der Mülltüte ging ich ins Bad, wo ich den gesamten Inhalt meines Schminkmäppchens hineinkippte. Lippenstift, Concealer, Mascara, Lidschatten – alles fegte ich von der Ablage und hinein in die Tüte. Als ich die Wimpernzange in der Hand hielt, musste ich bitter auflachen. Das Ding war sowieso idiotisch. Wie das schon aussah! Weg damit. Weg mit all dem Kram.

Ich würde künftig einfach wie eine Vogelscheuche herumlaufen. Dann hatte sich das Thema Männer sowieso erledigt, selbst wenn ich wieder schwach werden sollte.

Erst später, als ich im Bett lag und mit wunden Augen die Decke anstarrte, fiel mir ein, dass ich ja wieder im Kaufhaus auftauchen musste. Radetzky würde mich rausschmeißen, wenn ich wie eine Pennerin daherkam. Seine Mitarbeiterinnen hatten gefälligst adrett und seriös auszusehen.

Wieder einmal seufzte ich schwer. Es zog sich wie ein roter Faden durch mein Leben, dass ich Dinge nicht zu Ende dachte.

Oh Mann.

Erschöpft presste ich meinen Kopf aufs Kissen und meine Lider zu. Ich sollte endlich mal schlafen. Um alles andere konnte ich mich in den nächsten Tagen kümmern. Doch der Schlaf wollte nicht kommen. Stattdessen sah ich immer nur Arne vor mir, hörte sein Lachen, sehnte mich nach dem Anblick seiner kunterbunten Ringelmütze.

Als es schon fast wieder hell wurde, fiel ich in einen kurzen, traumlosen Schlaf. Beim Aufwachen fühlte ich mich, als wäre ich von einem Traktor überrollt worden, und zwar vorwärts und rückwärts. Meine Augen brannten wie Feuer. Nachdem ich sie kurz gerieben hatte, fiel mir auf, dass ich vergessen hatte, die Linsen herauszunehmen. Na bravo. Jetzt hatte ich wahrscheinlich eine Bindehautentzündung und knallrote Kaninchenaugen. Ich setzte mich im Bett auf, fummelte sie heraus und ließ mich danach entkräftet auf die Matratze fallen. Wie sollte ich nur durch diesen Tag kommen?

Mein Handy brummte. Widerwillig nahm ich es in die Hand. Mona hatte mir mehrere Nachrichten geschickt.

„*Na, wie war dein Abend mit Arne?*" Smiley mit Herzchenaugen. „*Oder habt ihr die Nacht gemeinsam verbracht?*" Zwinkersmiley plus drei Herzchen.

Da sie sowieso keine Ruhe geben und mich sicher weiter mit Fragen löchern würde, rief ich sie an.

„Ah, die Frischverliebte!", jubelte Mona sofort. „Wie ist es da oben?"

„Wo oben?" Ich war nur halb wach, halb angezogen, aber vollständig verwirrt.

„Auf Wolke sieben!" Sie lachte.

„Keine Ahnung, wie es da ist. Ich sitze weit unten. Im tiefsten Höllenloch."

Okay, das war jetzt ziemlich dramatisch, aber ich fühlte

mich nun mal so. Und das lag nicht nur am Schlafmangel.

Umgehend änderte sich Monas Stimmlage. „Jessy, was ist denn los?“, fragte sie besorgt.

„Ich hab’s komplett vergeigt. Alles. Weil ich mir einfach nicht vorstellen konnte, ungeschminkt und in normalen Klamotten in die Kneipe zu gehen. Nein, ich musste mich natürlich mega aufstylen. Mit dem Erfolg, dass Arne davonlief, als wäre ich ein Zombie. Ich bin einfach so blöd!“ Ein Schluchzen drängte nach draußen, aber ich schluckte es tapfer hinunter.

„Mach dich nicht fertig, Jessica! Es liegt doch nur an deiner Unsicherheit, das ist alles. Mit Dummheit hat das überhaupt nichts zu tun. Du hast in der Vergangenheit einfach nur zu sehr auf dein Aussehen gesetzt.“

„Klar! Ich habe ja sonst nichts zu bieten. Mona, ich bin nicht wie du. So schlau und vernünftig und alles.“

Sie klang jetzt ein wenig verärgert. „Hör auf, dir das einzureden. Natürlich bist du das auch! Du hast so viele Talente. Aber du musst dich endlich mal dazu entscheiden, daran zu glauben!“

Das war leicht gesagt. Ich würde das niemals schaffen. Und es nervte, dass sie immer in die gleiche Kerbe hieb.

„Ich komme heim“, sagte ich. „Meine Koffer sind in einer halben Stunde gepackt. Es hat alles keinen Sinn hier.“

Auch sonst nirgends, aber das behielt ich für mich, damit sie mir nicht eine dreistündige Gardinenpredigt hielt.

„Jessy, nein!“, rief sie. „Du darfst nicht aufgeben, du musst ...“

Ich drückte sie weg.

Mein Kopf war voller Watte, außerdem saßen darin zwölf Zwerge, die mit kleinen Hämmerchen herumschlugen. Mir tat alles weh. Ich fühlte mich wund, nicht nur an den Augen.

Schwerfällig zog ich irgendetwas an, warf die restlichen Klamotten in den Koffer, schloss ihn und schleppte ihn nach draußen, wo ich ihn ins Auto lud. Es fehlten noch meine Lebensmittel, die Kamera und alles, was oben im Wohnzimmer lag.

Ich ließ die Tür einen Spalt offen, als ich zurück in den Leuchtturm ging und nach oben stieg. Es war neun Uhr und die Morgensonne hatte sich offenbar überlegt, mir so richtig eins reinzuwürgen. Sie strahlte nämlich in ihrem besten Frühlingsgewand vom Himmel, auf dem vereinzelt niedliche Schäfchenwolken vorbeizogen. Das Meer glitzerte, als wollte es in einem Werbespot für Swarovski-Kristall auftreten. Sogar die Möwen hatten sich gegen mich verschworen, denn sie segelten so lebensfroh und gut gelaunt vorbei, dass ich ihnen den Stinkefinger zeigte.

Wieso, in drei Teufels Namen, konnte heute nicht ein trüber, grauer Regentag sein, der zu meiner Stimmung passte?

Meine Kamera lag bereit, aber ich hatte keinerlei Lust, diese herrliche Wohlfühlszenerie zu fotografieren. Erstens gab es sicher schon hundert Bildbände mit solchen Aufnahmen. Zweitens war mir absolut nicht nach Wohlfühlen zumute.

Gerade legte ich die Wolldecke zusammen, mit der ich es mir in den letzten Tagen auf dem Sofa gemütlich gemacht hatte, da drang ein klägliches Miauen von unten zu mir herauf.

„Oh nein, nicht du schon wieder!“, stöhnte ich. Mir war sofort klar, dass das nur Tiki sein konnte.

Aber diesmal hatte sie sich geschnitten. Ich würde sie

umgehend vor die Tür setzen, egal wie niedlich sie sich gab.

Wild entschlossen lief ich die Treppe hinunter. Sie saß direkt vor der Eingangstür und sah mich aus ihren großen, hypnotischen Augen an.

„Keine Chance“, beharrte ich. „Du hast hier nichts verloren. Husch, raus mit dir!“

Mit einer Armbewegung wollte ich sie verscheuchen, doch sie machte nur ein paar langsame Schritte zur Seite. Und zog dabei ein Bein nach.

Ich verharrte in der Bewegung. Himmel, sie war verletzt!

„Was ist denn los, Tiki?“, fragte ich sanft. „Hast du dir wehgetan?“

„Mauuu“, machte sie langgezogen.

Als ich mich zu ihr hinunterbeugte, versuchte sie erneut davonzulaufen. Doch es gelang nicht, weil sie ihr linkes Hinterbein kaum bewegen konnte.

Oh Gott, wenn das gebrochen war? Ich hatte keine Ahnung, wie man mit verletzten Tieren umging. Eine äußere, blutende Verletzung sah ich nicht, aber das musste natürlich nichts heißen.

„Komm her, ich helfe dir“, lockte ich und streckte die Hand aus.

Tiki duckte sich weg. Sie humpelte den Flur entlang, bis sie in der Küche landete. Es war schlimm, sie so zu sehen. Sie wirkte scheu und total verängstigt. Bestimmt hatte sie etwas Schreckliches erlebt, einen Sturz oder einen Angriff. Es half nichts. Ich musste Hilfe holen.

Zähneknirschend sagte ich zu ihr: „Hab keine Angst, ich rufe dein Herrchen her.“

Eilig zog ich mein Handy hervor und wählte Arnes

Nummer. Es dauerte, bis er sich meldete. Und er klang nicht begeistert.

„Es geht nicht um gestern“, sagte ich schnell. „Tiki ist hier und verletzt. Sie zieht ein Bein nach, vielleicht ist es gebrochen? Kannst du sie bitte holen? Meine Koffer sind übrigens gepackt, ich reise noch heute ab.“

„Bin gleich bei dir“, sagte er. Und legte auf.

Eigentlich hatte ich mir das Nägelkauen schon in der Schulzeit abgewöhnt, aber jetzt knabberte ich an meinem Daumen herum. Würde Tiki wieder gesund werden? Ich ließ sie nicht aus den Augen. Sie kauerte in einer Ecke und sah so zart aus, dass ich sie am liebsten auf den Arm genommen, gestreichelt und ihr sanfte Beruhigungsworte zugeflüstert hätte. Doch ich hatte Angst, ihr Bein beim Hochheben noch mehr zu verletzen.

Es schien unendlich lange zu dauern, bis ich ein Motorengeräusch hörte. Ich lief zur Tür und riss sie auf. Arne kam auf mich zu.

Als er mich sah, stockte er einen Moment. „Holy Shit, wie siehst du denn aus?“, fragte er, wartete aber nicht auf eine Antwort, sondern ging sofort in den Leuchtturm.

„Sie ist in der Küche!“ Ich lief hinterher.

„Mau“, sagte Tiki, als sie ihr Herrchen sah, und humpelte auf ihn zu.

Überrascht beobachtete ich ihre Bewegungen. „Komisch. Ich hätte schwören können, dass sie vorhin das linke Bein nachgezogen hat“, sagte ich. „Jetzt ist es das rechte. Ob sie was an der Hüfte hat?“

„Hm“, machte Arne. „Hast du zufällig ein Stück Käse?“

„Käse?“, wiederholte ich verwirrt. „Ja, habe ich. Aber wenn sie operiert werden muss, ist es vielleicht nicht gut, dass sie vorher was frisst.“

„Gib ihn mir bitte. Nur ein kleines Stück.“

Auch wenn ich keinen Schimmer hatte, was das sollte, holte ich eine Ecke Gouda aus dem Kühlschrank. Arne nahm das Stückchen in die Hand, beugte sich nach unten und ließ Tiki daran schnuppern. Sie wollte gerade hineinbeißen, da warf er den Käse in hohem Bogen auf den Küchenstuhl.

Ein grauer Blitz – dann saß Tiki mampfend auf dem Stuhl.

„Was zum Henker ...?“, keuchte ich. „Sie hat kein bisschen gehumpelt! Und ist ohne Probleme da raufgehüpft.“

„Ganz genau.“ Arne grinste. „Das war der ultimative Käsetest. Mit dem kann man immer herausfinden, ob Tiki wirklich krank ist oder nur simuliert. Kommt nämlich öfters vor.“

„Moment mal.“ Verdutzt starrte ich ihn an. „Willst du sagen, sie hat das Humpeln nur vorgetäuscht?“

Er zuckte die Schultern. „Ist doch seltsam, wenn sie mal das eine und mal das andere Bein nachzieht, oder nicht?“

„Ich fass es nicht! Dieses kleine, süße Biest! Aber wieso hat sie das gemacht?“

Arne, der bisher noch Tiki beobachtet hatte, drehte sich jetzt in meine Richtung. Sein Mundwinkel zuckte verdächtig. „Vielleicht wollte sie unbedingt, dass ich deinen neuen Look bewundere?“

Ich fasste mir an den Hinterkopf. Dort, wo normalerweise seidig weiches Langhaar meinen Rücken hinunterfloss, befand sich jetzt ein Filz aus Besenborsten. Ich zog zischend die Luft ein und stürmte ins Bad.

Oh. Mein. Gott.

Aus dem Spiegel starrte mich die Hauptdarstellerin einer Zombie-Apokalypse an. Die knallroten Augen wurden durch den verwischten dunklen Lidschatten darunter noch betont, die Wimperntusche hatte schwarze Streifen auf meinen Wangen hinterlassen, Lippenstiftreste hatten sich übers Kinn verteilt. Das Schlimmste aber war meine Frisur. Mit der hätte ich in der Muppet Show als lustiges Monster anheuern können. Ich hatte meine gestrige Lockenpracht kräftig mit Haarspray fixiert und mich abends weder abgeschminkt noch das Spray herausgekämmt. Durch den selbst gesäbelten Haarschnitt, der aussah, als hätte man ihn mit einer Machete durchgeführt, und mein stundenlanges Herumwälzen auf dem Kissen stand mir jetzt eine unförmige Matte in allen Richtungen vom Kopf ab.

„Ich will sterben“, stöhnte ich mein Spiegelbild an.

Ein kleiner Teil von mir hoffte immer noch, dass das gar nicht ich war. Vielleicht hatte Tiki heimlich den Fernseher ins Bad geschleppt und vor dem Spiegel aufgebaut, und ich sah nun nicht meine Reflexion, sondern tatsächlich ein Horror-Splatter-Movie. Sie hatte ja offenbar katzenhafte Wunderkräfte, könnte also sein!

Der größere Teil von mir erkannte allerdings, dass ich zum Fürchten aussah.

Zu diesem größeren Teil gesellte sich auch Arne, der in diesem Moment direkt hinter mir auftauchte und über meine Schultern sah. Gemeinsam bewunderten wir mein Spiegelbild.

„Du hast ganze Arbeit geleistet“, kommentierte er den Anblick. „Offenbar hast du wirklich viele Talente.“

„Ich ... Also...“, stammelte ich. Und wusste nicht weiter. Arne atmete tief durch. Einmal, zweimal, dreimal. Als er irgendwann fertig war mit der Atmerei, straffte er die Schultern.

„Okay, Jessica. Wir machen jetzt Folgendes. Ich koche uns einen Kaffee. Den können wir beide brauchen, glaube ich. Du springst inzwischen unter die Dusche. Und dann setzen wir uns an den Küchentisch und sprechen darüber, was gestern eigentlich passiert ist."

Ich liebte Männer, die auch in Ausnahmesituationen mit vernünftigen Plänen daherkamen!

„Gut." Meine Stimme war belegt, meine Hände zitterten. Hieß das, es war noch nicht alles vorbei?

Zum Glück hatte ich beim Kofferpacken die Hälfte vergessen, mein Shampoo stand nämlich noch in der Dusche, die Spülung ebenfalls. Während Arne also in der Küche herumwurstelte, verwandelte ich mich im Bad zurück in einen halbwegs normalen Menschen.

Mit zurückgekämmten nassen Haaren, sauberem Gesicht und nicht mehr ganz so roten Augen tauchte ich schließlich in der Küche auf. Es roch wunderbar nach frischem Kaffee.

Arne stellte zwei Tassen auf den Tisch und setzte sich. Mit langsamen Bewegungen ließ ich mich ebenfalls am Tisch nieder und wand mich innerlich unter seinem fragenden Blick. Was sollte ich jetzt sagen?

„Trink erst einmal einen Schluck", schlug er vor.

Dass seine Stimme wieder diesen wunderbaren Klang nach dunklem Nugat hatte, half mir.

„Ich war so dumm gestern. Tut mir unendlich leid", begann ich.

„Jessica, ich will keine Entschuldigung. Ich will es einfach verstehen. Du wusstest doch, dass ich keine topgestylten Frauen mag. Doch dann bist du gestern als männermordender Vamp angestöckelt gekommen. Ich dachte, ich habe mich wieder einmal getäuscht. Bin auf eine Frau reingefallen, der es nur darum geht, von allen Männern dieser Welt bewundert zu werden. Andererseits passt das nicht zu dir! Ich kriege es einfach nicht zusammen. Schließlich habe ich dir doch mehrmals gesagt, wie sehr ich deine Natürlichkeit schätze."

Traurig senkte ich den Blick. „Ich weiß. Es ist nur – keine Ahnung, wie ich das erklären soll. Ich habe halt sonst nichts. Also nichts, was Männern wirklich gefällt. Nur mein Aussehen. So war es schon immer."

Er sah mich lange an. So lange, dass ich schon ganz unruhig wurde.

„Dann bin ich wohl anders als die Männer, mit denen du bisher zu tun hattest", sagte er schließlich.

In meinem Hals wuchs ein Kloß heran. Ich versuchte, ihn hinunterzuschlucken, aber er blieb hartnäckig an Ort und Stelle. Arne würde doch niemals verstehen, wieso ich so dachte. Ich selbst verstand ja nicht mal, welcher Teufel mich gestern geritten hatte!

Eine Bewegung auf meinem Schoß ließ mich zusammenzucken. Ich blickte nach unten und sah Tiki. Sie war hochgesprungen, rollte sich jetzt auf meinen Oberschenkeln zusammen und schnurrte auffordernd. Dabei schaute sie mich an, als wollte sie mir zurufen: „Los, streichel mich endlich!"

Das tat ich natürlich. Schon bei der ersten Berührung ihres Fells merkte ich, wie ich ruhiger wurde.

„Ich glaube, es ging in der Schule los. Oder schon vorher", hörte ich mich sagen. Einen Moment zögerte ich, doch dann stellte ich fest, dass es richtig war, so weit auszuholen.

„Weißt du, Arne, ich war nie eine große Leuchte. Im Kindergarten habe ich lieber den anderen Mädchen Zöpfe geflochten oder die Puppen umgezogen, als mit den Erzieherinnen in der Vorschule Buchstaben zu malen. Deshalb tat ich mich bei der Einschulung mit allem schwer. Ein paar Kinder hatten schon Lesen und Schreiben mit ihren Eltern geübt. Die meisten waren in allen Fächern besser als ich, schon in der ersten Klasse."

„Wie waren deine Eltern?", wollte er wissen.

„Na ja, wir waren fünf Kinder und haben in einem Plattenbau gewohnt. Mein Vater ist Lastwagenfahrer und war selten daheim, meine Mutter hat als Bedienung gejobbt. Wir Kinder haben uns quasi gegenseitig großgezogen."

Er nickte langsam. „Dann ist es völlig klar, dass du es in der Schule nicht leicht hattest. Deine Eltern hatten keine Zeit, dich zu unterstützen."

„Genau. Aber andere konnten schon lesen, als sie in die Schule kamen. Und haben sich auch beim Rechnen schlauer angestellt. Ich kam mir schon in der Grundschule blöd vor. Dazu kam, dass ich wahnsinnige Prüfungsangst habe. Auch heute noch! Ich war sogar beim Vorstellungsgespräch im Kaufhaus so nervös, dass ich mir fast in die Hose gemacht hätte. Oder wenn ein Lehrer mich mal in Mathe vorn an die Tafel geholt hat, Horror!"

Ich lachte kurz, wurde aber schnell wieder ernst. Arnes Blick lag auf mir, er schien jedes Wort aufsaugen zu wollen. Weil er sich für mich interessierte? Weil er mich verstehen und mir womöglich noch eine Chance geben wollte?

Bei dieser Vorstellung wurde mir warm. Trotzdem nahm ich einen Schluck Kaffee, bevor ich weitersprach. „Ich hab's natürlich nur auf die Hauptschule geschafft. Und habe auch da vor jeder Klassenarbeit tausend Tode ausgestanden. Bei den Lehrern war ich nicht sonderlich beliebt, ich hatte nämlich oft meine Hausaufgaben nicht gemacht."

„Hat dich daheim keiner daran erinnert? Oder sie kontrolliert." Sein warmer, verständnisvoller Tonfall war eine Wohltat.

„Nein. Das Geld war immer knapp bei uns, also hat Mama viel gearbeitet und ich habe auf meine kleinen Geschwister aufgepasst. Da blieb manchmal keine Zeit für die Hausi. Aber dafür passierte etwas anderes: Jungs interessierten sich für mich. Ich hatte damals hüftlange blonde Haare und schon mit dreizehn die ersten Kurven."

„Das heißt, die Lehrer haben dich ausgeschimpft, aber in der Pause hat sich eine Horde Jungs um dich geschart?"

„Gut erkannt, Sherlock. Das gab mir eine Wahnsinnsbestätigung. Und wenn ich mal wieder eine Fünf kassiert habe, war das nicht mehr so schlimm, weil mir in der nächsten Stunde drei Jungen einen Zettel zuschoben, ob ich mit ihnen ins Kino wollte."

Arne grinste. „*Willst du mit mir gehen? Ja, nein, vielleicht*? Zum Ankreuzen. Solche hast du bestimmt oft gekriegt. Ich niemals. Und wenn ich mal einen geschrieben habe, war immer *Nein* angekreuzt. Nach Kino habe ich mich erst gar nicht zu fragen getraut."

Ich hob den Kopf, mein Blick landete direkt in seinem und verweilte dort. Mein Puls raste, mein Atem wurde abgehackt, als Arnes Augen mich festhielten. Da war wieder diese Nähe zwischen uns, wie schon am Telefon. Dieses Vertraute, Weiche, Kachelofenhafte, das ich so liebte. Und auch jetzt war es ganz leicht, ihm all diese Dinge zu erzählen.

„Schön dumm, die Mädels. Sie hätten mit dir viel Spaß gehabt, nicht nur im Kino", sagte ich.

Er zuckte mit den Schultern. „Mag sein. Aber ich war nicht hip genug. Nicht in der richtigen Clique, nicht cool. Wobei ich kein Außenseiter war, ich hatte meine Freunde, meinen Handballverein, meine Hobbys. Aber du weißt schon, wie das ist: Es gibt eben in jeder Klasse die tollen Mädels oder Jungs, mit denen jeder gern ausgehen will. Ich habe da nie dazugehört, du warst mittendrin."

Nachdenklich nickte ich. „Wir sind sehr unterschiedlich, du und ich", sagte ich leise.

„Das macht aber gar nichts", flüsterte er zurück. „Erzähl weiter, Jessica."

Eigentlich wollte ich lieber hören, was denn die Highlights und Tiefpunkte seines Lebens gewesen waren. Aber ich hoffte, dass dazu später noch Zeit sein würde. Erst einmal sollte ich meine Geschichte fertigerzählen.

„Gut." Ich trank einen weiteren Schluck Kaffee. „Als ich älter wurde, nahm das größere Ausmaße an. Daheim war viel Streit, in der Schule viel Frust – aber abends begann dann meine gute Zeit. Ich bin aus dem Fenster geklettert und habe mich mit coolen Jungs getroffen. Du kannst dir die bestimmt vorstellen, welche mit Moped. Die schon geraucht haben und sich gegenseitig mit einer Nadel ein Ohrloch stachen."

Ging allerdings nicht immer gut. Ich musste lachen und erzählte die Story vom supercoolen Bronco, dem Boss der Mopedgang, der aber beim ersten Nadelstich in Ohnmacht gefallen und mit seiner neuen Lederjacke direkt in einem Hundehaufen gelandet war.

„Wir nannten ihn danach Bullshit-Bronco, obwohl es ja Dogshit war. Er hieß übrigens nicht Bronco, sondern Heinz-Rüdiger, wie sein Opa. Macht sich aber nicht so gut auf einem frisierten Moped mit Knattersound."

Arne gluckste, lehnte sich entspannt zurück und sah mich an. „Ich mag es, wie du erzählst. Du hast eine so lebhafte Art, ich könnte dir stundenlang zuhören."

„Wirst du auch müssen, wenn du dir meine gesamte Lebensgeschichte reinziehen willst."

„Ich habe Zeit." Sein Lächeln wärmte mich mehr als der heiße Kaffee.

„Also gut. Ich habe Zeitungen ausgetragen, um mir meinen ersten Minirock aus Kunstleder zu kaufen. Und meine T-Shirts habe ich überm Bauchnabel verknotet. Das war mein Look damals. Dazu natürlich rosa Lippenstift, weil der in war. Und Push-up BHs. Während all die klugen Mädchen brav über ihren Schulbüchern saßen, habe ich hinter der Turnhalle mit Jungs geknutscht. Jeder wollte, dass ich auf seinem Moped mitfahre oder ihn zur Party begleite. Das war der volle Kick für mein Selbstbewusstsein."

„Langsam verstehe ich, wie du tickst. Oder getickt hast. Denn mit der Frisur von heute Morgen würde dich niemand auf sein Moped bitten, schätze ich." Er schmunzelte.

Instinktiv fasste ich mir in die Haare. Sie waren nicht mehr so strohig wie vor dem Waschen, zum Glück. Auch wenn sie sich besser anfühlten, war der Schnitt natürlich eine Katastrophe. Rechts reichten sie mir bis unter die Ohrmuschel, links endeten sie fünf Zentimeter darüber.

„Ich hätte vielleicht doch einen Spiegel benutzen sollen", stöhnte ich.

„Oder etwas anderes als eine Gartenschere. Aber mir gefällt die Frisur. Die Länge steht dir. Da kommt dein Gesicht schön zur Geltung. Die Brille passt übrigens auch perfekt." Seine Augen blitzten. Seine Stimme kroch tief in meinen Bauch.

„Danke“, hauchte ich und schwieg einen Moment.

„Hast du dich gestern so über dich selbst geärgert, dass du dir vor lauter Wut die Haare abgesäbelt hast?“, fragte Arne.

Ich nickte betreten. „Gut kombiniert.“

„Du bist total durchgeknallt“, sagte er und es klang nach einem großartigen Kompliment.

„Danke“, wiederholte ich automatisch und erntete ein Grinsen.

Ich seufzte schwer. „Weißt du, Mona hatte mir sogar noch geraten, mich ganz leger anzuziehen. Weil du das doch magst. Aber je weiter der Zeiger voranschritt, desto unsicherer wurde ich. Ich habe mir dann eingeredet, dass ich dir mit meiner Aufmachung doch zeige, wie wichtig du mir bist. Dass du bestimmt stolz auf mich bist, wenn andere Männer mir hinterherschauen.“

„Um Himmels willen, wie kommst du nur auf so was? Kurt fielen fast die Augen raus und die anderen standen auch kurz vor einem Herzinfarkt.“

Tiki sprang unvermittelt von meinem Schoß. Ich legte die Hände um meine Kaffeetasse, obwohl sie keineswegs kalt waren.

„Na ja“, murmelte ich und senkte den Blick. „Ich wollte dich eben beeindrucken. Und ich habe immer noch das Gefühl, dass das nur mit einem heißen Look funktioniert. Ist echt schwierig für mich, da umzudenken. Weil ich recht wenig Ahnung habe, womit ich dich sonst von mir begeistern kann. Und das würde ich gerne.“

Seine Finger berührten mit einem Mal meine. Ich löste meine Hand langsam vom Kaffeebecher, legte sie auf den Tisch. Arne schob seine Hand darüber, kroch mit seinem Daumen unter meine Handfläche und hielt meine Hand fest. Seine Haut war rau und warm und aufregend und trotzdem auf magische Weise beruhigend.

Ein Schauer erfasste mich, es prickelte überall, eine Ameisenarmee ging auf meiner Haut spazieren. All mein Fühlen floss in diese kleine Berührung hinein. Und all die frühlingswarme Ostseesonne, die in Arnes Lächeln und in seinen Augen beheimatet war, floss über seine Hand in meinen Körper hinein. Sie durchströmte mich wohlig, drang bis in meine letzte Zelle hinein, ließ mich innigst wünschen, dass er meine Hand bitte nie wieder loslassen sollte.

„Vielleicht brauchst du jemanden, der dir zeigt, wie viel du zu bieten hast“, sagte er sanft. „Dieser Jemand würde ich gerne sein.“

Vorsichtig hob ich den Kopf, tauchte in seinen Blick ein. Mein Herz pochte, als wollte es einen neuen Rekord aufstellen.

„Nach all dem Chaos?“, fragte ich. „Nachdem ich so offensichtlich deine Abneigung gegen Barbies missachtet habe und dir auch die Sache mit meiner Natürlichkeit nicht abgekauft habe, willst du immer noch nicht aufstehen und im Sauseschritt davonrennen?“

Ein feines Lächeln umspielte seinen Mund. Ein schöner Mund übrigens. Mit Lippen, die ich gerne mit meinen erkunden würde.

„Ich geb's zu, gestern habe ich dich ordentlich verflucht. Weil ich nicht mehr wusste, wer du wirklich bist. Die Frau vom Strand und am Telefon, mit der ich mich so wahnsinnig gern unterhalten habe. Oder die von gestern in Kurts Kombüse. Ich habe das einfach nicht zusammengebracht! Nur – als ich vorhin deine abgesäbelten Haare gesehen habe, war mir klar, dass ...“

„„... dass ich einen schrecklichen Dachschaden habe?“, fragte ich atemlos.

„Stimmt. Aber auch, dass du offenbar auch keine tolle Nacht hattest. Und deshalb wollte ich unbedingt wissen, wieso du dich so verkleidet hast. Und vor allem, welche dieser verschiedenen Jessicas die echte ist. Die will ich nämlich unbedingt besser kennenlernen.“ Er drückte zärtlich meine Hand.

Ich schluckte trocken. Meine Stimme zitterte ein wenig. „Ich würde gern versuchen, diese hier zu sein“, sagte ich und deutete mit der freien Hand auf meinen Kopf.

„Das trifft sich gut, die gefällt mir nämlich.“

Sein Lächeln ließ seine Augen funkeln, sein Bariton brachte meinen Bauch zum Schwingen, seine Finger setzten meine Haut in Brand.

Konnte das wirklich wahr sein? Wollte er allen Ernstes mich, die Vogelscheuche mit den roten Augen, den Besenhaaren und dem verrückten Kopf näher kennenlernen?

Da er keine Anstalten machte, das Ganze als Joke zu titulieren und mich auszulachen, musste ich wohl davon ausgehen.

Ich wusste nicht, was ich jetzt sagen sollte. Auch hier kam Arne mir entgegen. „Hast du nicht versprochen, mir die Bilder deiner Fotosafari von vorgestern zu zeigen?“, erinnerte er mich. „Ich wette, dass du darin viel von dir verrätst. Und mir etwas ganz Wichtiges zeigst.“

Unsicher sah ich ihn an. „Und das wäre?“

Das Graublau seiner Augen schimmerte warm. „Deine Seele“, sagte er.

10. Fotorätsel

Mindestens sieben Sekunden lang starrte ich ihn nur an. Noch niemals hatte ein Mann meine Seele kennenlernen oder tief in mein Innerstes eindringen wollen!

Okay, eindringen hatten sie durchaus wollen, aber das war natürlich etwas anderes. Ich hatte keine Ahnung, ob irgendein Seelensplitter in meinen Bildern steckte, aber ich wollte Arne unbedingt meine neusten Aufnahmen präsentieren. Mein Tatendrang kehrte zurück.

„Ich zeige sie dir nicht einfach, sondern wir machen ein Ratespiel daraus“, schlug ich vor. „Ich habe nämlich lauter Detailaufnahmen geknipst. Und du musst die Motive erkennen.“

Mit einem Mal hatte ich so gute Laune, dass ich nicht nur den dicken Leuchtturm, sondern am liebsten die ganze Welt umarmt hätte.

„Kann ich dabei etwas gewinnen?“ Arne hatte den Kopf schräg gelegt.

„Klar doch. Wenn du alle herausfindest, kriegst du einen Kuss!“, rief ich übermütig.

Kaum hatte ich es ausgesprochen, hätte ich mir am liebsten eine Ohrfeige verpasst. Ich wollte es doch langsam angehen. Nicht schon wieder als die Bitch vom Schulhof auftreten, die herumflirtete und mit ihren Reizen hausieren ging!

Doch Arne lachte fröhlich. „Das ist ein Ratespiel nach meinem Geschmack. Ich werde mir die allergrößte Mühe geben, Frau Meisterfotografin!“

Kaum stand ich auf, um meine Kamera zu holen, tauchte Tiki vor dem Kühlschrank auf und startete ein lautstarkes Jammerkonzert.

Mit hochgezogenen Augenbrauen sah ich sie an und wandte mich an Arne. „Hast du je überlegt, sie als Filmkatze zu verleihen? In einem Zirkus könnte ich sie mir auch gut vorstellen. Du könntest eine Menge Kohle mit ihr machen.“

„Schauspielerisch ist sie tatsächlich unschlagbar. Nur mit der Disziplin beim Dreh mangelt es leider sehr.“

„Das mit dem Bein war jedenfalls oscarverdächtig. Nur nehme ich ihr jetzt nicht mehr ab, dass sie gerade den Hungertod stirbt.“

Tiki warf mir einen wütenden Blick zu, weil ich keinerlei Anstalten machte, den Kühlschrank zu öffnen, fuhr aber mit der miauenden Nölerei fort.

Arne sprach ein Machtwort. „Hör auf, Tiki! Du hast zum Frühstück fast eine halbe Dose verputzt. Du kriegst jetzt nichts.“

Da sie offenbar immer das letzte Wort haben wollte, schleuderte sie ihm ein kräftiges „Mau!“ entgegen und schlurfte anschließend durch die Küche, als hätte jemand sie verprügelt.

Ich lachte und schlug vor, die Fotos oben anzusehen.

„Gern“, sagte Arne. „Dann nehmen wir das kleine Monster aber mit hinauf, damit wir sie im Blick haben.“

Er pflückte sie vom Boden und wartete darauf, dass ich vor ihm die Treppe hochstieg. Im Wohnzimmer angekommen, ging er mit Tiki auf dem Arm sofort an ein Fenster.

„Es ist ewig her, dass ich mal hier im Leuchtturm war. Wahnsinn, ich hatte total vergessen, wie beeindruckend es hier ist“, sagte er leise.

Ich stellte mich direkt hinter ihn. Meine Hand strebte mit aller Macht in Richtung seiner Schulter, meine Nase wollte sich unbedingt in seinem dichten Haar versenken. Ich musste all meine Willenskraft aufbringen, um Arne nicht einfach von hinten zu umarmen, an mich zu ziehen und bis zum Abend festzuhalten.

„Ja, ich kann mich auch nicht sattsehen“, sagte ich heiser. Damit meinte ich allerdings hauptsächlich sein Profil, nicht die Landschaft.

Er drehte mir sein Gesicht zu, hatte den Märzhimmel in seinen Augen. „Für eine Fotografin der perfekte Ort, oder?“

„Absolut“, bestätigte ich. „Selbst ohne Kamera. Es kommt vor, dass ich einfach nur hier sitze, auch noch Stunden nach dem Sonnenuntergang, und in die Nacht starre. Weil ich mir einbilde, im Dunklen noch Wolken vorbeiziehen zu sehen, weil ich den Wind spüre, das Meer höre. Weißt du, hier oben ist man nicht einfach ein Zuschauer, der am Ufer steht und auf die Ostsee blickt. Sondern man ist mittendrin, ein Teil der Küste und des Himmels und der rauen Schönheit.“

Die Worte waren aus mir herausgesprudelt. Bei anderen Menschen wären sie mir peinlich gewesen, aber ich wusste tief in mir, dass Arne mich verstand.

Er nickte langsam und sah wieder hinaus. „Ich verstehe genau, was du meinst. Es ist ein Sog. Man kann gar nicht wegsehen. Das Meer und alles, was damit verbunden ist, hat auch auf mich diese Wirkung. Ich habe ein Zimmer im ersten Stock, da kann ich auch von meinem Haus aus auf die Ostsee sehen. Da sitze ich oft und schaue einfach nur hinaus. Klingt jetzt vielleicht komisch, aber das Meer gibt mir dann immer Kraft. Ich habe da schon oft gesessen, wenn es mir nicht gut ging."

„Wegen Stella?", fragte ich vorsichtig.

„Zum Beispiel, ja. Andere Menschen umarmen einen Baum, weil sie dann eine Verbundenheit mit der Erde fühlen und zur Ruhe kommen. Bei mir ist es diese Küste. Ich kenne sie schon mein ganzes Leben lang. Und immer, wenn ich nicht mehr weiterwusste oder richtig am Ende war, habe ich mich an dieses Fenster im Obergeschoss gestellt. Und den Wellen zugesehen. Ich glaube, ich kriege davon nie genug."

Tikis Schnurren untermalte Arnes Worte. Er hielt sie immer noch im Arm, doch nun fuhr ich mit meiner Hand zärtlich über seine Schulter. Es fühlte sich richtig an, ihn zu berühren. Richtig und auch wunderbar. Sein wohliges Lächeln verriet mir, dass er das genauso sah.

Eine Weile lauschte ich Arnes ruhigen Atemzügen, spürte die Wärme seines Körpers unter meiner Hand, roch seinen Duft. Wir brauchten keine Worte, denn die Ostsee sprach für uns. Sie flüsterte mit ihren Wellen, sie sang mit den Windböen, sie lachte mit den Möwen.

Noch niemals hatte ich mich schweigend neben einem Mann so wohl gefühlt. Nicht mal annähernd. Allerdings konnte ich mir auch nicht vorstellen, dass einer meiner Ex-Typen jemals stundenlang an einem Fenster gestanden und das Spiel der Wellen beobachtet hätte.

Arne jedoch tat solche Dinge. Und ich fand das so anziehend, dass mich eine Woge von Zuneigung erfasste. Ich wollte alles über ihn wissen, wollte jede Faser seines Körpers kennen, seine geheimsten Träume erfahren.

„Ich mag es, dass du auch so tickst", sagte er leise, als hätte er meine Gedanken gelesen. „Nicht jeder kann die See fühlen."

Wenn ich ehrlich war, würde ich in diesem Moment viel lieber ihn fühlen als die kühle Ostsee. Aber ich behielt diese Gedanken vorsichtshalber für mich.

„Es ist so anders hier als in der Großstadt", sagte ich. „Die Landschaft, die Menschen. Aber auch die Art, wie die Zeit läuft. Ich kann es nicht beschreiben. Vielleicht liegt es daran, dass ich Urlaub habe und keine Termine. Aber irgendwie scheint hier alles gemütlicher abzulaufen, in einem eigenen Tempo."

„Möwenitz hat seinen ganz besonderen Rhythmus, das finde ich auch", stimmte Arne mir zu. „Und jetzt will ich endlich sehen, ob du den gut eingefangen hast in deinen Bildern."

In mir stieg Nervosität auf, als ich zur Couch ging, mich setzte und mein Handy herausnahm. Natürlich hätte ich ihm die Aufnahmen auch im Display der Nikon zeigen können, aber da hatte ich keine Vorauswahl getroffen. Auf meinem Handy hingegen befand sich eine Best-of-Show der Bilder. Ich hatte die schönsten Fotos nach der Bearbeitung überspielt und in einen extra Ordner gepackt.

Arne ließ Tiki auf den Boden, wo sie gleich munter herumlief, und setzte sich neben mich. Ein Hauch seines Dufts stieg mir in die Nase. Er benutzte kein Aftershave, sondern nur ein herbes Duschgel, aber da war noch etwas anderes, etwas Erdiges, Metallisches, Männliches, das mich süchtig machte. Mein Herz hüpfte erfreut herum. Nicht nur wegen seiner Nähe. Sondern auch, weil ich hoffte, dass meine Aufnahmen ihm gefielen.

Mit bebenden Fingern rief ich die erste auf. Das Bild zeigte einen Ausschnitt des gemauerten Bogens, der durch die Kletterpflanze besonders schön umrahmt wurde.

„Kenne ich!“, rief Arne sofort. „Der Torbogen steht im Garten von Hauke, unserem Maurermeister. Den hat er richtig schön gemacht damals.“

„Okay, das ist viel zu leicht. Moment, ich suche etwas Schwierigeres.“

Schmunzelnd drehte ich das Handy, sodass er nicht hineinsehen konnte. Ich klickte das Foto des Zimmermannnagels auf, der aus einem schweren Balken ragte. Und glatt wirkte Arne ratlos, als ich ihm das Bild präsentierte.

„Puh, das ist tatsächlich tricky. Die Aufnahme ist übrigens klasse, du hast die Maserung des Holzbalkens und das rohe Metall des Nagels super als Kontrast herausgearbeitet.“

„Lenk nicht ab“, neckte ich ihn. „Wo befindet sich der Nagel?“

Natürlich freute ich mich wie ein Schneekönig über sein Lob, ließ es mir aber nicht anmerken.

Ich suchte eine andere Perspektive heraus, dann fiel offenbar der Groschen und er erriet das Gebäude.

Weiter ging es mit den Intarsienarbeiten, einem uralten Eisenschloss mit rostigem Schlüssel an einem Nebengebäude, mit in Schleifen gelegten Stromkabeln und den gleichmäßigen Rillen eines gedrechselten Kerzenständers, den ich auf Hedis Fensterbrett entdeckt hatte. Arne hatte natürlich keine Chance, den zu erraten.

„Oh je, ich habe versagt“, stöhnte er und ließ den Kopf hängen. „Offenbar kenne ich mich in Möwenitz gar nicht aus.“

„Tja. Du solltest mal deine Augen aufmachen, wenn du durch deine Heimat stapfst.“ Ich schmunzelte.

Tiki war zu uns aufs Sofa gehüpft und kuschelte sich an mich. Ganz automatisch streckte ich meine Hand aus, um sie zu streicheln. Sofort setzte ein zufriedenes Schnurren ein.

„Auch wenn ich die Wette verliere“, sagte er. „Deine Fotos sind der Hammer! Du hast einen irrsinnig guten Blick für die kleinen Dinge. Ich wette, dass neunundneunzig Prozent aller Menschen an dieser Haustür vorbeilaufen, ohne die filigranen Intarsien überhaupt wahrzunehmen. Gleiches gilt für den Torbogen. Da geht jeder davon aus, dass es ganz leicht ist, das so symmetrisch und mit exakt gleichen Spalten zu mauern. Aber das ist hohe Kunst. Und dir fällt so etwas auf. Weil du auch hinter die Oberfläche siehst.“

„Ach was, ich habe einfach nur nach Motiven gesucht“, wiegelte ich ab.

Doch er schüttelte den Kopf. „Mir fiel es schon am Strand auf, dass du mit anderen Augen durch die Welt gehst als die meisten Leute. Und schau dir nur diese Fotos an! Es sind alles irgendwelche Alltagsdinge. Ein herausstehender Nagel, ein Stück Gartenzaun. Aber du erweckst in diesen Motiven einen Zauber, du fängst ihre Magie ein. Weil du dich auf sie einlässt. Das kann kaum jemand.“

Wenn ich ihm zuhörte, fühlte ich mich plötzlich wie eine echte Künstlerin. Wie jemand, der ein besonderes Talent hatte.

Ein schönes Gefühl. Auch wenn ich es nicht ganz glauben konnte.

Was Arne wohl zu den Bildern sagte, die mir am meisten am Herzen lagen? Ich wischte über den Handybildschirm, atmete tief durch und zeigte ihm mein Lieblingsfoto. Es war ein Foto von Hinnerk beim Schnitzen. Ich hatte nur einen Bildausschnitt gewählt, eine schräge Aufnahme seines Gesichts und seiner knorrigen Hände, die den Stock bearbeiteten. Das Messer fuhr über das Holz, ein Span sprang davon und schwebte mitten durchs Bild. Der Hintergrund war weichgezeichnet, das Licht perfekt. Vor allem aber bestach das Foto durch Hinnerks selig versunkenen Gesichtsausdruck. Er war völlig im Einklang mit sich und seiner Arbeit, konzentriert und doch ganz weit weg. Nur der Hauch eines Lächelns lag auf seinem Gesicht. Und dieses Lächeln rührte nicht daher, dass er stolz auf sein Werk war, sondern entstand aus tiefer Dankbarkeit dafür, dass er einfach auf seiner Bank sitzen und in Ruhe an seinem Stock schnitzen durfte.

Arne schwieg.

Das verunsicherte mich. War das Foto vielleicht gar nicht so aussagekräftig, wie ich annahm? Bildete ich mir all das nur ein, weil ich Hinnerk so mochte?

„Jessica, das ist ... Mir fehlen die Worte!"

Erst nach langer Zeit hob Arne den Blick vom Foto und sah mir in die Augen.

„Gefällt es dir?", fragte ich vorsichtig.

„Nein. Tut es nicht. Es haut mich um!" Er lachte kurz, wurde aber schnell wieder ernst. „Das ist ein umwerfendes Foto, ein Meisterwerk. Man kann gar nicht mehr wegschauen. Ich glaube, jeder, der das sieht, sehnt sich danach, mit Hinnerk zu tauschen. Nicht was die Falten und die runzligen Hände anbelangt, sondern wegen dieser Selbstvergessenheit, die du so perfekt eingefangen hast."

„War eine schwere Geburt", sagte ich und fühlte, wie mir das Blut in die Wangen stieg. „Er hält sich für ein Topmodel und hat mir erst zehn verschiedene sexy Gesichtsausdrücke und Posen gezeigt."

Ich führte ihm das Duckface vor und er prustete los. „Wie kommt er denn auf so etwas?"

„Durch Heidi. Er wartet auf die große Entdeckung durch Frau Klum." Ich erzählte Arne von der Fotosession und wie viel Überredungskunst es gebraucht hatte, bis Hinnerk irgendwann die Kamera vergaß.

„Kann mir schon vorstellen, wie du den armen Hinnerk überredet hast." Er zwinkerte mir zu. „Menschen mögen dich. Du bist in deinem Beruf als Verkäuferin genau richtig. Als Fotografin allerdings noch mehr."

„Quatsch. Die mögen mich auch nicht mehr als jeden anderen."

Arne wiegte den Kopf. „Du hast etwas an dir. Jeder, der nur kurz mit dir redet, schwärmt von dir."

„Du bist doch auch freundlich, das ist nichts Besonderes."

„Von wegen! Ich liebe die Schmiederei, das macht mir total Spaß. Auch das Entwerfen der Motive. Aber die Kunden! Die treiben mich regelmäßig in den Wahnsinn. Ich hab da sehr wenig Geduld und muss mich des Öfteren zusammenreißen. Gerade, wenn das solche sind, die einen Handwerker wie mich von oben herab behandeln. Da muss ich mich richtig zwingen, nicht pampig zu werden."

„Ist alles nur Übung. Mein Chef würde mich einen Kopf kürzer machen, wenn ich nicht immer superfreundlich wäre."

„Der Herr Radetzky.“ Sein Grinsen verriet, dass er sich an ihn erinnerte. Arne hatte ein fabelhaftes Gedächtnis. Und auch noch einige andere fabelhafte Sachen vorzuweisen wie sein Lächeln, seinen Duft und die sexy Armmuskeln, die ich nur zu gerne ohne lästige Textilien bewundern würde.

„Genau der. Hinnerk zu überreden, war keine große Sache. Aber ich muss zugeben, dass mir die Fotos von ihm selbst sehr gut gefallen. Willst du die anderen vom Schnitzen auch sehen? Ein paar Landschaftsaufnahmen habe ich ebenfalls.“

„Ist eine Zitrone sauer? Klar!“

Lachend rief ich die restlichen Bilder auf, die ich geschossen hatte. Arne musterte jedes einzelne ganz intensiv und lange.

„Die sind wunderbar“, sagte er irgendwann. „Mir war das nie so bewusst, aber beim Fotografieren geht es nicht darum, etwas abzulichten. Auf einen Auslöser drücken kann jeder. Dir hingegen gelingt es, die Essenz der Motive zu entdecken und sie mit deinen Fotos herauszuarbeiten. Bei dir schimmern meine Schmiedearbeiten wie flüssiges Gold, weil du ahnst, dass sie das für mich sind. Du schaffst es, den Kontrast zwischen Nagel und Balken zu zeigen oder die Magie in den Rillen eines Drechselstückes. Sogar aus einem Sonnenuntergang, der eher grau und farblos abläuft, holst du etwas tief Berührendes heraus. Und bei Hinnerk – da hast du dich nicht blenden lassen von seinem munteren Gerede oder seinen Geschichten, die er so gern erzählt. Nein, du hast gespürt, was ihn wirklich ausmacht, nämlich die Liebe zum Einfachen, die Bodenständigkeit, das Glück der Versunkenheit. Dabei hast du nicht den einfachen Weg gewählt und ihn einfach verträumt aufs Meer hinausschauen lassen, sondern bist auf die Idee mit der Schnitzerei gekommen. Ich finde das großartig."

Meine Wangen brannten. „Hör auf mit dem Lob, das ist mir peinlich", gab ich zu.

Doch tief in mir passierte etwas. Irgendwie drangen Arnes Worte zu mir durch, rissen uralte Mauern nieder, nisteten sich mitten in meiner Brust ein. Weil ich ihm nämlich nicht wirklich widersprechen konnte. Wie oft schon hatte ich Bilder von anderen Fotografen gesehen und festgestellt, dass sie zwar schön fürs Auge waren, aber mein Herz nicht berührten. Meine Aufnahmen wollten genau das, fiel mir jetzt auf: Menschen berühren, neue Seiten an alltäglichen Dingen zeigen, echte Gefühle übermitteln.

„Fotos, die das Herz berühren", wiederholte ich zögernd. „Das gefällt mir. Vielleicht hast du recht und ich habe das tatsächlich drauf."

Arne nickte langsam. „Oh ja, das hast du, Jessica. Das Herz von Menschen kannst du richtig gut berühren."

Seine Hand schob sich zu meiner, die noch das Handy hielt. Haut traf auf Haut, versetzte mir einen kleinen Stromschlag. Unwillkürlich sog ich die Luft ein.

Meinte er damit sich? Hatte ich *sein* Herz berührt?

Nur durch meine Fotos?

Der Gedanke war so neu und riesig, dass er mir Angst machte. Was, wenn es nur Zufallstreffer gewesen waren und ich nie wieder etwas Gutes knipsen würde?

Oder hatte ich es tatsächlich drauf? Dauerhaft? Steckte in mir tatsächlich so etwas wie eine Künstlerin? Ich liebte diese Vorstellung, sie kam mir aber so irrsinnig fremd und groß vor, dass sie mich total durcheinanderbrachte.

Ich zog meine Hand weg. Tat, als müsste ich mir dringend eine Strähne hinters Ohr streichen.

Nur gab es zumindest auf einer Seite keine mehr, die lang genug war. Mist aber auch!

„Du, ähhh, mir fällt gerade ein, dass ich noch Bananenmuffins habe", plapperte ich los. „Die hole ich für uns, du musst sie unbedingt probieren."

Verdammt, was tat ich da nur? Ich musste doch nicht vor Arne weglaufen! Aber irgendetwas in mir wollte dringend durchatmen. Nur ein paar Momente für mich haben, um wieder zu mir zu kommen.

„Okay." Er wirkte ein wenig verwirrt. „Aber bevor du runtergehst: Kannst du mir die drei letzten Fotos von Hinnerk schicken? Ich würde die wahnsinnig gern auf dem Handy haben und immer mal wieder anschauen."

„Ich kann sie dir weiterleiten, kein Problem."

„Machen wir es über Bluetooth", schlug er vor.

Ich zuckte die Schultern, weil mir der Übertragungsweg egal war. Mein Handy war schnell entsperrt, ich drückte es ihm in die Hand, damit er das mit der Übertragung erledigte.

Gerade wollte ich vom Sofa aufstehen, da fiel mein Blick auf Tiki. Die lag immer noch neben mir, aber jetzt auf dem Rücken, hatte die Hinterbeine wie ein Frosch auseinandergeklappt und die Vorderpfoten wie ein Häschen angezogen. Ihr Kopf ragte über die Sitzfläche hinaus und hing nach unten, wobei sie leise schnarchte. Mir wäre in so einer Position schnell schwindlig geworden, aber bei Katzen floss das Blut offenbar bergauf.

„Das muss ich fotografieren", flüsterte ich, um sie nicht aufzuwecken.

Im Schneckentempo stand ich auf, holte meine Kamera vom Sideboard und knipste die schlafende Fellnase aus verschiedenen Winkeln. Auch Arne, der nun seinen Arm ausstreckte und Tikis weichen Bauch kraulte, lichtete ich ab.

„Hey!“, protestierte er. „Ich habe gesehen, was rauskommt, wenn du Männer fotografierst. Die haben dann tausend Falten im Gesicht und knorrige Hände.“

Wieder einmal brachte er mich zum Lachen. Sein Humor war einfach großartig. Alles an ihm war großartig.

Vor mich hin summend lief ich die Wendeltreppe nach unten, ging in die Küche und riss das Fenster auf. Eine kühle Brise wehte herein, direkt von der Ostsee. Ich sog die meeresfrische Luft tief in meine Lungen und fühlte mich mit einem Mal viel klarer im Kopf.

Hier im Leuchtturm ging irgendetwas Magisches vor, anders war das nicht zu erklären. Ich tat an diesem Ort Dinge, die völlig untypisch für mich waren. Zum Beispiel meine Haare mit einer stumpfen Küchenschere absäbeln. Aber ich erlebte mich auch auf eine ganz neue Weise. Ja, hier auf dieser felsigen Landzunge fühlte ich mich viel lebendiger, wacher, aufmerksamer als in der Stadt. Ich sah deutlichere Farben, erkannte kleinste Details, entdeckte in jeder Ecke die Schönheiten des Alltäglichen. Es war, als wäre tatsächlich eine versteckte Künstlerin hinter dem Vorhang herausgeschlichen. Eine, die einen unstillbaren Drang spürte, mit ihrer Kamera das Wesen der Motive hervorzulocken, da hatte Arne durchaus recht.

Vielleicht lag es gar nicht am Leuchtturm, dass all diese geheimnisvollen Veränderungen passierten, sondern an Arne? Weil er etwas in mir sah, dass sonst niemand bemerkt hatte. Nicht mal ich selbst.

Immer wenn ich an ihn dachte, war da diese Wärme in meiner Brust, die sich in meinem Körper ausbreitete und unweigerlich ein Lächeln in mein Gesicht zauberte.

Auch jetzt, als ich zwei der Muffins auf einen Teller gab, musste ich wieder selig lächeln. Mir ging unsere Wette nicht aus dem Kopf.

Klar, Arne hatte nicht alles erraten und somit keinen Kuss verdient. Aber er könnte natürlich Verhandlungen darüber starten. Oder wollte er gar keinen? Fand er mich zwar als Mensch und als irrsinnig begabte Fotografin anziehend, aber nicht als Frau?

Die meisten anderen Kerle hatten schon beim ersten Treffen versucht, ihre Hand unter mein Shirt zu stecken. Und ich hatte das immer als Kompliment für meine sexy Ausstrahlung verstanden. Bei Arne lief alles anders und ich wusste nicht so ganz, was ich davon halten sollte.

Ich für meinen Teil hätte nämlich nichts dagegen, ihm seinen Gewinn auszuzahlen. Mist aber auch, ich hätte leichtere Fotos aussuchen sollen! Oder ihm wenigstens ein paar dezente Hinweise auf die Motive geben sollen, die er nicht erraten hatte. Aber wer weiß, vielleicht holte er sich seine Belohnung ja doch noch irgendwie?

Als ich oben ankam und das Wohnzimmer betrat, strahlte er mich an. Sofort ratterte mein Herz los wie eine Nähmaschine.

„Sieht ja lecker aus“, kommentierte er mein Eintreten. Und meinte damit die Muffins. Na toll. Ich versuchte, meine kleine, dumme Enttäuschung zu verbergen.

„Nimm dir einen, wenn sie dir so gefallen“, sagte ich betont lässig und hielt ihm den Teller entgegen.

Doch er sah mir tief in die Augen. „Ich habe nicht nur das Gebäck gemeint.“

Konnte der Mann Gedanken lesen? Der Appetit auf Muffins war mir schlagartig vergangen, auf ihn jedoch nicht. Er sah nämlich irrsinnig lecker aus in seinem Long-sleeve, das die breiten Schultern betonte, mit diesem kantigen Mann-von-der-Küste-Gesicht, dem Bartschatten und den Märzhimmelaugen.

Da Tiki sich inzwischen so lang gemacht hatte, dass sie fast das ganze Sofa belagerte, musste ich mich ganz nah neben Arne setzen. Er nahm den Muffin, biss hinein, hielt mich aber weiterhin mit seinem Blick gefangen.

„So saftig und süß", lobte er nach dem ersten Bissen. „Ganz wunderbar. Ich könnte mich daran gewöhnen."

Seine Stimme klang noch dunkler als sonst und sehr viel verheißungsvoller.

„An die Muffins?", fragte ich mit flatterndem Puls.

„An die auch", raunte er mir zu. Dann legte er den angebissenen Muffin zur Seite.

Mir wurde zugleich wüstenheiß und nordpolkalt. Ich fühlte mich, als würde ich in sternenklarer Nacht in einem eleganten Abendkleid an einer Seine-Brücke stehen, während der Eiffelturm im Hintergrund glitzerte und jemand auf einem Akkordeon eine sehnsuchtsvolle Melodie spielte. Der Traummann neben mir war kurz davor, mich zu küssen! Gleich würde ein Feuerwerk über Notre Dame explodieren und ich glückselig über ganz Paris schweben.

„Du hast leider nicht alle Fotos erraten", kokettierte ich flüsternd und drehte meinen Kopf in seine Richtung, während mein Herz versuchte, aus meinem Brustkorb zu hüpfen.

„Aber die meisten. Das zählt doch auch", hauchte er. Und kam näher.

Nur noch eine Millisekunde .... Dann würden seine Lippen endlich auf meinen liegen.

Sein Mund berührte mich. Ich schloss die Augen, tauchte kopfüber in dieses wunderbare Gefühl ein – und wurde von einem schrecklichen Krächzen aus meinem Traum gerissen.

Statt unter dem Pariser Nachthimmel zu stehen, blinzelte ich in die Vormittagssonne an der Ostsee. Das Akkordeon unterbrach sein leidenschaftliches Spiel, Tiki ließ einen mürrischen Schnarchton vernehmen. Und die heisere Stimme von Alice Cooper krähte mir *You're Poooiiison* ins Ohr.

„Scheiße", fluchte Arne.

Das hatte noch niemand nach einem Kuss mit mir gesagt. Ich starrte ihn entsetzt an.

Hektisch holte er sein Handy aus der Hosentasche und drückte den Anruf weg. „Tut mir total leid."

In der nächsten Sekunde war sein Blick wieder bei mir. Er hob die Hand, strich mir zärtlich über die Wange, kam wieder näher. Ich war wild entschlossen, jetzt endlich meinen Kuss zu bekommen und zu genießen. Also fasste ich in Arnes Nacken, vergrub meine Fingerspitzen in seinem weichen Haar, zog seinen Kopf zu mir, öffnete meine Lippen ein wenig. Und da war er wieder, sein herrlicher Mund, sein Duft, seine Nähe ...

„*Poison running through my veins*", plärrte Alice in diesem Moment schon wieder los.

„Verdammt noch mal!", fluchte jetzt ich. Ja, dieser Anruf war Gift, das hatte der gute Alice Cooper richtig erkannt! Durch meine Venen floss jetzt jedenfalls Mordlust. Und zwar dem lästigen Anrufer gegenüber.

Arne stöhnte langgezogen. „Dieses verflixte Miststück", rief er.

„Eine Frau?" Ich wurde blass. Wer zum Henker rief ihn denn an? Seine Ex? Hatte er immer noch Kontakt mit dieser Stella?

„Nicht einfach eine Frau“, erklärte er. „Sondern Frau Ann-Cathrin Krügerband-Meipelleef. Die Oberzicke aus der Handwerkskammer, wo ich das Treppengeländer machen soll. Von ihr kann sogar dein Herr Radetzky noch was lernen. Deshalb habe ich ihr diesen Klingelton verpasst.“

Ich hasste diese windschiefe Gewitterhexe schon jetzt, ohne sie überhaupt gesehen zu haben.

„Sie will offenbar was von dir.“ Das Handy klingelte immer weiter.

„So wie jeden Tag. Mehrmals. Ich schalte das Handy jetzt aus. Hätte ich schon vorhin tun sollen. Oh Mann.“ Er fuhr sich durch die Haare und warf mir einen entschuldigenden Blick zu.

„Schon gut.“

Der Moment war vorbei, die Magie verschwunden. Paris in der Seine versunken.

„Ruf sie zurück“, sagte ich großzügig. „Sonst gibt sie ja niemals Ruhe.

Er sah auf die Uhr. „Ich habe dummerweise in einer halben Stunde einen Kundentermin.“ Kaum hatte er das gesagt, biss er sich auf die Lippen.

„Ach, verdammt. Ich stelle mich so blöd an! Erst schalte ich das Telefon nicht aus, dann komme ich jetzt mit dem Termin daher, statt ihn einfach ausfallen zu lassen. Du musst denken, dass du mir nicht wichtig bist. Das stimmt aber nicht! Ich will dich unbedingt noch besser kennenlernen, mit dir spazieren gehen, Muffins backen, die besten Fotomotive der Ostsee suchen und den ganzen Vormittag herumknutschen.“

Gott, war er süß! So wunderbar ehrlich und unperfekt. Ich liebte das! Und ihn auch. Die Erkenntnis sandte einen

Schauer über meine Wirbelsäule.

„Läuft uns doch nicht weg." Ich lächelte und streichelte zärtlich seine Hand.

„Dann bleibst du also noch hier in Möwenitz und fährst nicht zurück nach Hannover?"

Ich deutete auf Tiki. „Muss ich ja wohl. Sonst wirft sich Tiki am Ende noch vor mein Auto, nur um zu verhindern, dass ich abreise."

Als die Katze ihren Namen hörte, öffnete sie ein Auge, sah mich verschlafen an und gähnte dann so ausgiebig, dass Arne und ich lachen mussten.

„Los jetzt", mahnte ich. „Zurück an die Arbeit. Ich bin ja noch länger hier. Treffen wir uns abends?"

„Unbedingt. Kann aber etwas später werden, wir haben eine Gemeinderatssitzung. Und ich bin Schriftführer. Falls du aber nicht schon um halb zehn schlafen gehst, können wir uns danach sehen."

Normalerweise hätte ich sofort zugesagt. Meinen alten Freunden hatte ich oft Stress gemacht, wenn sie zu viel Zeit mit ihren Sportkollegen oder Saufkumpanen verbracht hatten. Aber ich war jetzt eine neue Jessica. Und die war entspannter als der beste Zen-Meister von ganz Tibet. Oder wo immer diese Meditationsmönche herumlungerten.

„Was hältst du davon, wenn wir uns morgen treffen? Wir könnten bei Lenja einen Tee trinken, falls die nach deinem Arbeitsende noch geöffnet hat", schlug ich vor.

„Ich weiß was Besseres. Du kommst am Nachmittag zu mir in die Werkstatt und ich zeig dir, was ich mache. Danach sehen wir dann, wo wir landen."

Im Bett schlug ich im Geiste sofort vor. Meine Haut prickelte bei dieser Vorstellung.

Oder hatte er das gar nicht gemeint?

Arne stand auf und versuchte, Tiki hochzunehmen. Die krallte sich aber mit allen vier Beinen im Sofastoff fest und fauchte ihn an.

„Lass sie hier." Ich lachte. „Sie findet doch allein zurück. Wenn sie noch auf meiner Couch chillen will, darf sie das."

„Wirf sie raus, sobald sie Unfug macht. Und das wird sie!"

Ich versprach es und ging mit Arne die Wendeltreppe hinunter. An der Tür des Leuchtturms blieb er stehen.

„Tut mir echt leid, wie das heute gelaufen ist", sagte er. „Aber die Wette habe ich ja tatsächlich vergeigt, da stand mir der Preis nicht zu. Völlig anders sieht es aber bei einer Verabschiedung aus."

Bevor ich etwas erwidern konnte, zog er mich an sich, hielt mich an seinen Körper gepresst – und küsste mich.

Ja, er küsste mich wie ein Seefahrer, der nach drei Jahren am Kap Horn endlich zu seinem Leuchtturm-Burgfräulein heimgekehrt war. So leidenschaftlich und hungrig küsste er mich, dass ich kaum noch Luft bekam. Es war unfassbar! All die aufgestaute Sehnsucht in mir entlud sich in meinem Zurückküssen. Ich presste mich gegen Arne, umschlang ihn, wollte ihn nie wieder loslassen.

Und, Gott, was er mit seinen Lippen und seiner Zunge tat, raubte mir den Verstand! Ich schob meine Hand unter seinen Pullover, fühlte seine heiße Haut, wollte mehr von ihm, jetzt, sofort.

Gleich würde er mit mir nach drinnen stolpern, mir die Klamotten vom Leib reißen, mich aufs Bett werfen und mich mit wilder Lust ...

Er löste sich von mir, atmete schwer.

„Du bist der Wahnsinn, Jessica", keuchte er.

Oh ja, ich war wahnsinnig wuschig! Und wollte ihn jetzt endlich so richtig erkunden!

Sobald ich wieder Luft bekam, würde ich ihm sagen, dass er alles mit mir tun konnte, was er nur wollte. Stundenlang!

„Ich freue mich schon jetzt auf morgen“, hörte ich ihn da sagen.

Wie bitte? Ich blinzelte ihn an.

„Äh, ja, ich auch“, antwortete ich ganz mechanisch.

Erneut beugte er sich zu mir herab, drückte mir einen letzten, fordernden Kuss auf den Mund – und ging anschließend auf seinen Lieferwagen zu.

Ich starrte ihm hinterher, bis er nicht mehr zu sehen war. Etwas Flauschiges strich mir um die Beine. Tiki. Ich nahm sie hoch, seufzte tief und sagte: „Weißt du, Tiki, in meinem Leben als alte Jessica läge ich jetzt splitterfasernackt auf der Matratze. Okay, der Typ würde zehn Minuten später aufstehen, um eine zu rauchen, was dein Herrchen sicher nicht machen würde. Aber irgendwie war alles berechenbarer.“

Tiki sah mich an, schenkte mir ein zustimmendes „Mau“ und leckte mir über den Handrücken. Wenigstens eine, die mich verstand.

11. Frühstück mit Lift

Am nächsten Morgen wachte ich auf, weil jemand versuchte, den Leuchtturm abzureißen. Ich fuhr im Bett hoch. Wieso zum Teufel hämmerten Bauarbeiter hier herum?

Erst nach ein paar weiteren Sekunden fiel mir auf, dass es kein Großangriff von Presslufthämmern war, sondern jemand gegen die Haustür schlug. Und zwar sehr nachdrücklich.

Ich sprang auf, riss mein Handy vom Nachttisch und sah auf die Anzeige. Es war nach zehn Uhr. Herrje, ich hatte echt lang gepennt! Schuld daran war natürlich Arne. Den ganzen Abend hatte ich über ihn nachgedacht. Und als ich endlich ins Bett gekrochen war, hatte er mir eine lange Reihe von sehr süßen Nachrichten geschickt, was mich dann auch wieder vom Schlafen abgehalten hatte. Außerdem hatte ich unendlich viele Einaudi-Songs gehört und mir eingebildet, Arne dadurch ganz nahe zu sein.

Schon gestern hatte ich gesehen, dass Mona und auch meine Schwester mich mehrere Male angerufen hatten. Ich hatte sie jeweils mit einer Nachricht abgespeist, dass alles okay sei und ich mich am nächsten Tag melden würde. Gestern war ich nämlich zu durcheinander gewesen, um mit einer von ihnen zu reden.

Schon wieder das Hämmern. Dazu eine Stimme. „Jessy, mach endlich die Tür auf!"

Inga? Warum bitteschön stand meine Schwester vor der Tür?

Noch im Schlafanzug tappte ich zur Tür und öffnete.

„Gott sei Dank, es geht dir gut", rief Inga, stutzte aber dann. „Oder nicht? Oh Gott, Jessica, kann ich dir irgendwie helfen?"

Ihrem Blick nach zu urteilen, sahen meine Haare auch heute wieder aus wie ein explodierter Wischmopp.

„Mir geht es super. Bis auf die Frisur. Aber das macht nichts. Was willst du denn hier?"

Sie riss die Augen auf. „Schauen, ob alles in Ordnung ist! Mona ist total unruhig, weil du mitten im Gespräch aufgelegt hast und angekündigt hast, heimzufahren. Du bist aber nie angekommen, zurückgerufen hast du auch nicht. Sie konnte keinen Urlaub nehmen, aber ich hatte in der Gegend eine Hotelbesichtigung, also bin ich hergefahren, weil wir uns Sorgen machen. Was ist denn passiert?"

Ich seufzte tief. „Komm erst mal rein. Ich springe kurz unter die Dusche, dann erzähl ich dir alles. Du kannst ja schon mal die Kaffeemaschine anwerfen."

Als ich aus der Dusche kam, brodelte zwar die Maschine vor sich hin, aber von Inga fehlte jede Spur. Es war nicht schwer zu erraten, wo sie war. Ich ging die Wendeltreppe hinauf und fand sie im Wohnzimmer, wo sie den Ausblick bewunderte.

„Wenn ich gewusst hätte, wie schön es hier ist, hätte ich jedem Mieter den dreifachen Preis abgeknöpft", sagte sie.

Typisch meine Schwester! Sie war schon immer geschäftstüchtiger gewesen als ich.

„Ich habe Mona geschrieben, dass alles okay ist mit dir. Bis auf die Bergtroll-Haare. Und jetzt will ich alles wissen!“

Da ich der schwesterlichen Inquisition sowieso nicht entkommen würde, ließ ich mich aufs Sofa plumpsen und erzählte ihr, was seit meiner Ankunft passiert war.

Sie hörte mit wachsender Begeisterung zu, was ich von Arne berichtete. „Hast du ein Foto von ihm? Ich will Mister Fantastic unbedingt sehen.“

„Hab ich.“ Eilig stand ich auf, holte meine Kamera und zeigte ihr das Bild von gestern, als er neben Tiki auf der Couch gesessen hatte.

„Schwesterchen!“, rief sie überrascht. „Das ist ein völlig anderer Typ als deine bisherigen Kerle. Er sieht bodenständig aus, null eingebildet, ganz natürlich. Also das genaue Gegenteil von diesen schmierigen Angebertypen wie Kevin.“

„Oh ja, er ist sehr naturverbunden. Und mag das auch bei Frauen.“

Sie erschrak. „Sag jetzt nicht, dass *er* dir die Haare geschnitten hat!“

Ich prustete los. „Nein! Das war ich selbst. Weil ich nämlich einen Fehler gemacht habe.“

Natürlich erzählte ich ihr auch, was in Kurts Kombüse passiert war und wieso ich zur Schere gegriffen hatte.

„Du bist irre“, kommentierte Inga das Ganze. Und lag damit gewiss nicht falsch.

„So ganz weiß ich aber nicht, woran ich bin“, gab ich schließlich zu. „Er hat mich gestern sehr heiß geküsst, aber dann ist er gegangen. Ist doch komisch, oder? Ich meine, er hätte mich ganz easy ins Schlafzimmer führen können. Und das wollen doch alle Kerle. Meinst du, ich bin doch nicht attraktiv genug?“

Ich schob mir die Brille auf der Nase zurecht.

„Vielleicht will er es einfach langsam angehen?“, vermutete Inga. „Oder er hatte tatsächlich einen wichtigen Termin.“

„Möglich.“ Ich war noch immer unsicher. „Es ist einfach so neu für mich, dass es nicht um mein Äußeres geht. Irgendwie habe ich Angst, dass der Rest nicht reicht, verstehst du? Klar, er ist von meinen Fotos begeistert und so. Aber sollte er nicht auch von meinem Körper schwärmen?“

„Hast du neue geknipst?“, fragte Inga, ohne meine Frage zu beantworten.

„Einige.“ Ich rief die Bilder auf meinem Handy auf und zeigte sie ihr.

Inga hatte nicht viel Zugang zur Kunst im Allgemeinen oder zur Fotografie im Besonderen. Aber jetzt beugte sie sich fasziniert über den Handybildschirm.

„Jessy!“, rief sie schließlich aus. „Das ist mit Abstand das Beste, was du jemals fotografiert hast! Wie du die raue Ostsee eingefangen hast, toll! Ich bin schwer beeindruckt.“

„Danke. Dein Lob ist viel wert. Weil ich weiß, dass du mir immer ehrlich sagst, was du denkst.“

„Richtig, das tue ich.“ Inga nickte. „Kein Wunder, dass dein Arne begeistert ist von den Fotos. Und von dir ganz bestimmt auch. Zumindest wenn du dir die Haare mal nachschneiden lässt von jemandem, der keine Heckenschere benutzt.“

Sofort sprang meine Hand nach oben und fummelte in meiner Nicht-Frisur herum. „Weißt du was? Wir bummeln ins Dorf hinein. Ich zeige dir die Schönheiten von Möwenitz und nebenbei fragen wir, ob es hier eine Frisörin gibt."

„Gebongt!", rief Inga sofort und sprang auf. „Gibt es auch irgendwo Frühstück?"

„Klar, bei Lenja."

Das hoffte ich zumindest. Wir machten uns auf den Weg und spazierten erst am Strand entlang, dann durchs Dorf. Ich hatte meine Nikon dabei und knipste ein paar Bilder unserer Fußspuren im Sand oder von Inga, als sie sich an eine schlafende Möwe heranschlich.

Nachdem ich meiner Schwester die Highlights von Möwenitz präsentiert hatte, betraten wir Lenjas Teestube und wurden nach oben in den ersten Stock geschickt.

„Das ist ja schnuckelig!", freute sich Inga. Das Café war wirklich niedlich eingerichtet, überall gab es maritime Deko, außerdem hatte man von den Fenstern aus einen traumhaften Blick auf den winzigen Hafen des Ortes und auf die Ostsee.

Als ich an einem Tisch am Fenster Platz nahm und träumerisch hinaussah, fiel mir Arne ein, der ebenfalls ein Fenster zum Meer hatte.

Was genau war ich für ihn? Nur eine gute Freundin? Quatsch, dann hätte er mich nicht in wilder Seeräubermanier geküsst. Aber wie würde es weitergehen? Ich wohnte nicht hier. Sah er mich als reinen Urlaubsflirt?

„Ich dachte immer, ich kenne mich mit Männern aus", sinnierte ich halblaut vor mich hin, während Inga die Karte studierte.

Sie sah auf. „Aber Arne stellt dich vor ein Rätsel?"

„Genau. Wenn ich bisher ein Date hatte und es kam zu einem Kuss, wollten mich die Typen immer bequatschen, gleich mit in ihre Wohnung zu kommen. Und sie haben ausnahmslos versucht, mich zu begrapschen."

Inga grinste. „Weil Arne weder ein Quatscher noch ein Grapscher ist, kriegst du nun die Krise?"

„Ich habe einfach keine Erfahrung mit richtig netten, anständigen Kerlen, fürchte ich." Auch ich schmunzelte.

„Umso besser, wenn du jetzt dazulernst. Er scheint einer zu sein, der nicht mit dir spielt. Dich nicht verarscht wie Kevin und seine Vorgänger. Bei denen war doch immer klar, dass du nur schmückendes Beiwerk bist."

„Habe ich jetzt auch kapiert. Aber was will einer wie Arne von mir? Ich meine, Kevin hat keine Sekunde darüber nachgedacht, mit mir zusammenzuziehen. Von Heiraten oder Kindern will ich gar nicht reden, der hätte ja sowieso lieber sein idiotisches Auto vor den Traualtar geführt. Aber Arne – wie ticken Männer wie er? Lassen die sich auf kleine Urlaubsflirts ein oder wollen die mehr?"

Ich suchte in ihrem Gesicht nach einer Antwort. Doch da Lenja an den Tisch trat, gaben wir unsere Bestellungen für ein kleines Frühstück auf und ließen uns erklären, dass wir die Teller einfach aus dem Lastenaufzug in der Ecke nehmen konnten.

„Ist ja cool! Wenn es klingelt, ist unser Frühstück da und Lenja braucht nicht die ganze Zeit die Treppe rauf- und runterzulaufen." Meine Schwester war sehr verzückt.

Und ich sehr ungeduldig.

„Du hast meine Frage nicht beantwortet", erinnerte ich sie.

Sie seufzte hingebungsvoll.

„Du erwartest nicht ernsthaft eine Aussage dazu, oder? So eine Frage kann niemand beantworten! Jeder Mensch ist anders, das weißt du. Das wäre ja, als würde ich sagen:

Wie sind Herrenmodeverkäuferinnen denn so? Essen die zum Frühstück nur Vollkornbrötchen mit Käse oder gibt es auch welche, die Marmeladentoasts mögen?“

„Wie immer hast du recht“, stöhnte ich. „Mir ist das schon klar. Aber ich habe mir schon einen elefantengroßen Fehler geleistet, deshalb möchte ich ab sofort alles richtig machen.“

Inga verdrehte die Augen. Das konnte sie gut, schon immer. „Und ich möchte ab sofort nur noch Kunden, die teure Weltreisen buchen, nur noch Dates mit Typen, die mir einen roten Teppich ausrollen und nur noch Nutellabrötchen, die null Kalorien haben. Wie stehen wohl die Chancen, was denkst du?“

Ich streckte ihr die Zunge raus. „Wenn ich etwas hasse, dann sind das vernünftige Menschen“, brummte ich.

Sie lachte laut. „Ach, Jessica. Alles wird gut. Du machst dir viel zu viele Gedanken. Beim Fotografieren hast du das doch auch drauf, dass du einfach aus dem Bauch entscheidest. Oder überlegst du vorher stundenlang, ob du ein Motiv ablichtest?“

„Nee, das mache ich ganz spontan. Du hast schon recht, ich sollte quasi mein Leben so leben, wie ich als Fotografin knipse.“

„Schreib dir das auf zehn Zettel und häng sie überall im Leuchtturm auf. Oh, es hat geklingelt! Unsere Sachen sind da!“ Sie sprang auf und eilte fröhlich zum kleinen Aufzug, schob das Türchen auf und kam breit lächelnd mit einem Teller und einer Teetasse zurück.

Ich musterte Inga, während sie sich setzte und beteuerte, dass meine Sachen bestimmt auch gleich da sein würden. Meine Schwester war ein heller Kopf und ich sollte wirklich auf sie hören. Es war nur alles so neu!

Früher hatte ich beim Kennenlernen von Jungs den Ablauf gekannt. Sie wollten Sex, sie wollten, dass sie mit ihrem *sexy Babe* angeben konnten, sie hielten alles unverbindlich und machten meistens ihr Ding mit Freunden. Doch die alte Jessica war Geschichte. Und die neue sollte tatsächlich aufhören, alles so schrecklich kompliziert zu machen.

„Ich lasse mich einfach überraschen, wie es weitergeht, jawohl. Heute Nachmittag treffe ich ihn. Und wer weiß, vielleicht zerrt er mich sofort ins Haus und gesteht mir seine ewige Liebe?“ Ich lachte.

„Oder er zeigt dir seine Briefmarkensammlung“, erwiderte Inga trocken.

„Lieber sein Fenster“, sagte ich verträumt.

Sie verschluckte sich fast an ihrem Tee. „Sein Fenster? Holy Moly, wieso denn das?“

„Ist eine lange Geschichte“, nuschelte ich. Eine, die ich ihr nicht erzählen würde, weil es etwas Vertrautes zwischen Arne und mir gewesen war. Zum Glück erlöste mich die Klingel. Ich stand auf und holte mir mein Frühstück aus dem Aufzug. Dazu den Tee, den mir Lenja empfohlen hatte. ‚Für Klarheit und Selbstvertrauen‘, hatte sie mir schmunzelnd gesagt und natürlich hatte ich den, ohne zu zögern, bestellt. Er war lecker, genau wie die Brötchen und der Käse.

Da wir genug über mich geredet hatten, erkundigte ich mich, wie es in Ingas Reisebüro zuging und was sie sonst so getrieben hatte in den letzten Tagen. Wir quatschten eine ganze Weile, doch irgendwann sah Inga auf ihre Uhr.

„Du, ich muss weiter“, sagte sie. „Bin ja nicht wie du im Urlaub.“

Wir gingen runter zu Lenja, um zu zahlen, wobei ich Inga natürlich einlud. Dabei fiel mir ein, dass ich Lenja etwas fragen musste.

„Gibt es in Möwenitz einen Frisörsalon? Gesehen habe ich keinen, aber vielleicht macht das jemand nebenbei?"

„Oh ja!", sagte Lenja schnell. „Hedi! Sie war früher Friseuse, da hieß das noch so. Einen Salon hat sie nicht, aber noch ihre Scheren, einen Frisierumhang und immer eine Geschichte auf Lager. Sie macht das nicht mehr oft, aber für Notfälle wie dich hat sie bestimmt Zeit."

„Notfälle wie mich", wiederholte ich und seufzte sehr tief.

Lenja zuckte entschuldigend mit den Schultern. „Ich könnte dir Silicea-Pulver anbieten, damit die Haare schneller wachsen. Noch besser hilft mein selbst hergestelltes Shampoo aus Birkenextrakt, Rosmarin und Muskatellersalbei."

„Du hast nicht nur einen Teeladen, sondern auch eine Apotheke?", wunderte sich Inga.

„Ich kenne mich ein wenig aus mit den Kräften der Natur. Und da wir in Möwenitz keinen Arzt haben, kommen die Leute manchmal zu mir, wenn sie einen Tee gegen Blasenentzündung oder ein paar Globuli gegen Husten brauchen."

„Ich komme auf dein Angebot mit der Haarwuchstinktur zurück, wenn ich sehe, was Hedi aus meiner Matte gemacht hat", antwortete ich lächelnd.

Wir verabschiedeten uns und gingen hinaus. Inga bewunderte erneut das alte Fachwerkhaus, in dem sich der Teeladen befand.

„Es ist schön hier", sagte sie mit ruhiger Stimme. „So unaufgeregt. Die Leute kennen sich, halten zusammen, mir kommt es viel entspannter vor als in der Großstadt."

„Genauso empfinde ich es auch", gab ich zu. „Vielleicht

würde es mich irgendwann nerven, dass jeder jeden kennt, keine Ahnung. Aber irgendwie ist es nett."

„Könntest du dir vorstellen, hier zu leben?" Ingas Blick war ernst und hielt mich fest.

Ich schluckte. „Was sollte ich hier tun? Verkäuferinnen braucht man in Möwenitz nicht. Und die Fotografie ist eine total brotlose Kunst."

Leider entsprach das der Wahrheit. Aber es war egal, denn ich hatte mir vorgenommen, mir keine Gedanken über solche Dinge zu machen, basta.

Während wir sprachen, war ein Wagen nähergekommen. Ich hatte nicht darauf geachtet, doch jetzt wurden wir kurz angehupt.

Ich fuhr herum. Als ich die Schrift auf dem Auto las, setzte mein Herz einen Schlag aus. Das war Arnes Lieferwagen. Arne hielt direkt vor uns an und ließ das Fenster herunter.

„So schön möchte ich es auch haben und mitten am Tag bei Lenja herumhängen", rief er mir zu.

Sein Dreitagebart war noch ein wenig dunkler geworden, er trug einen verwaschenen Arbeitspulli, aber seine Augen strahlten heller, als der Junihimmel es konnte. Von seinem Filmstarlächeln ganz zu schweigen.

„Tja. Jeder, wie er es verdient", gab ich zurück. „Das ist übrigens meine Schwester Inga. Man sieht die Ähnlichkeit, oder?"

„Nöö", behauptete er grinsend. „Sie hat nämlich eine richtig gute Frisur."

Inga lachte und rief: „Volltreffer!", während ich auf Arne zuging und ihn in den Unterarm zwickte, der aus dem Fenster hing.

„Aua!", beschwerte er sich. „Jetzt werden harmlose

Bürger schon tätlich angegriffen, nur weil sie die Wahrheit sagen."

„Nur welche, die es versäumt haben, ihrer Katze ein paar Anstandsformen beizubringen. Tiki hat mir gestern beim Spielen ordentliche Kratzer verpasst."

„Ach, das ist ein Liebesbeweis. Falls sie dich noch mehr in ihr Herz schließt, kommt sie zu dir, nachdem sie Gras gefressen hat und entleert ihren Mageninhalt direkt auf deine Zehen. Das verbindet euch dann auf alle Zeit."

Wir neckten uns noch ein wenig, während Inga danebenstand und ihr Grinsen immer breiter wurde.

„War sie schon immer so frech, Inga?", bezog Arne sie schließlich in das Gespräch mit ein.

„Oh ja, sogar in der Schule. Sie hat mal mit der Banknachbarin getuschelt, darauf der Lehrer: *Jessica, willst du das nicht lieber mit der ganzen Klasse teilen?* Was hat meine Schwester geantwortet? *Wenn ich das wollte, hätte ich ja nicht flüstern müssen.*"

„Erinnere mich nicht daran!", stöhnte ich. „Das war in Mathe und den Typen habe ich gehasst wie sonst was."

Arnes Blick flog von Inga zu mir und wieder zurück. „Passt genau ins Bild", sagte er. „Ich hingegen war immer brav, fleißig und niemals vorlaut."

„Klaaar", sagte ich.

Hinter seinem Lieferwagen hupte ein anderes Auto. „Ich muss weiter, bin auf dem Weg zum Baumarkt. Hat mich aber gefreut, dich kennengelernt zu haben, Inga." Er zog einen nicht vorhandenen Hut vom Kopf. „Und wir beide sehen uns ja später, nicht wahr?"

Er sah mir direkt in die Augen. So intensiv, dass mir der Atem wegblieb. So, als gäbe es sonst niemanden, nicht meine Schwester, nicht den Autofahrer, nur mich.

„Das tun wir. Ich freue mich schon.“ Meine Stimme bebte ein wenig und klang heiser.

„Ich mich auch“, gab Arne zurück. Ohne das geringste Beben und in vollem Samtbariton.

Anschließend stieg er aufs Gas und brauste davon. Mit einem glückseligen Lächeln sah ich ihm hinterher.

„Erde an Jessy!“, rief meine Schwester. Womöglich nicht zum ersten Mal.

Ich wandte mich zu ihr um. „Äh, ja? Was ist denn?“

Ihr Grinsen war jetzt so breit, dass Julia Roberts und Jim Carrey vor Neid erblassen würden, wenn sie es je zu Gesicht bekämen.

„Er ist der Wahnsinn!“, kiekste sie. „Toller Humor, ein zauberhaftes Lächeln und attraktiv ist er auch, auf eine ganz bodenständige Weise. Außerdem steht er total auf dich. Mönsch, ich freu mich wie Bolle, Schwesterherz!“

„Wir haben doch nur herumgealbert“, wiegelte ich ab.

Doch Inga blieb stur. „Quatsch, ich sehe doch, wie er dich anschaut. Greif zu!“

Lachend boxte ich gegen ihren Arm. „Du alte Kupplerin! Aber ich mache heute eine Ausnahme und werde auf deinen Rat hören. Zufrieden?“

„Sehr zufrieden.“

Wir schlenderten weiter zum Haus von Hedi und Hinnerk. Die beiden sahen uns und wollten Inga sofort auf einen Tee einladen, doch sie musste weiter. Ich hingegen blieb bei Hedi hängen. Die bot umgehend an, aus meinem völlig verhunzten Haarschopf „so etwas Ähnliches wie eine Frisur“ zu schneiden.

Da es nicht schlimmer werden konnte, als es bereits war, nahm ich auf Hedis Küchenstuhl Platz und ließ mir einen Umhang über die Schultern werfen.

„Sollen wir lieber ins Bad gehen? Da hängt ein Spiegel“, fragte Hedi.

Doch ich lehnte ab. „Bin derzeit froh, wenn ich mich nicht sehen muss. Ich lass mich einfach überraschen, was du aus mir machst.“

Die Anspannung saß mir durchaus in den Knochen. Es war sicher schon viele Jahre her, dass Hedi in einem Salon ihr Unwesen getrieben hatte. War sie überhaupt in der Lage, etwas Modernes zu schneiden? Oder hatte sie nur immer den üblichen Seniorinnen-Dauerwellen-Schnitt à la Mutter Beimer gezaubert?

Ach, egal. Ich würde es darauf ankommen lassen. Während Hedi mir eine Menge lustiger Geschichten aus Möwenitz erzählte, wurde ich immer ruhiger. Selbst neben dem Föhnen hatte sie noch eine witzige Anekdote auf Lager, sodass ich richtig überrascht war, als sie die Bürste und den Föhn weglegte und sagte: „Fertig!“

Just in diesem Moment steckte Hinnerk seinen Kopf herein. „Ich wollte die Damen nicht stören“, erklärte er. „Aber jetzt will ich die neue Frisur natürlich bewundern. Sieht klasse aus!“

„Wirklich?“, fragte ich ihn unsicher.

Hedi reichte mir die Hand. „Komm hoch, ich zeige es dir.“

Sie führte mich in den Flur, wo ein großer Spiegel hing, und knipste das Licht an.

Ich starrte ungläubig die Frau an, vor deren Reflexion ich stand. Hedi hatte mir einen asymmetrischen Bobschnitt mit Seitenscheitel verpasst, der mir tatsächlich super stand. Die Haare auf einer Seite waren kürzer, da ich dort leider sehr mit der Haushaltsschere gewütet hatte. Dafür reichten sie auf der anderen Seite bis knapp unter die Ohren und glänzten wunderbar. Neckische Strähnen des Deckhaares fielen mir in die Stirn und passten perfekt zu meiner Brille. Ich sah aus wie eines dieser hübschen und doch wahnsinnig sympathisch wirkenden Models für die Fielmann-Gratis-Kollektion.

„Wow“, sagte ich ungläubig. „Ich bin ein völlig anderer Typ! Ich könnte jetzt in einer Buchhandlung arbeiten. Oder als Empfangsdame in einer Anwaltskanzlei. Und trotzdem komme ich so unkompliziert rüber, dass man mit mir sofort einen Fahrradschlauch reparieren würde.“

Hinnerk lachte. „Auf jeden Fall! Ich schätze, unser Schafbauer Ole würde dir gleich eine Mistgabel zum Stallausmisten in die Hand drücken, so dermaßen bodenständig kommst du daher.“

Hedi zwinkerte mir zu, nahm mich beiseite und flüsterte: „Ich wette, Arne ist begeistert. Er hatte mal eine Freundin, deren Hobby es war, ihre Haarspitzen ständig nach Spliss zu untersuchen. Die kam mir manchmal vor wie ein Affe, nur suchte sie eben keine Läuse. Ich glaube, er mag deinen neuen Look. Aber viel wichtiger ist natürlich: Gefällst du dir?“

„Oh ja, und wie!“ Ich umarmte Hedi spontan. Und da Hinnerk urplötzlich direkt danebenstand, bekam er ebenfalls eine Umarmung.

„Ich danke euch! Ihr seid schon wie Freunde. Dabei bin ich erst seit ein paar Tagen hier.“

Er grinste mich breit an. „Wer weiß, vielleicht bleibst du in Möwenitz hängen? Soll durchaus manchmal vorkommen.“

„Wir werden sehen“, erwiderte ich gut gelaunt.

Nachdem ich der widerwilligen Hedi endlich eine Bezahlung aufgedrängt hatte und mich noch zu einer Tasse

Tee hatte breitschlagen lassen, verabschiedete ich mich.

Mit der ganzen Trödelei und Klönerei war es schon Nachmittag geworden. Zeit, endlich mal nachzusehen, wo bei Arne der Hammer hing!

Meine Aufregung stieg mit jedem Meter, den ich in Richtung seines Hauses ging. Als ich ankam, stand das Tor offen und sein Lieferwagen davor. Kaum betrat ich das Grundstück, kam Tiki auf mich zugerannt und rieb sich an meinen Schienbeinen. Ich beugte mich hinunter und streichelte sie. Sie lehnte sich gegen mich und drückte ihren Kopf so niedlich in meine Hand hinein, dass mir das Herz aufging.

„Du bist so zuckersüß, mein kleines ...“

Zum Wort *Kätzchen* kam ich nicht mehr, weil sie sich mit einem Mal versteifte und ein drohendes Knurren ausstieß. In einer Lautstärke, die ich einem so kleinen Tier niemals zugetraut hätte. Als ich aufsah, erkannte ich, was der Grund dafür war. Ein großer roter Kater mit Wohlstandsbauch schlüpfte gerade durch den schmiedeeisernen Zaun und schlich aufs Haus zu. Offenbar war er scharf auf den Napf, der neben der Terrassentür stand. Aber er hatte seine Rechnung ohne Tiki gemacht. Die legte die Ohren nach hinten wie ein scheuendes Pferd und stürmte als grauer Blitz auf den Eindringling zu. Als der sie bemerkte, bog er seinen Rücken zu einem gewaltigen Katzenbuckel durch und plusterte seinen Schwanz zum dreifachen Umfang auf.

Ich hielt die Luft an. Der Kater war fast doppelt so groß wie Tiki! Das schien sie aber nicht zu stören, denn sie rannte weiter direkt auf ihn zu. Noch im Laufen schien sie mit der Pfote auszuholen, denn kaum war sie bei ihm angekommen, prügelte sie in affenartiger Geschwindigkeit auf ihn ein. Er versuchte, sich zu wehren, und landete ein paar Treffer, war aber viel zu behäbig, um eine Chance zu haben. Er war ein dicker Garfield, sie ein flinker Panther. Also ein richtiger, gefährlicher Dschungelbewohner, kein rosaroter mit coolem Jazzsong als Titelmelodie.

Trotzdem machte ich mir Sorgen um Tiki. Was, wenn der Kater sich mit einem Mal auf sie stürzen und sie beißen würde? Ich musste Arne holen.

Im Laufschritt stürmte ich zur Werkstatt, öffnete die nur angelehnte Tür – und erstarrte.

Es war, als stände ich auf der Schwelle zu einer fremden Welt. Ich machte einen Schritt hinein und kam mir vor, als hätte ich eine Zeitreise gemacht. Oder stünde mitten in einer Fantasywelt. Und direkt vor mir offenbarte sich der Protagonist, umhüllt von Rauch, Schweiß auf der Stirn, die beeindruckenden Muskeln angespannt, einen riesenhaften Hammer schwingend: der Gott des Feuers.

12. Eisenhart und wellenzart

So etwas Archaisches hatte ich noch nie gesehen. Die gesamte Werkstatt sah aus, als passe sie nicht in diese Zeit. An den dunklen Holzwänden hingen grobe Werkzeuge, zwei barocke Grabkreuze lehnten in einer Ecke an der Wand, hinter Arne brannte ein Feuer in einem offenen Kamin. Alle Gerätschaften wirkten tonnenschwer, uralt und grob, doch die herumstehenden Werkstücke waren so fein, dass sie doch keinesfalls aus Metall sein konnten!

Arne hatte mich noch nicht bemerkt. Ihm gegenüber stand ein jüngerer Mann, der hielt einen langen Eisenstab fest, der auf dem Amboss lag. Mitten in den gelb glühenden Teil hinein schlug Arne mit einem eisernen Meißel ein Loch. Fasziniert starrte ich ihn an. Er stand breitbeinig da, wirkte total konzentriert und hob mehrmals den schweren Schmiedehammer, um ihn in einer fließenden, kraftvollen Bewegung auf den Meißel krachen zu lassen. Sein Shirt, das er zu der Arbeitshose trug, war fleckig, seine Stirn glänzte, das Spiel seiner Muskeln zeigte, wie anstrengend die Arbeit war.

Aber er hatte einen zufriedenen, fast versunkenen Ausdruck im Gesicht.

Ohne lange zu überlegen, hob ich meine Kamera hoch, stellte sie ein und drückte mehrmals auf den Auslöser, um Arne abzulichten. Da das Feuer direkt hinter ihm war, umgab ihn ein roter Schein, der seine Ähnlichkeit mit einem antiken Helden noch verstärkte.

Tiki war inzwischen hereingekommen, strich kurz um meine Beine, lief dann aber wieder hinaus. Offenbar war sie beim Kampf wieder einmal als Siegerin hervorgegangen.

Als der andere Mann den Stab zurück ins Feuer schob, senkte ich die Kamera, packte sie weg und ging auf Arne zu, der gerade zu einer Wasserflasche griff.

Er strahlte sofort los.

„Jessica!“ Mit wenigen Schritten war er bei mir und drückte mir einen Kuss auf den Mund. Anschließend musterte er mich und lächelte. „Steht dir super, die neue Frisur.“

„Danke“, sagte ich, war aber noch völlig geflasht von seiner Werkstatt.

Ich deutete aufs offene Feuer. „Irgendwie hatte ich gedacht, dass man heutzutage mit modernen Maschinen schmiedet“, gab ich zu. „Aber das hier könnte auch in *Herr der Ringe* vorkommen!“

Arne lachte. „Klar gibt es auch industrielle Metallverarbeitung. Aber wir Kunstschmiede arbeiten alle noch mit echtem Feuer in der Esse. Immerhin haben wir keinen mechanischen Blasebalg mehr, sondern ein elektrisches Gebläse.“

„Was macht ihr da gerade? Ich habe gar nicht gewusst, dass du Angestellte hast.“

„Nur Dirk. Er macht seine Ausbildung bei mir. Vieles könnte ich gar nicht allein. Früher hatte ich noch einen Gesellen, aber der ist nach Norwegen ausgewandert und schmiedet dort Gartenbänkchen für Trolle.“ Arne grinste.

Er war hier in seinem Element, das war nicht zu übersehen. Selbstbewusst stand er vor mir, roch nach Eisen und Feuer und nach echtem Mann, hatte um sich herum seine Werkstücke – und war einfach zum Anbeißen. Das Shirt lag eng an seinem Körper, es konnte nicht verbergen, dass Arne äußerst knusprige Muskeln vorzuweisen hatte, und zwar genau das richtige Maß. Nicht wie dieser Kumpel von Kevin, der im Fitnessstudio pumpte, sich von Eiweißshakes und zweifelhaften Pillen ernährte, und herumlief wie Hulk persönlich. Nein, bei Arne war alles stimmig und echt. Und sehr verführerisch!

„Wir arbeiten gerade am Grundgerüst für das Treppengeländer in der Rostocker Handwerkskammer. Ich habe dir doch von dieser Schreckschraube erzählt?“

„Oh ja, die mit der schrillen Stimme und dem seltsamen Doppelnamen.“

Er nickte und trank erneut einen Schluck Wasser. „Genau. Der fällt ständig was Neues ein. Frag nicht, wie viele Probestücke ich für die angefertigt habe! Aber jetzt sind wir zum Glück bei der endgültigen Ausführung.“

„Chef, das Eisen ist warm“, rief Dirk zu Arne herüber und musterte mich neugierig.

„Warm?“ Überrascht starrte ich aufs lodernde Feuer, in dessen Mitte der Eisenstab lag.

„Schmied-Slang“, erklärte Arne schmunzelnd. „Wir sagen nie *heiß*, sondern immer *warm*. Hat sich irgendwann so eingebürgert, keine Ahnung wieso. Wahrscheinlich sind wir Schmiede ein seltsames Völkchen.“

„Du auf jeden Fall“, rief Dirk ihm zu und lachte. Die beiden verstanden sich gut, keine Frage. Arne war ja auch kein Chef wie mein Herr Radetzky, sondern sicher ein total netter, der seinen jungen Mitarbeiter nicht herumscheuchte, sondern als Partner sah.

„Darf ich zusehen?“, fragte ich.

„Klar. Wir machen das Loch im Stab noch ein bisschen größer, weil da die Querstange durchmuss. Danach zieht Dirk dem oberen Ende die Ohren lang.“

Ich hatte zwar keinen Schimmer, was das bedeutete, das war aber schnurzegal. Denn ich würde Arne am liebsten stundenlang zuschauen bei seiner Arbeit. Ihn hier in seiner Werkstatt zu beobachten, seine kraftvollen Bewegungen zu sehen, seine Konzentration und Handwerkskunst, war einfach ein Traum. Okay, ein Traum, der nach Holzkohle und Metall roch, der heiß und grob war, aber genau das gefiel mir so gut.

Arne und sein Azubi erweiterten das Loch, anschließend trug Dirk einen anderen Stab, der noch im Feuer lag, zu einer riesigen Maschine. Ein elektrischer Hammer? Das Ding legte los, sobald Dirk es eingeschaltet hatte, und prügelte mit irrsinniger Kraft auf das rotglühende Ende der Eisenstange ein. Dirk drehte den Stab geschickt herum, sodass er immer schmaler wurde und am Ende wie ein spitzer Speer aussah.

„Soll ich den letzten auch noch machen?“, fragte Dirk.

„Lass gut sein. Du bist ja schon seit halb acht im Einsatz. Wir machen am Montag weiter“, sagte Arne.

Danach wandte er sich an mich. „Vieles kann ich ohne Hilfe machen, gerade die feinen Arbeiten. Willst du sehen, wie aus der Spitze, die Dirk gemacht hat, eine Welle entsteht?“

„Na klar. Aber wieso eine Welle?“

Arne winkte Dirk zum Abschied zu, der seine Siebensachen zusammenpackte. Er legte die Speerspitzenstange ins Feuer, dann wandte er sich wieder zu mir.

„Ich versuche, in meinen Arbeiten die Natur nachzuahmen. Ist so ein Spleen von mir. Siehst du da drüben das Grabkreuz?“

Er deutete nach rechts und ich nickte.

„Das ist für die Olsen-Oma, so hat jeder im Ort sie gerufen. Sie ist vor einigen Wochen mit über neunzig Jahren gestorben und die Familie hat mich mit dem Grabkreuz beauftragt. Ich habe lange überlegt, wie ich es gestalten soll, denn all meine Kreuze sollen das Wesen des Verstorbenen ehren.“

Da ich neugierig geworden war, ging ich näher an das Kreuz heran und musterte es genau. Es war verspielt, aber nicht kitschig, hatte etwas Leichtes, Heiteres an sich. Und wenn ich mich nicht täuschte, hatte Arne ein paar Löwenzahnblüten und Spitzwegerichblätter hineingearbeitet. Ich lächelte, als ich das sah, und strich vorsichtig mit den Fingern über die feine Schmiedearbeit.

„Wenn ich raten sollte: Sie war eine gutmütige Frau, die gern gelacht hat. Gemütlich, vielleicht ein bisschen verträumt. Und sie mochte gern die ursprüngliche Natur, denn du hast ihr Unkräuter untergejubelt statt teurer Rosen und eleganter Lilien. Ich schätze, sie war bodenständig, lebensfroh und hatte immer eine Tafel Schokolade übrig, wenn ihre zahlreichen Enkel sie besucht haben.“

Ich drehte mich zu ihm um, während ich sprach. Ein bisschen erinnerte mich die Beschreibung an meine eigene Oma. Sie hatte hoffentlich noch viele Jahre vor sich. Aber ich wusste schon jetzt, dass der Gedanke eines ganz persönlichen Kreuzes ihr sehr gefallen würde.

Arnes Lächeln war warm, sein Blick weich. „Sie hatte keine Enkel, leider. Aber mit dem Rest liegst du komplett richtig. Und weißt du was? Es freut mich irrsinnig, dass ich mit dem Grabkreuz so ins Schwarze getroffen habe. Wenn sogar eine völlig Fremde die Olsen-Oma so gut darin erkennt, habe ich alles richtig gemacht. Nur die Schwiegertochter wird mich verfluchen."

„Wegen des Unkrauts?"

„Ganz genau. Ist mir aber egal. Die Verstorbene hat in ihrem Garten den Löwenzahn wachsen lassen und auch sonst alles Mögliche, weil sie den Bienen Nahrung bieten wollte. Über Steingärten und Rasenroboter hat sie immer geschimpft wie ein Rohrspatz. Also wird sie von oben herunterschauen und sich sehr über das persönliche Kreuz freuen. Das ist das Mindeste, was ich für sie tun kann."

Es berührte mich, wie er über sie sprach. Und es verriet viel über ihn als Mensch. Genau so war er: einer, der bei seinen Nachbarn hinsah, der sich um andere Menschen kümmerte, der sie wirklich wahrnahm. So wie er auch mich wirklich sah, und zwar nicht nur den äußeren Schein.

Ich ging zu ihm, umarmte ihn und schmiegte meinen Kopf an seine Halsbeuge.

„Du bist ein toller Mensch, weißt du das?", flüsterte ich. Ihn zu fühlen, ihm nah zu sein, war einfach wunderbar!

Arne strich mir zärtlich über den Rücken. „Sicher! Wenn du erst wüsstest, wie oft ich schon kaputte Stiele von Pfannen repariert habe, weil nur in dieser uralten Pfanne die Bratkartoffeln von Frieda Frederiksen richtig kross werden. Oder Spielzeuge gelötet. Du würdest mir einen Heiligenschein verleihen, wenn du das alles gesehen hättest."

Ich spürte sein Lächeln an meiner Stirn. Seine Rückenmuskeln unter meinen Händen. Seine Kraft und sein Mitgefühl in jeder Zelle meines Körpers.

Er war so besonders. Ein filigraner Künstler und starker Hammerschwinger, ein Mann, der mir zuhörte, mich zum Lachen brachte, der mir verzieh, mich verstand, mir Mut zusprach, in mir ein Verlangen entstehen ließ, das ich noch nie zuvor gefühlt hatte. Weil es nicht nur um seinen Körper ging, obwohl ich den liebend gern näher erkunden wollte, sondern um alles andere ebenfalls. Ich wollte, dass Arne mein bester Freund war, mein Seelentröster, mein Kinositznachbar, mein Skatpartner und Räuberleiterhalter. Natürlich wollte ich mit ihm schlafen, klar! Aber ich wollte auch mit ihm Tulpenzwiebeln pflanzen, Nudelsuppe kochen, alle Sterne am Himmel zählen, nackt ins eiskalte Meer springen und knallbunte Ringelmützen häkeln.

Als Erstes wollte ich aber wissen, wieso er eine Welle schmieden musste. Und natürlich, wie er überhaupt zu dieser Werkstatt, diesem Beruf, dieser Kunst gekommen war.

„Musst du diesen Stab nicht langsam aus dem Feuer nehmen? Der hat doch bestimmt schon zweihundert Grad oder so“, fiel mir ein.

Arne lachte in meine Haare hinein. „Eher tausend Grad. Und du hast recht. Aber es ist so schön, dich im Arm zu halten, da mag ich gar nicht an die Arbeit gehen. Außerdem riechen deine Haare ganz phantastisch. Während ich wahrscheinlich nach Arbeitsschweiß und Zunder stinke.“

Keine Ahnung, was Zunder war, aber gezündet hatte es auf jeden Fall bei mir. Und zwar richtig heiß, auch wenn die Kunstschmied-Herren dieses Wort nicht verwendeten. Ich fand Arne jedenfalls nicht nur warm, sondern heiß.

Nicht nur, wenn er mich küsste. Sondern auch, wenn er - wie jetzt - die glühende Spitze des Stabs auf dem Amboss bog, mit einer Zange in die Länge zog und mit einem Hammer so bearbeitete, dass sie tatsächlich einer feinen Wellenspitze ähnelte.

Fasziniert stand ich neben ihm und beobachtete seine geschickten Handgriffe.

„Unfassbar, dass aus einem schnöden Eisenstab so etwas Federleichtes entsteht“, sagte ich.

Arne nickte. „Genau das hat mich von Anfang an fasziniert: Wie das Metall sich wandelt, wie es biegsam wird, sich hingibt. Lach mich ruhig aus, aber manchmal rede ich mit dem Eisen. Ich glaube, als guter Handwerker muss man eine Verbindung zu seinem Werkstoff aufbauen. Egal, ob du Schreiner bist und mit Holz arbeitest oder ob du ein Haus streichst. Alle, die richtig gut in ihrem Beruf sind, bringen Liebe zu ihrem Material mit. Und Demut. Okay, das klingt komisch, nennen wir es: eine gewisse Bescheidenheit.“ Er fuhr sich durch die Haare. „Oh Mann, du hältst mich jetzt wahrscheinlich für verrückt.“

„Kein bisschen“, sagte ich langsam. Er hatte mich zum Nachdenken gebracht, und ich mochte seine Gedankengänge sehr. „Ich verstehe gut, was du meinst. Es braucht Hingabe, wenn man etwas gut machen will. Und bestimmt freut sich der Metallstab, wenn du mit ihm redest. Da wird er butterweich in deinen Händen.“ Ich lächelte Arne an.

„Ein Kumpel von mir ist Drechsler“, sagte er. „Der liebt Bäume, nimmt Kontakt mit ihnen auf. Klingt esoterisch, ist es vielleicht auch. Aber ich habe noch nie jemanden gesehen, der solche Kunstwerke drechseln kann. Hauchfein wie Papier, gleichmäßig wie aus einer Fabrik. Das ist echt erstaunlich. Es gibt eine Menge Handwerker, die

Künstler sind. Deshalb haben mich deine Fotos so gefreut.“

Meine Kamera lag neben Metallschnörkeln auf einem Tisch. Ich wollte lieber noch mehr über Arne wissen, als über meine Fotografiererei zu reden.

„Wusstest du schon immer, dass du mal Kunstschmied werden willst?“, fragte ich ihn.

Er strich mit der Hand über den Bogen, den er vorhin geschmiedet hatte. Mit einer Zärtlichkeit, die sonst nur Tiki abbekam. Oder ich. Ich lächelte, während ich seine unbewusste Berührung beobachtete. Er liebte seinen Beruf wirklich aus tiefstem Herzen.

„Die Werkstatt hier gehörte meinem Großvater“, sagte er. „Und ich war in jeder freien Minute hier. Irgendwie hat es mich schon immer beeindruckt. Das Feuer, die Werkzeuge, das Metall. Weißt du, Jessica, Schmieden ist die ursprünglichste Art, Metall zu verarbeiten. Wir machen das immer noch genauso wie seit hunderten von Jahren. Verrückt, oder?“

„Es ist archaisch“, sagte ich leise. „Ein besserer Begriff fällt mir nicht ein. Ich finde das großartig! Es ist uralt und kraftvoll und ein bisschen wie ein Wunder.“

Arne sah mir lange in die Augen. So, als wollte er sich dafür bedanken, dass ich ihn verstand. Mein Blick verband sich mit seinem. So wie auch das Gespräch uns immer enger verband, ihn und mich. Ich wollte nie wieder aus dieser Werkstatt weggehen, wollte für alle Zeit das Feuer riechen, die Wärme fühlen, meine Hand auf raues Metall legen können. Oder auf Arnes warme, weiche Haut.

„Schon als Kind durfte ich ein bisschen mithelfen“, sprach er weiter, „und war stolz wie Oskar, als ich zum ersten Mal eine perfekte Schnecke drehen konnte. Der

Stab mit dem Schnörkel steht noch heute in meinem Garten."

„Den will ich sehen!", rief ich. „Aber erzähl erst weiter. Was hielten deine Eltern davon?"

„Nix." Er grinste. „Die wollten, dass ich in einem Büro herumhocke, in den Öffentlichen Dienst gehe oder so etwas. Da wäre ich vor Langeweile gestorben. Du kannst dir ja vorstellen, dass das Schmieden körperlich anstrengend ist. Man wird schmutzig, man stinkt, es kann auch mal einen blauen Flecken geben. Aber am Ende des Tages habe ich etwas erschaffen. Selbst wenn es nur zwanzig gleiche Zaunpfähle mit gedrehtem Mittelteil sind – es ist etwas entstanden. Und das finde ich wahnsinnig befriedigend. Meine Schwester sitzt in einem Büro, da kriegt sie Buchhaltungslisten auf den Tisch und arbeitet die ab. Sie mag das, sie kann sich nett anziehen, mit Kolleginnen quatschen, neben der Arbeit Radio hören. Aber am nächsten Tag liegen wieder die gleichen Listen und Kontoauszüge auf ihrem Schreibtisch. Das würde mich wahnsinnig machen. Bei mir ist dann irgendwann ein Grabkreuz fertig oder ein Pavillon oder ein Balkon. Und wenn ich Glück habe, hat das Ding für fünfzig oder hundert Jahre Bestand. Weißt du, was ich meine? Es gibt mir ganz viel Befriedigung. Vielleicht, weil ich mich mit einbringen kann. In etwas, das oft sogar mich selbst überdauern wird."

Fragend sah er mich an.

„Absolut." Ich spürte seine Leidenschaft in jedem Wort und fand das hinreißend. Gleichzeitig hinterfragte ich mich selbst. Wie war das in meinem Beruf? Tat ich nicht auch jeden Tag das Gleiche? Nichts an meiner Arbeit hatte Bestand, nicht so wie bei Arne.

Bevor ich etwas erwidern konnte, fuhr er fort.

„Du bist im Verkauf, arbeitest mit Menschen, das ist etwas anderes." Er hatte offenbar wieder meine Gedanken erraten. „Ich will auch gar nichts schlecht reden. Ein Bürojob hätte für mich halt nicht gepasst. Und so gut mit Menschen wie du bin ich leider auch nicht. Mit denen, die ich mag, natürlich schon. Erst letzte Woche habe ich für Hinnerk eine uralte Gießkanne gelötet, weil Hedi die so gernhat und er sie deshalb nicht wegwerfen wollte. Die Freude habe ich ihm gern gemacht. Aber manche Kunden mit ihren Allüren – schrecklich!"

Er verdrehte die Augen und machte ein so leidendes Gesicht, dass ich losprustete. Ich wollte gerade etwas fragen, da sprach er weiter.

„Geht es dir nicht auch so mit deinen Fotografien? Da bist du ja auch schöpferisch tätig. Und bestimmt erfüllt dich das dann auch."

Ich zuckte die Schultern. „Schöpferisch? Das klingt so hoch gestochen. Ich suche einfach nach Motiven, die mich berühren. Die was ausdrücken. So wie du vorhin am glühenden Eisen mit dem Hammer in der Hand, da habe ich dich geknipst. Aber klar, am Ende habe ich etwas vorzuweisen, das mag ich sehr."

Mein Blick fiel auf den Wellenstab. „Ich würde wahnsinnig gerne sehen, was da am Ende herauskommt! Also, bei dem Geländer. Hast du eine Skizze, wie das werden soll?"

„Das Treppengeländer für die Handwerkskammer? Klar. Lass mich den letzten Stab noch fertigmachen, dann drehe ich dem Feuer die Luft ab. Reicht für heute. Und ich zeige dir mein Büro."

Ein wenig bedauerte ich, dass er nicht mehr weiter schmiedete. Ich hätte ihn stundenlang dabei beobachten können. Aber natürlich interessierte mich auch, wie solche Kunstwerke entworfen wurden.

Eine halbe Stunde später hatte Arne in seiner Werkstatt aufgeräumt und führte mich nach nebenan. In seinem Büro stand ein riesiger Zeichentisch mit Linealen, Bleistiften, einem Zirkel.

„Du machst das alles per Hand?“, fragte ich erstaunt.

„Jap. Es gibt natürlich Computerprogramme. Aber meine Kunden mögen es gern individuell, die sind ganz begeistert, wenn sie eine handgemalte Skizze bekommen. Dirk hadert damit noch, weil er lieber schmiedet als zeichnet. Aber ich glaube, der Kunde merkt den Unterschied zwischen einem Computerausdruck und einem Entwurf per Hand. Wenn jemand gut zeichnen kann, geht man automatisch davon aus, dass der auch handwerklich gut drauf ist. Hoffe ich zumindest.“

Ich hatte nur mit einem Ohr zugehört, weil meine Aufmerksamkeit den großen Zeichnungen galt. Sie zeigten einen Treppenlauf in einem riesigen Gebäude plus das Geländer im oberen Stock. Die Ausarbeitung des Ganzen raubte mir den Atem. Arne hatte mit dem Entwurf das bewegte Meer eingefangen, die Wellen, den Wind, sogar ein paar Boote und kleine Fische. Alles wogte und blies, es gab keine Kanten, sondern nur weiche Linien, Bögen, Rundungen. Die Motive vereinten den federleichten Flug von Silbermöwen mit der Kraft der Ostsee, alles war schwungvoll und in Bewegung.

„Das Meer!“, flüsterte ich. „Du hast alles eingefangen, Wind, Wellen, die ganze Natur.“

Arne stöhnte. „Frag nicht, was das für ein langer Weg gewesen ist! Frau Krügerband-Meipelleef konnte sich ewig nicht entscheiden, welcher Entwurf es denn werden soll. Wenn sie noch eine einzige Änderung hat, nehme ich meinen Schmiedehammer mit und hau ihr auf den kleinen Zeh!“

Ich lachte. „Ist sie denn die Chefin der Handwerkskammer? Ich dachte ja, das wären eher bodenständige Leute.“

„Sie nennt sich Kuratorin. Ist für Kunst und Marketing zuständig. Eine selten dämliche Schnepfe! Das Haus ist ein Neubau, die Verantwortlichen wollen ein Konzept für das Gebäude beziehungsweise für die Einrichtung.“

„Und dafür ist die Schnepfe zuständig?“

„So ist es. Sie hat immer irgendwelche hochtrabenden Ideen und will unbedingt einen Slogan für das ganze Haus. Manche sind total schwachsinnig. Die hat lang in einer Werbeagentur gearbeitet und bringt lauter so Mist an. *I wanna hold your hand, my Handwerker from Rostock* war ihr erster Vorschlag. Dann fiel ihr aber ein, dass das nicht feministisch genug ist, also folgte *Rostocker Handwerkerinnen stehen ihren Mann!*, was dem Präsidenten der Kammer zum Glück dann doch zu einseitig war. Aber jetzt halt dich fest, ihr nächster Vorschlag war ernsthaft: *Alles Schöne mit Bestand – wir machen's dir mit der Hand!*“

Ich prustete los. „Du verarschst mich!“

„Nein! Zum Glück hat Herr Baumhacker, das ist der oberste Chef, ein Machtwort gesprochen. Angeblich hat er sie gefragt, warum sie nicht gleich als Motto nimmt: *Werte Kundin, nur Mut, dein Handwerker besorgt's dir gut!* Daraufhin war sie stockbeleidigt.“

„Hehe“, kicherte ich. „Wenigstens einer, der noch seine Murmeln beisammenhat.“

„Echt wahr. Jetzt wurde sie vorsichtiger und setzt auf: *Handwerk ist Kunst – lassen Sie sich überraschen.*“

„Ist ein wenig öde im Vergleich zu den vorherigen Sprüchen“, sagte ich.

„Finde ich auch. Aber sie will das Motto, ich zitiere: ‚gestalterisch-kreativ umsetzen im Interieur des Foyers‘.“ Er ahmte eine überhebliche Frauenstimme nach und brachte mich zum Schmunzeln.

„Und dazu gehört dein wirklich außergewöhnliches Treppengeländer, nehme ich an?“

Arne nickte. „Sie hat ausdrücklich etwas Unübliches bestellt. Also habe ich meine Interpretation der Ostsee geschmiedet.“

„Handwerkskunst zum Anfassen.“ Ich lächelte ihn an. „Die Treppe muss ich auf jeden Fall mal benutzen. Ich will unbedingt das fertige Geländer sehen!“

Er schien nachzudenken. „Ich finde sowieso, du solltest mal dorthin kommen. Dann könntest du mit ... Ach, darüber sprechen wir in den nächsten Tagen.“

„Wieso soll ich denn ...?“, begann ich, doch er unterbrach mich.

„Weißt du was, ich gehe jetzt duschen. Und dann können wir ja überlegen, was wir machen. Muss mich erst mal geruchsmäßig in einen Menschen zurückverwandeln.“

„Also ich mag den Schmied-Geruch. Männerschweiß, Feuer, Dreck – das ist wahrer Sex-Appeal“, hauchte ich ihm in Marilyn-Monroe-Manier zu.

Arne schenkte mir ein verheißungsvolles Zwinkern. „Ich lasse dir mein Shirt da, du Steinzeitweib. Dann kannst du schon mal dran schnuppern.“

Er hob den Saum seines T-Shirts an. Mein Herz setzte einen Takt aus, während eine Etage tiefer meine Heizung ansprang. Würde er sich jetzt hier im Büro entblättern?

Doch er grinste breit, als er meinen schmachtenden

Blick sah, und nahm meine Hand. „Komm“, raunte er mir zu. „Ich zeig dir jetzt mein bestes Stück.“

Ein Kribbeln lief über meinen ganzen Körper und sammelte sich unter meinem Nabel. Arne ging ganz schön ran, das überraschte mich ein wenig. Aber ich hatte ganz gewiss nichts dagegen!

Ich erwartete, dass er meine Hand in Richtung seines Schritts zog. Da hatte ich mich jedoch getäuscht. Er hielt sie nämlich einfach nur fest und führte mich aus dem Büro. Wir kamen im Wohnhaus an, dort ging es die Treppe hinauf. Mein Puls schoss mit jeder Stufe, die wir nach oben gingen, weiter in die Höhe. Führte er mich direkt in sein Schlafzimmer? Würde er mich dort aufs Bett werfen, mir die Klamotten vom Leib reißen und mir zeigen, wo beim Schmied der Hammer hing?

Alles in mir pulsierte und pochte, als er eine Tür aufdrückte. Tatsächlich, da stand ein Doppelbett! Also würde er jetzt ernstmachen, würde ich ihn richtig spüren dürfen, würden wir uns gemeinsam zwischen den Laken wälzen, bis wir beide vor lauter Lust laut ...

Mein Blick, der sich sehnsuchtsvoll am einladenden Bett festgesaugt hatte, fiel nun auf etwas anderes.

Und jetzt verstand ich.

„Das Fenster!“, keuchte ich. „Das hast du gemeint mit deinem besten Stück!“ Ich drehte mich zu ihm um und kicherte. „Du verflixter Fiesling!“

Arne lachte. „Dein Gesicht war unbezahlbar. Schade, dass ich deine Kamera nicht bedienen kann, ich hätte es gern für die Ewigkeit festgehalten.“

Ich boxte gegen seinen Bauch, doch Arne spannte die Muskeln an. Fühlte sich nicht schlecht an. Obwohl ich es liebte, dass er mich neckte, war ein kleiner Teil von mir enttäuscht. Zu gern wäre ich gleich jetzt mit ihm auf der Matratze gelandet.

Wieder einmal schien er zu spüren, was ich dachte. Er kam näher, zog mich an sich, küsste sanft meine Stirn, dann meine Nase, schließlich meinen Mund.

„Läuft uns ja nicht weg, die Sache mit dem anderen besten Stück", raunte er mir zu. „Aber ich würde dabei lieber nach Duschgel riechen als nach Holzkohle."

„Beeil dich mit dem Duschen", flüsterte ich. Und presste erneut meine Lippen auf seinen Mund und meinen Körper gegen seinen.

Er küsste mich ausführlich, bevor er sich irgendwann von mir löste. „Bin blitzschnell wieder bei dir", versprach er und verschwand.

Lächelnd wandte ich mich dem riesigen Fenster zu. Als Arne davon erzählt hatte, war ich nicht davon ausgegangen, dass es sein Schlafzimmer schmückte. Andererseits war das absolut verständlich. Schon beim Aufwachen aufs Meer hinaus zu sehen, musste ein Traum sein.

Vor Arnes Haus gab es noch zwei niedrige Schuppen, außerdem führte die Küstenstraße vorbei, erst danach begann der Strand. Doch das machte nichts, denn der Blick war trotzdem atemberaubend. Die Sonne zog sich allmählich ihren Pyjama an und putzte sich hinter einer Wolke versteckt die Zähne, denn bald würde sie ins Bett sinken. Noch war sie aber da, beleuchtete das glitzernde Meer, erfreute sich am Flug der Möwen.

Direkt am Fenster stand ein kleiner Sessel. Gewiss war das Arnes Platz gewesen in den vielen traurigen Nächten, von denen er mir erzählt hatte. Ich wagte es nicht, mich hineinzusetzen. Es war sein Rückzugsort, sein Heiligstes, und es sollte ihm allein gehören.

Als ich mich im Zimmer umsah, bemerkte ich ein filigranes Metallkreuz an der Wand. Ich betrachtete es genau. Es war kunstvoll geschmiedet, aber irgendetwas störte mich daran. Deshalb fuhr ich mit den Fingerspitzen darüber und musterte jedes Detail. Als ich Schritte hörte, sagte ich, ohne mich umzudrehen: „Das hast nicht du gemacht, oder? Es fehlt irgendetwas. Dein Stil, dein Herz - keine Ahnung."

„Du hast ein wirklich gutes Auge", hörte ich Arnes dunkle Stimme von der Tür. „Es ist von meinem Großvater. Deshalb hängt es da."

„Ah! Deshalb kam es mir ein wenig anders vor, es war ..."

Weiter kam ich nicht, denn ich drehte mich zu ihm um. Und schluckte. Mit der Lässigkeit eines Mannes, der sich auf ungemein anziehende Weise in seinem Körper wohlfühlt, lehnte er am Türstock. Nur in ein Handtuch um seine Hüfte gehüllt.

Sein nasses, braunes Haar schimmerte fast schwarz, einzelne Wassertropfen rannen über seinen muskulösen Oberkörper. In meinen Fingern kribbelte es vor Verlangen, dem Lauf der Tropfen mit den Fingerspitzen zu folgen. Und dann dem Knoten im Handtuch den Garaus zu machen.

Arne sah unglaublich schön aus. Gerade deshalb, weil er sich dessen wahrscheinlich gar nicht bewusst war. Er erzählte nämlich etwas von seinem Großvater, der das Haus gebaut hatte, und von einer Renovierung. Und er wollte wissen, ob mir der Ausblick aus dem Fenster gefiele.

Das alles nahm ich kaum wahr, denn ich konnte meine Augen nicht von ihm nehmen.

„Schau mich nicht so an, Jessica, das macht mich nervös“, sagte er schließlich mit einem feinen Lächeln im Gesicht.

„Du bist ein Wahnsinnsmotiv“, entfuhr es mir. „Weil an dir nichts gekünstelt ist. Ich habe ja für diese erotischen Hochglanzaufnahmen von perfekt in Szene gesetzten Körpern nichts übrig. Das ist immer so schrecklich steril. Aber du! Wie du ganz lässig dastehst und über Dreifachverglasung redest, während das Wasser aus deinen Haaren läuft und jeder Muskel glänzt, das ist so echt! Das würde als Foto grandios rüberkommen.“

Arnes Blick hielt mich fest.

„Willst du die Kamera aus der Werkstatt holen?“, fragte er mit seiner tiefen Seide-und-Samt-Stimme. „Oder lieber das Fotomotiv anderweitig erkunden?“

„Hm“, machte ich, „darüber muss ich gut nachdenken.“

Ich schenkte ihm einen tiefen Augenaufschlag und ging mit wiegenden Hüften auf ihn zu.

Manchmal musste man sogar als leidenschaftliche Künstlerin Entscheidungen treffen, bei denen am Ende kein Werk für die Ewigkeit entstand. Eingehende Recherche war schließlich auch wichtig. Und ich hatte vor, diese äußerst genau und mit vollem Körpereinsatz zu betreiben.

13. Morgenluft

Als ich am nächsten Morgen erwachte, dauerte es ein paar Sekunden, bis mir klar wurde, wo ich mich befand. Nämlich im Schlafzimmer des besten Mannes der Welt mit Ausblick durch das beste Fenster der Welt. Dass sich sofort ein Lächeln auf meine Lippen stahl, lag nicht nur an Arnes frech angekündigten besten Stücks, sondern auch an seinen Küssen, seinen Händen, seiner Stimme und seinen Augen, deren Blick mich festgehalten hatte, als wir gemeinsam in den siebten Lusthimmel geschwebt waren.

Ich lag auf der Seite, spürte seinen warmen Körper an meinem Rücken und fühlte mich einfach großartig. Sein gleichmäßiger Atem glitt über meine nackte Haut, sein Arm lag locker über meiner Hüfte. Seine Brusthaare kitzelten meine Schulter.

Moment. Er hatte doch gar nicht so viele Haare auf der Brust. Und wie, bitteschön, schaffte er es, in meinen Nacken zu atmen, aber gleichzeitig seine Brust gegen meine Schulter zu lehnen? Gut, es gab andere Bereiche seines Körpers, die deutlich mehr Behaarung vorzuweisen hatten. Aber in diesem Fall müsste Arne ein Gummimensch sein. Außerdem konnte ich mich nicht erinnern, dass ebendiese Haare so extrem seidig gewesen waren, wie sie sich jetzt anfühlten.

Vorsichtig tastete ich zu meinem Rücken. Und griff in warmes, flauschiges Fell. Gleichzeitig brummte mir etwas lautstark ins Ohr.

„Tiki!“, flüsterte ich vorwurfsvoll. Was gar nicht einfach war, denn der Vorwurf ging in der Flüsterei ein wenig unter. Mit langsamen Bewegungen drehte ich mich auf den Rücken. Ich wollte Arne keinesfalls aufwecken, er hatte sich seinen Schlaf redlich verdient. Bei der Erinnerung an die letzte Nacht machte sich erneut ein Grinsen breit.

Schließlich sah ich, dass Tiki tatsächlich unsere sanftschlafende Löffelchenstellung ausgenutzt hatte, um sich direkt zwischen uns zu quetschen. Grundsätzlich hatte ich natürlich nichts gegen den Besuch einer flauschigen Mietze im Bett, aber doch nicht in der allerersten Nacht mit meinem Liebsten, wo ich so eng wie möglich an seinem Körper kleben wollte!

Sie schnurrte weiter, als wäre es das Normalste der Welt, dass sie sich jetzt direkt an Arnes Brust kuschelte. Nun gut, womöglich war das tatsächlich ihr nächtlicher Stammplatz. Ich drehte mich noch ein wenig weiter, damit ich die beiden in Ruhe mustern konnte. Arne lag völlig entspannt da, die Bettdecke reichte nur bis zum Nabel, sodass ich seinen wunderschönen Körper mustern konnte. Ich bewunderte jedes kleine Muttermal, jede Narbe, sogar den blauen Fleck an seinem Oberarm. Wie sehr liebte ich diesen Körper! Und noch mehr den Mann, dem er gehörte.

Vorsichtig streckte ich den Arm aus, um Arne federleicht durch die zerzausten Haare zu streichen.

Die Zärtlichkeit, die ich für ihn fühlte, war so groß, dass sie fast schmerzte. Sein Viertage-Bart schien über Nacht noch weiter gewachsen zu sein, seine Armmuskeln traten deutlich hervor – und im Gegensatz zu dieser Rauheit schmiegte sich Tiki wie ein seidenweicher Kringel an seine breite Brust. Die beiden sahen so unfassbar süß aus, dass ich diesen Kontrast natürlich ablichten musste.

Ich stahl mich leise aus dem Bett, besuchte kurz das Badezimmer und tappte anschließend nach unten, um nebenan in der Werkstatt meine Kamera zu holen. Hoffentlich klickte der Verschluss nicht so laut, dass Arne aufwachte! Heute war Samstag, da durfte er hoffentlich ausschlafen. Ich hatte keine Ahnung, wie er sich seine Arbeitszeiten einteilte, wollte ihn aber keinesfalls wecken.

Mit der Nikon in der Hand ging ich in die Hocke, um die beiden schlafenden Modelle abzulichten. Wobei Tiki immer noch ein wenig schnurrte, vielleicht war sie wach. Oder sie schnurrte im Schlaf. Jedenfalls sah sie wahnsinnig niedlich aus in dieser eingekringelten Position an der Männerbrust. Ich knipste die beiden aus verschiedenen Winkeln, wobei ich versuchte, auch den Blick aus dem bodentiefen Fenster einzufangen. Selig lächelnd betrachtete ich die Aufnahmen im Display der Kamera. Die Fotos strahlten so viel Gemütlichkeit und Verbundenheit aus, dass ich sie mir garantiert ausdrucken und irgendwo aufstellen würde.

Leise legte ich die Kamera weg und schlüpfte zurück ins Bett. Tiki war offenbar begeistert davon, eine weitere Wärmflasche neben sich zu haben. Sie streckte mir ihre Pfoten entgegen und trat immer wieder vorsichtig gegen meinen Arm, wobei sie abwechselnd die Katzenzehen spreizte und mich mit ihren halb ausgefahrenen Krallen ganz leicht berührte. Mir ging das Herz auf bei diesen kleinen Tritten gegen meine Haut. War das der berühmte Milchtritt, von dem ich mal gelesen hatte? Ein Zeichen, dass sich Katzen wohlfühlten?

Ich streichelte sie sanft, was sie lauter schnurren ließ. Ihr rosa Näschen sah aus, als wäre es aus Marzipan geformt, ihr kleiner Mund schien wohlig zu lächeln.

„Du kleine Süße“, flüsterte ich. „Du passt perfekt zu deinem Herrchen, der ist nämlich auch irrsinnig süß.“

Gut, dass er das nicht mitbekam, sein Atem ging nämlich immer noch regelmäßig.

„Weißt du, Tiki, er ist ganz wunderbar. Er hat ein riesengroßes Herz, ist ein toller Künstler, hat tollen Humor und sieht super aus. Ich glaube, ich habe ihn richtig gern und will hier gar nicht mehr weg“, wisperte ich weiter, während ich meine Nase in Tikis warmem Fell versenkte und die Augen schloss.

„Du hast vergessen, dass ich ein anbetungswürdiger Sexgott bin“, hörte ich Arne sagen und riss den Kopf hoch. Er grinste schelmisch.

„Bescheiden bist du jedenfalls nicht“, gab ich lächelnd zurück.

Arne gähnte, räkelte sich ein wenig, dann schob er Tiki zur Seite, damit er sich zu mir beugen und mich küssen konnte. Genießerisch schnurrte ich los. So könnte gern jeder Tag beginnen. Ich kuschelte mich an ihn, legte meinen Kopf auf seine Brust. Tiki kam angeschlichen, machte sich quer über seinem Bauch breit. Ich kraulte abwechselnd sie und Arne. Er zog die Decke über mich, streichelte meine Schulter, küsste hin und wieder in meine Haare hinein. Es war so wohlig und warm und gemütlich, dass ich mein Glück kaum fassen konnte. Arne, Tiki und ich, das gemütliche Bett, ein Samstagvormittag. „Das ist fast wie eine kleine Familie“, kam mir in den Sinn.

Erst ein paar Lidschläge später wurde mir klar, dass ich den Gedanken laut ausgesprochen hatte. Weil Arne nämlich fragte, ob ich jemals von einer Familie geträumt hätte.

Schlagartig war ich wieder hellwach. Herrje, ich sollte echt aufpassen, dass ich nicht einfach Dinge vor mich hin murmelte, die nur für mich bestimmt waren.

Andererseits klang Arne kein bisschen entsetzt oder panisch, weil ich das böse F-Wort ausgesprochen hatte.

„Ob mir je eine eigene Familie vorgeschwebt hat?“, wiederholte ich. „Irgendwie schon, ja. Aber nur als Wolkenschloss, es war nie etwas Konkretes. Eher so, als wenn man von einem Lottogewinn träumt oder davon, irgendwann mal in der Südsee zu schnorcheln. Also sehr, sehr weit weg.“

„Hm“, machte Arne. „Aber es ist doch viel konkreter als ein Tagtraum. Du hattest ja Beziehungen, da war Familie wahrscheinlicher als ein Sechser mit Zusatzzahl.“

Ich lachte freudlos. „Nicht wirklich. Ich glaube, keiner von den Typen hatte das auf seiner Liste stehen. Zumindest nicht mit mir. Wie hat Kevin so überaus freundlich formuliert? ‚Du bist nett anzuschauen und der Sex ist ganz *okay*, aber mehr will ich auch nicht von dir. Schon gar keine gemeinsame Reise.‘ Du siehst, ich war an einer Familie nie näher dran als an der Südseekreuzfahrt.“

Arne spielte mit einer meiner kurzen Haarsträhnen. „Also ich finde Kevin richtig toll. Im Ernst, ich mag den Kerl!“

Verdutzt hob ich den Kopf von seiner Brust. „Du, äh, was?“ Mir blieb die Spucke weg. Zumindest, bis ich Arnes amüsiertes Schmunzeln sah.

„Überleg doch! Hätte er dich mit in den Urlaub genommen, wärst du jetzt nicht bei mir! Deshalb bin ich ihm total dankbar. Hab schon überlegt, ihm eine Packung Pralinen zu schicken.“ Er grinste breit und küsste mich.

„Von Sex hat der Kerl allerdings null Ahnung“, fügte er danach an. „Ein echter Banause! Der ist mit dir nämlich alles andere als nur *okay*!“

„Er war da tatsächlich ein ziemlicher Banause“, raunte ich ihm verführerisch zu. „Kein Vergleich mit einem wahren Künstler wie dir!“

Ich glitt mit den Händen über seine nackte Haut, bekam sofort wieder Lust, mich zum willigen Objekt ebendieses Kunsthandwerks zu machen.

Da es Arne offenbar genauso ging, legten wir eine weitere Rechercherunde in Sachen Körpererkundung ein. Tiki ergriff beleidigt die Flucht, als wir die Matratze zum Schaukeln brachten. Dafür übernahm ich anschließend dann das Schnurren, als ich mich verschwitzt, ermattet und zutiefst zufrieden an Arne schmiegte.

Vor lauter Befriedigung dösten wir nochmals ein. Es war herrlich entspannend, mit ihm im Bett herumzuhängen, zu kuscheln, zu knutschen, dem Meer zuzusehen, das ebenso träge da lag. Immer wieder glitt ich aus meinen Tagträumen in den Schlaf hinüber. Arne ging es genauso, wir schlummerten gemütlich vor uns hin.

Mit meinem seligen Halbschlaf war es allerdings vorbei, als das fiese Geräusch einer Türklingel mich zusammenzucken ließ.

„Ist das der Postbote?“, gähnte ich.

Arne rieb sich die Augen und sah mit seinen zerzausten Haaren und der verschlafenen Miene unsagbar süß aus. „Der kommt eigentlich später. Wir beachten es einfach nicht. Ist bestimmt nur jemand aus dem Dorf, der eine abgebrochene Kurbel der Kaffeemühle gelötet haben will. Der soll am Montag wiederkommen und bis dahin Tee trinken."

Er zog mich zu einem Kuss an sich. Als seine Zunge mit meiner spielte, hörte ich plötzlich Kinderstimmen.

„Onkel Aaarneee", plärrte jemand. Und zwar zweistimmig.

„Holy Shit, stehen die direkt unter dem Schlafzimmerfenster?" Ich setzte mich entsetzt auf.

Stöhnend ließ Arne seinen Kopf ins Kissen fallen. „Meine Nichten! An die habe ich gar nicht mehr gedacht."

Als hätte sie nur auf das Stichwort oder die Türklingel gewartet, polterte Tiki ins Zimmer und veranstaltete ein Riesengeschrei. Wie eine so kleine Katze ein so gewaltiges Getrampel und Gemaunze schaffen konnte, war mir ein Rätsel. Zumal sie zu anderen Zeiten völlig geräuschlos umherstreifen konnte.

„Mag sie die Mädels nicht?" Ich sah Tiki erstaunt an.

„Doch. Aber sie weiß, dass ich normalerweise aufstehe, wenn jemand klingelt. Und wenn ich aufstehe, heißt das für sie, dass sie Fressen bekommt. Wenn ich nicht rechtzeitig aufstehe, sorgt sie übrigens dafür, indem sie mich als Trampolin benutzt oder mir in den Zeh beißt."

„Hat sie aber heute nicht getan."

„Klar. Sie zeigt sich von ihrer Schokoladenseite. Weil sie einen Narren an dir gefressen hat. Ich habe keine Ahnung, wieso." Er zwinkerte mir belustigt zu.

„Aufstehen, Onkel Aaarnee", krähten die Nichten von draußen. „Wir wissen, dass du da bist."

„Diese schrecklichen kleinen Monster", seufzte er, hatte aber so viel Wärme in der Stimme, dass ich lächelte.

„Lass sie vorne rein. Und ich schleiche mich über die Werkstatt davon“, schlug ich vor.

Seine Brauen sprangen nach oben. „Wieso denn? Wir können gemeinsam frühstücken. Dann lernst du gleich meine Schwester kennen. Die hat die beiden Nervensägen nämlich hergebracht und sie wahrscheinlich auch noch dazu angestachelt, mich aus dem Bett zu krähen.“

Ich vergaß fast, zu atmen. „Du willst mich ihnen vorstellen?“, fragte ich heiser.

Arne sah mich erstaunt an. „Na klar! Das ist meine große Chance, mich nicht allein um die beiden kümmern zu müssen.“

Er lachte kurz, wurde dann aber wieder ernst. „Jessica, ich weiß nicht, wie es mit deinen anderen Männern war. Aber mir ist es ernst mit dir. Ich lade Frauen nicht einfach so in meine Werkstatt ein. Oder in mein Bett. Ich will gerne mit dir zusammen sein, und zwar richtig.“

Ich starrte ihn fassungslos an. „Das will ich auch!“, brachte ich schließlich heraus. „Aber du lebst hier und ich in Hannover und ...“

„Nebensächlichkeiten!“, rief er gut gelaunt, drückte mir noch einen Kuss auf die Lippen und sprang aus dem Bett. „Darüber reden wir später. Jetzt muss ich an die Tür, bevor die Minis die aufbrechen und hereinstürmen.“

Er eilte aus dem Zimmer, gefolgt von einer immer fordernder miauenden Tiki.

Ich ließ mich zurück aufs Bett sinken, bekam das Grinsen nicht mehr aus dem Gesicht und winkte einer vorbeiziehenden Wolke zu. „Er will mit mir zusammen sein“, flüsterte ich ihr zu. „Kannst du dir das vorstellen, Wolke? Ausgerechnet mit mir!“

In mir explodierte ein Glücks-Knaller, verteilte dieses

wunderbare Gefühl wie buntes Konfetti in jede Körperzelle. Ich wollte gleichzeitig aufspringen, um nackt durchs Schlafzimmer zu tanzen, und meine Nase in Arnes Kissen stecken, um seinen Duft aufzusaugen. Was war ich nur für ein Glückskind!

Den Stimmen nach, die ich von unten hörte, waren Arnes Nichten sehr temperamentvoll und wuselten herum. Bevor sie aus Versehen nach oben stürmten und mich nackt im Bett ihres Onkels vorfinden, sollte ich mich lieber anziehen. Ich hüpfte unter die Dusche, kämmte mir notdürftig die Haare und schlüpfte in meine Klamotten. Meine Nervosität stieg, als ich fertig war. Ich schob mir die Brille zurecht, zupfte ein paar Strähnen in die Stirn und tappte vorsichtig nach unten. Dort folgte ich dem Stimmengewirr und landete in der offenen Küche, wo eine junge Frau an der Arbeitsplatte lehnte, die unverkennbar Arnes Schwester war. Ihre Haare waren lang, das Gesicht schmäler, aber sie hatte die gleichen graublauen Augen und ein ähnlich gewinnendes Lächeln.

„Du musst Jessica sein.“ Sie ging sofort auf mich zu und streckte mir die Hand entgegen, die ich schüttelte. „Ich bin Anneke. Du hast mein Brüderchen offenbar schwer beeindruckt, denn er strahlt wie ein Honigkuchenpferd, wenn er von dir spricht.“

„Ist das ein Lebkuchen?“, plapperte eines der Mädchen dazwischen und kicherte. Das andere trötete: „Onkel Arne hat ein Lebkuchengesicht!“ Daraufhin prusteten beide los.

Ich musste mitlachen, während Arne schwer seufzte und Milch in einen Topf goss. Ich konnte jedoch sehen, dass sein Seufzen nur gespielt war.

Die zwei Wirbelwinde hatten wilde, dunkle Locken, die ihnen bis zur Schulter reichten, riesige blaue Augen und den Schalk im Nacken.

Anneke wandte sich ihrem Bruder zu. „Willst du die beiden wirklich heute Vormittag hier haben? Ich kann sie auch wieder mitnehmen. Du hast sicher Besseres zu tun.“

„Nein!“, krähten die beiden sofort. „Wir wollen hier frühstücken. Onkel Arne macht so megatolle Pancakes.“ Sie hüpften auf und ab, um ihre Forderung zu betonen.

Ich lachte. „Gegen ein Pancake-Frühstück mit euch hätte ich auch nichts einzuwenden, glaube ich. Ich bin übrigens Jessica“, stellte ich mich den Zwillingen vor.

„Ich bin Leonie“, sagte die im roten Kleid.

„Und ich Lotta“, rief ihre Schwester, die das gleiche Kleid in Grün anhatte.

„Sehr schöne Namen“, lobte ich und half Arne, den Tisch zu decken.

Die Mädchen entdeckten eine Katzenangel, die unter der gemütlichen Eckbank lag, und spielten mit Tiki. Dadurch konnte ich noch ein wenig Small Talk mit Anneke machen, während Arne seine offenbar berühmten Pancakes brutzelte.

„Ist es wirklich okay für euch, wenn ich jetzt fahre?“, fragte Anneke.

„Klar“, sagte ich. „Ich habe Urlaub und nichts vor.“

„Außer, meine Anwesenheit zu genießen“, warf Arne grinsend ein.

Seine Schwester verabschiedete sich. Die Zwillinge starteten mit Tiki eine wilde Verfolgungsjagd durch die Küche und den Flur, bis es Tiki zu viel wurde und sie kurzerhand durch die Katzenklappe nach draußen flitzte. Lotta und Leonie saßen eine Sekunde später am Tisch und verkündeten lautstark, dass sie monstermäßigen Kohldampf hätten.

Ich ging Arne zur Hand, sodass kurz darauf vor jeder der beiden eine Tasse mit Kakao und ein Teller mit drei Pancakes stand, die sie umgehend in Ahornsirup ertränkten.

Mir gefiel das Zusammensein mit der Familie Jensen so gut, dass ich kaum Hunger hatte. Ich knabberte an meinem Pancake herum, der tatsächlich schön fluffig war, trank einen Schluck Kaffee und hatte einfach Spaß.

Nach dem Frühstück baute Arne ein Mensch-ärgere-dich-nicht-Brett auf, doch das Spiel wurde den Mädchen bald zu langweilig.

„Können wir nicht Twister spielen?", fragte Leonie.

„Au ja, das wäre cool!"

Doch Arne schüttelte den Kopf. „Habe ich leider nicht, sorry. Wie wäre es mit Mau-Mau?"

„Ist was für Beeebies", maulten die beiden.

Mir kam eine Idee. „Sagt mal, für Twister braucht man doch einfach nur eine Matte mit bunten Kreisen, oder? Auf die man dann Fuß oder Hand stellen muss."

„Und eine Drehscheibe!", wusste Lotta.

„Wir könnten uns doch etwas basteln", schlug ich vor. „Euer Onkel hat große Blätter. Und ein paar Buntstifte finden wir vielleicht auch irgendwo."

„Haben wir dabei", erklärte Leonie. „Aber wie willst du eine Scheibe basteln?"

Ich zuckte die Schultern. „Müssen wir nicht. Wir können zwei Würfel nehmen und einfach festlegen, welche Zahl einer Farbe entspricht. Hand oder Fuß ist dann einfach eine gerade oder ungerade Zahl am anderen Würfel."

„Coole Idee!"

Arne gab uns zwei riesige Blätter und einen aufgeschnittenen Pappkarton, auf dem wir sie befestigen konnten. Wir klebten alles zusammen und malten Kreise auf, die die Mädels dann hoch konzentriert ausmalten.

Das gab Arne Zeit, mir beeindruckt zuzunicken. „Du bist in jeder Hinsicht kreativ, Hut ab. Und die kleinen Monster lieben dich."

Grinsend gab ich zurück: „Ich bin ja auch eine extrem liebenswerte Person!"

Natürlich verdonnerten die Zwillinge auch ihren Onkel dazu, sich beim selbst gebauten Twisterspiel zu verrenken, und lachten sich dabei scheckig. Irgendwann fielen wir Großen erschöpft aufs Sofa. Es dauerte aber nicht lange, bis Lotta angehopst kam.

„Jessicaaa, kannst du mir eine Frisur machen?", bat sie mit großen Kinderaugen. „Oder kannst du nicht flechten?"

Sie musterte skeptisch meinen Kurzhaarschnitt.

„Aber hallo! Ich war schon im Kindergarten die absolute Flechtkönigin! Was möchtest du denn? Einen eingeflochtenen Zopf um den Kopf herum, einen französischen an einer Seite, einen holländischen oder lieber Fischgrät?" Ich war voll in meinem Element und konnte es kaum erwarten.

Arne sah mich an, als hätte ich Chinesisch gesprochen. „Was zum Teufel, ähh, was bitteschön ist das alles? Gibt es wirklich so viele Zopfarten?"

Ich wandte mich den Zwillingen zu. „Was meint ihr, sollen wir eurem ungebildeten Onkel zeigen, was man alles machen kann? Dann flechte ich jeder von euch etwas anderes."

„Au ja!" Sie streckten Arne lachend die Zunge heraus, setzten sich dann aber nebeneinander auf den von mir so titulierten Frisierstuhl und hielten tatsächlich die ganze Zeit still, während ich flechttechnisch mein Bestes gab.

Vielleicht hatte es nun doch etwas Gutes, dass ich im Kindergarten zwar in der Vorschule nicht besonders aufmerksam gewesen war, dafür aber alle anderen Mädels mit Hingabe frisiert hatte?

Als wir fertig waren, betrachteten sie ihre Frisuren im Spiegel und waren mehr als zufrieden.

Wir zogen uns an für einen Strandspaziergang. Aber vorher zog Lotta Arne am Ärmel.

„Die Jessica ist viel, viel netter als diese komische Stella. Die hat nie mit uns gespielt.“

„Und Zöpfe hat die uns auch nie gemacht! Überhaupt war die doof“, sagte Leonie.

„Genau.“ Lotta nickte ernst. „Aber Jessica mögen wir. Die musst du behalten, Onkel Arne!“

„Stellt euch vor, das habe ich tatsächlich vor“, erwiderte Arne grinsend.

Doch Leonie, die ebenfalls ein ernstes Gesicht aufhatte, setzte nach. „Und wenn ihr mal heiratet, werden wir Blumenmädchen, nicht wahr? Das wollte ich nämlich schon immer sein.“

„Ich auch!“, stimmte Lotta zu.

Arne tat, als müsse er lange darüber nachdenken. Schließlich sagte er zu den beiden: „Darüber können wir reden. Aber nur, wenn ihr der Braut eine Wollmütze häkelt. Jessica findet die nämlich so toll, die ihr für mich gemacht habt. Und sie hat mir verraten, dass sie nur heiraten will, wenn sie zu ihrem weißen Spitzenbrautkleid eine bunte Ringelmütze aufhaben darf.“

14. Lotta und Leonie

„Au ja!“, riefen beide begeistert.

Ich knuffte Arne in die Seite und hatte schwer damit zu kämpfen, nicht laut loszulachen. Gleichzeitig breitete sich in meiner Brust eine wohlige Wärme aus. Natürlich wusste ich, dass das mit dem Heiraten ein Witz gewesen war. Und es war tausend Jahre zu früh, um über irgendetwas in der Art nachzudenken. Aber ich mochte Arnes Neckereien wahnsinnig gern. Und ihn ebenfalls.

Wir scheuchten die Zwillinge zum Strand, wo sie sich austoben konnten. Während wir mit ihnen an der Küste entlangschlenderten, hielt Arne meine Hand in seiner.

„Ganz schön mutig von dir“, sagte ich. „Mich deiner Familie vorzustellen. Schließlich kennen wir uns erst seit wenigen Tagen.“

„Stimmt. Aber ich weiß schon richtig viel über dich. Du hast mir deine Ängste verraten, mir vieles aus deiner Kindheit erzählt. Und ich kenne deine Fotos, die viel über dich aussagen. Außerdem hast du jeden einzelnen Test mit Bravour gemeistert.“

Ich war so überrascht, dass ich unvermittelt stehen blieb. „Was denn für Tests?“

Arne lächelte mich an. „Den Tiki-Test zum Beispiel, das ist die allerwichtigste Prüfung. Katzen haben ein sehr feines Gespür. Und Tiki kommt längst nicht mit jedem Menschen gut aus. Dich aber liebt sie. Du weißt ja, was sie schon alles aus dem Ärmel gezaubert hat, um dich mit mir zu verkuppeln. Stichwort verletztes Bein.“

„Hat sie Stella denn nicht gemocht?“, fragte ich.

„Nicht die Bohne. Wenn die bei mir war, war Tiki immer verschwunden. Dabei war sie da noch ganz jung und suchte eigentlich immer Kontakt mit mir. Sie war ein Findelkind, ein Kunde von mir hat sie im Straßengraben gefunden. Der hatte aber einen Jagdhund, das wäre nicht gutgegangen. Da habe ich die Kleine bei mir aufgenommen. Ich zeig dir irgendwann mal Fotos, wie niedlich sie als kleines Kätzchen war.“

„Kann ich mir gut vorstellen. Und Stella hat trotzdem keine Verbindung zu der Süßen aufgebaut?“

„Sie war sogar wütend, dass ich die Katze aufgenommen habe. Weil man ja nicht wissen kann, ob sie Krankheiten anschleppt.“ Er verdrehte die Augen.

„Blöde Kuh“, kommentierte ich. „Dabei ist es so toll von dir, dich um ein ausgesetztes Katzenkind zu kümmern! Allerdings weiß ich jetzt immer noch nicht, was die anderen Tests waren, die ich angeblich bestanden habe.“

„Hinnerk und Hedi. Die singen wahre Loblieder auf dich. Ich vermute, dass Hinnerk nicht nur wegen der kaputten Gießkanne bei mir war, sondern auch, um mich nach dir auszuhorchen. Er ist nämlich neugieriger als jedes Waschweib. Und er mag dich.“

„Nur, weil er eitel ist wie eine Fünfzehnjährige und sich

genauso gerne fotografieren lässt. Das ist der Grund, dass ich bei ihm einen Stein im Brett habe."

„Unfug", widersprach er. „Er und Hedi finden dich nett. Und sind der Meinung, dass du unbedingt noch ganz oft nach Möwenitz kommen musst."

Auch wenn ich tat, als wäre das alles nichts Besonderes und es abwiegelte, freute ich mich wie verrückt darüber. Ich war davon ausgegangen, dass Hinnerk und Hedi alle Menschen mit offenen Armen empfangen würden. Aber vielleicht mochten sie mich tatsächlich ein klitzekleines bisschen mehr als andere? Der Gedanke gefiel mir, weil ich die beiden ebenfalls in mein Herz geschlossen hatte.

„Gab es noch weitere Tests?", hakte ich neugierig nach.

„Na, die beiden!" Arne deutete auf Lotta und Leonie, die sich gerade um eine Muschel stritten. „Die gründen demnächst einen Fanklub von dir. Du kannst vierzig Arten von Zöpfen flechten, hast ihnen ein verrücktes Twisterspiel gebastelt und dabei noch lauter gelacht als die beiden, als du auf den Hintern geplumpst bist. Wenn du später noch ein Foto von ihnen schießt, auf dem sie aussehen wie Instagram-Stars, ist dir ein Platz in ihrer persönlichen Hall of Fame sicher."

„Sag bitte, dass die zwei noch nicht auf Instagram sind! Es sind doch Kinder."

„Keine Angst, meine Schwester achtet sehr darauf. Aber ein cooles Bild würde die zwei trotzdem freuen, schätze ich."

„Das kriegen sie."

Ich schwieg eine Weile, weil mir so viele Gedanken durch den Kopf gingen.

„Alles okay?", fragte Arne irgendwann und klang besorgt. „Habe ich dich überfordert, weil ich dich gleich mitten in meine Familie geworfen habe? Tut mir total leid. Es war ein spontaner Entschluss. Ich wollte wahrscheinlich einfach angeben mit dir." Entschuldigend sah er mich an.

Mit mir angeben?

Das war immer noch unvorstellbar für mich, obwohl ich mich allmählich an meinen ungeschminkten Look à la *natural Beauty* gewöhnte.

„Überfordert hast du mich gar nicht, aber überrascht. Wahrscheinlich bin ich einfach nur vorsichtiger als du. Oder feiger. Von meinem Vorsatz, mich nie wieder mit einem Mann einzulassen, ganz zu schweigen." Ich ließ ein Lachen erklingen. Es konnte aber nicht verbergen, dass ich ernsthaft über alles nachdachte.

Arne zuckte mit den Schultern. „Vielleicht bin ich einfach ein Bauchmensch. Ich habe das Gefühl, dass ich dich schon richtig gut kenne. Und das es passt zwischen uns. Klar ist das verrückt nach so kurzer Zeit. Aber genau so empfinde ich es. Du hast die gleichen Leidenschaften wie ich, du siehst Dinge ähnlich, ich habe das Gefühl, dass ich mit dir über alles reden kann. Und zwar, ohne mich verstellen zu müssen. Außerdem sind wir so etwas wie ein Künstlerpaar. Wie Chopin und seine George Sand. Das mag ich sehr."

„Wir sind ein Künstlerpaar?" Der Gedanke gefiel mir.

Er nickte. „Sind wir! Okay, mit der Berühmtheit hapert es noch, aber das kann noch werden, gerade bei dir. Ich finde es jedenfalls toll, dass wir beide kreativ sind und uns austauschen können. Das verbindet total. Keine Ahnung, ob das auf Dauer reicht. Aber es ist ein guter Anfang, denkst du nicht?"

Ich schmiegte mich an ihn. „Oh ja, das denke ich auch", raunte ich ihm zu. Und da die Zwillinge gerade hinter einer Eiderente herliefen, küsste ich ihn innig.

Nach dem Spaziergang waren Lotta und Leonie endlich ausgepowert und gönnten sich eine Folge ihrer Lieblingsserie. Nicht ohne zu betonen, dass sie für Bibi und Tina eigentlich viel zu alt seien.

Eine Stunde später holte Anneke die beiden ab und bewunderte die kunstvollen Flechtfrisuren. Arne und ich atmeten erst einmal durch und gönnten uns zur Feier des Tages einen Tee mit Rum. Anschließend hatte er noch einiges in der Werkstatt zu tun.

„Du weißt ja, die liebe Frau Krügerband-Meipelleef kennt kein Erbarmen. Das Treppengeländer soll am besten schon gestern fertig sein. Wäre es ja auch, wenn sie nicht zehnmal meine Entwürfe geändert hätte.“ Er seufzte tief.

„Kein Problem, ich liebe es, anderen Leuten beim Arbeiten zuzuschauen.“

„Zuschauen? Du darfst gerne mithelfen!“ Er lachte, als er mein entsetztes Gesicht sah.

Natürlich beschränkte sich mein Mithelfen darauf, ihm alle heilige Zeit das passende Werkzeug zu reichen. Was ich meistens erst beim dritten Versuch fand. Nebenbei knipste ich ein paar Fotos, beschloss aber irgendwann, dass es an der Zeit wäre, mich in andere Klamotten zu werfen.

„Ich trabe allmählich mal zurück in meinen Elfenbeinturm“, sagte ich. „Muss mich endlich umziehen. Und Mona anrufen, damit sie nicht wieder ein Einsatzkommando schickt, um nach mir zu sehen. Ich hätte mich längst bei ihr melden sollen.“

„Witzig, dass wir beide schon unsere Schwestern kennen“, fiel Arne ein. „Und ich sogar deine beste Freundin hier in Möwenitz habe herumlaufen sehen.“

„Ich werde Mona liebe Grüße von dir ausrichten“, versprach ich gut gelaunt, verabschiedete mich sehr innig von ihm und machte mich auf den Weg.

Im Leuchtturm angekommen, tanzte ich erst einmal durch den Flur und die Küche. Ich trällerte in so windschiefen Tönen James Browns *I feel good* vor mich hin, dass alle Möwen in einem Kilometer Umkreis vor Schreck davonflogen. Ich kam durch meine Tanzerei am Spiegel vorbei, fand mich wunderschön und warf meinem Spiegelbild eine Kusshand zu. Anschließend hopste ich die Wendeltreppe hinauf, warf mich aufs Sofa und rief Mona an, um ihr mitzuteilen, dass ich die glücklichste Frau der Welt wäre.

Sie lachte fröhlich. „Scheint gut zu laufen zwischen Arne und dir!“

„Oh ja, das tut es. Wir sind nämlich ein Künstlerpaar. So wie Freddy Chopin und seine Liebste, ich habe ihren Namen vergessen. Also quasi wie Ernie und Bert.“

Mona prustete los. „Wusste gar nicht, dass die Künstler waren! Ich hätte bei euch eher auf Susi und Strolch getippt. Wegen der Knutscherei und so.“

„Arne kann toll küssen. Und andere Sachen auch.“ Ich lächelte verträumt.

„Was denn?“, fragte Mona amüsiert.

„Pancakes backen.“

„Ach.“

„Und einiges mehr.“ Oh ja, viel mehr! In jeder Hinsicht. Ich träumte schon wieder vor mich hin.

„Verstehe. Wie geht es denn jetzt weiter mit euch? Habt ihr darüber schon geredet?“

„Er hat mich heute seiner Schwester und seinen Nichten vorgestellt.“ Ich erzählte Mona von unserem gemeinsamen

Vormittag. Und verriet ihr, dass es für Arne etwas Ernstes war mit uns beiden.

„Ich habe noch keine Ahnung, wie es weitergeht“, sagte ich. „Wir werden auch morgen den Tag miteinander verbringen. Ein Sonntag im Bett und so. Da können wir mal reden, wie wir uns das vorstellen. Aber weißt du, Mona, es wird sich eine Lösung finden! Hannover ist nicht aus der Welt, wir können uns abwechselnd besuchen, gemeinsam Urlaub machen und mal sehen, wie es mit uns läuft. Keine Angst, ich werde nicht gleich alles zusammenpacken und bei ihm einziehen.“

Mona stieß Luft aus. „Da würde ich dir auch die Hölle heiß machen! Obwohl ich ihn sympathisch finde, wäre es mir irgendwie lieber gewesen, du hättest erst mal alleine zu dir selbst gefunden.“

„Hatte ich ja auch vor. Aber dann kam eben Arne daher.“

„Trotzdem“, beharrte Mona. Sie war die Vernünftigere von uns beiden, keine Frage. Und wahrscheinlich hatte sie recht. Nein, sehr sicher sogar! Mein Plan war ja auch gewesen, komplett ohne Mann auszukommen. In Ruhe zu entdecken, was ich mit mir selbst anfangen konnte.

Ich stöhnte. „Stimmt, das wäre klüger gewesen. Ich würde bestimmt die Augen verdrehen, wenn mir jemand so eine Geschichte erzählen würde. Von einer Frau, die nach einer Enttäuschung mordsgroße Vorsätze hat, allein zu bleiben, aber sich dann dem nächstbesten Kerl an den Hals wirft.“

„Gut auf den Punkt gebracht“, lobte Mona.

„Aber Arne ist der Richtige!“ Obwohl ich mir da sicher war, krochen ihre Worte irgendwie in mich hinein, setzten sich fest und vertrieben die federleichte Unbeschwertheit.

„Glaubst du, ich habe eine rosarote Brille auf und mache mir etwas vor?“, fragte ich, jetzt ernster geworden.

Mona atmete hörbar durch. „Ich weiß es nicht, Jessica. Natürlich wünsche ich dir von Herzen, dass du deinen Traummann gefunden hast und alles absolut super läuft. Ich finde nur, dass es sehr schnell geht. Andererseits habe ich mich auch innerhalb von einer Woche in Kai verliebt und bisher passt es richtig gut mit uns. Vielleicht bin ich viel zu skeptisch. Vergiss einfach meine Rückfragen und genieß dein Glück.“

„Das werde ich“, sagte ich mit betont fröhlicher Stimme. „Und ich bin dankbar, dass ich eine Freundin wie dich habe, die immer ehrlich mit mir ist.“

Ich erkundigte mich nach Kai, nach Monas Arbeit, nach den Haustieren. Sicher klang ich ganz normal, aber meine rosarote Kugel hatte ein paar winzige Risse bekommen.

Nun ja, das war nicht ungewöhnlich. Das hier war schließlich kein Märchen, sondern das normale Leben. Da gehörten Zweifel dazu. Aber damit kam ich zurecht.

Nachdem das Telefonat zu Ende war, holte ich meine Kamera, fläzte mich wieder aufs Sofa und sah mir die Fotos an, die ich heute geschossen hatte. Die Bilder der Zwillinge waren richtig aus dem Leben gegriffen, die musste ich entwickeln lassen und Anneke schenken. Aber zum Träumen brachte mich natürlich das Foto vom schlafenden Arne, vor dessen Brust die eingerollte Tiki lag.

Zärtlich strich ich mit der Fingerspitze darüber. Egal, ob Mona ein Stück weit recht hatte oder nicht: Zu diesen beiden wollte ich gehören. Sie wollte ich glücklich machen, für sie wollte ich da sein. Mit ihnen wollte ich eine kleine, verrückte, liebevolle Familie sein.

15. Arnes Idee

Das Wochenende war schneller vergangen als ein Wimpernschlag. So kam es mir zumindest vor. Ich war am Samstagabend, nachdem Arne mit der Schmiederei fertig war, zu ihm gefahren. Und mit ihm bis Montagfrüh zusammengeblieben. Wir hatten gestern einen Spaziergang zum Leuchtturm unternommen, dort aus meinen Vorräten einen Phantasie-Auflauf gebacken, den Sonnenuntergang oben im Leuchtturmzimmer genossen. Tiki hatte uns Gesellschaft geleistet und sich immer wieder auf der Couch zwischen uns gedrängt.

Heute war Montag und er musste arbeiten. Nicht in seiner Werkstatt, sondern erneut in Rostock, um dem Neubau der Handwerkskammer das gewünschte kunstvolle Treppengeländer zu verpassen. Abends waren wir aber zum Essen verabredet.

Ich vertrieb mir den Tag, indem ich las, von Arne träumte und Tiki streichelte. Für sie war der Leuchtturm zur zweiten Heimat geworden. Sie hatte lautstark vor dem Küchenfenster verkündet, dass sie jetzt da sei und gerne wieder etwas Joghurt schlabbern würde, bevor ich sie kraulen dürfte. Lachend hatte ich sie hereingelassen und ihr alle Wünsche erfüllt. Später waren meine Nikon und ich wieder auf Fotosafari gegangen. Durch Zufall kam ich dazu, wie aus einem Lieferwagen ein paar neue Heizkörper ausgeladen wurden. Das war eine echte Herausforderung, denn als Fotomotiv taugten weder die Thermostate noch die modernen Heizkörper. Aber ich hatte Glück, denn einer der Monteure schnitt im Freien ein Rohr mit einer Flex durch. Den Funkenregen bannte ich natürlich auf ein Foto.

Danach schlenderte ich weiter zu Tjark, knipste ihn mit einer Ladung Zapfenkübel und kaufte ein paar Lebensmittel ein. Wieder daheim angekommen, kochte ich mir eine Kanne Tee und las noch ein wenig.

Um Punkt sieben stand ich vor Kurts Kombüse, weil ich dort mit Arne verabredet war. Der kam soeben anmarschiert und nahm mich gleich in den Arm.

„Hui, fast hätte ich es nicht rechtzeitig geschafft“, sagte er, nachdem er mich ausführlich geküsst hatte. „Die Oberschnepfe hatte wieder ein paar Änderungswünsche, aber ich habe ihr klar gemacht, dass ich mit Metall arbeite und nicht mit Knetgummi.“

„Was sollst du denn umformen? Deine Arbeit ist doch perfekt!“

Er schnaubte. „Lass uns erst mal hineingehen, ich erzähle es dir, wenn ich mein erstes Bier intus habe.“

Mit gemischten Gefühlen betrat ich das Lokal. Beim letzten Mal hatte ich mich bis auf die Knochen blamiert. Würde Kurt mich auslachen, weil ich nun in völlig anderer Montur daherkam?

Arne grüßte ihn freundlich, als wir hineingingen. Ich

lächelte ihm ebenfalls zu. Kurt stand hinter der Theke, polierte ein Glas und sah nicht nur in meiner Erinnerung aus wie ein Seeräuber in einem Freizeitpark für Kinder. Okay, er trug keine Augenklappe. Und vermutlich auch kein Holzbein, zumindest klapperte keines, als er ein paar Schritte zur Seite machte, um ein Glas nachzufüllen.

Während Arne auf einen kleinen Tisch zuging, blieb ich stehen und starrte auf Kurts Schulter. Das konnte doch nicht wahr sein! Dort ließ sich jetzt tatsächlich ein Papagei nieder. Und weiter drüben wippte eine zweiter auf einer Stange herum.

„Die sind ja echt!“, rief ich erstaunt.

Kurt lachte so dröhnend, dass der Vogel mit den Flügeln flatterte, um das Gleichgewicht zu halten.

„Na klar! Dachtest du, die sind ausgestopft? Du hast sie doch beim letzten Mal auch schon gesehen“, sagte er.

„Da habe ich sie für Attrappen gehalten.“

„Bei mir ist alles echt, min Deern“, sagte er, zwinkerte mir zu und klopfte sich auf den kugelrunden Bauch. „Bis auf den hier, der ist natürlich umgeschnallt.“ Wieder sein lautes Lachen.

„Kurt, erschreck Jessica nicht so“, meldete sich Arne zu Wort. „Reicht schließlich schon, wenn sie es mit mir zu tun hat. Da musst du nicht noch deine Schauergeschichten zum Besten geben.“

„Die packt das schon. Ist ja ein großes Mädchen.“ Der Wirt grinste und wandte sich mir zu. „Übrigens gefällst du mir in deiner neuen Aufmachung zwar recht gut, in der vom letzten Mal aber ein ganzes Stück besser.“

Ich lachte. „Tja, da hast du Pech. Die alten Zöpfe sind ab.“ Ich berührte meine Kurzhaarfrisur, wohlwissend, dass er sich eher auf mein damaliges Dekolleté bezogen hatte.

Erst jetzt, als ich mit dem Piratenwirt sprach, merkte ich, wie gut ich mich inzwischen mit meinem neuen Look fühlte. Und das strahlte ich wohl auch aus, denn er nickte mir zu.

„Hast recht. Wichtig ist nur, dass du dich in deiner Haut wohlfühlst. Ich finde euch Frauen mutig, weil ihr euch immer wieder verändert. Während ich seit Jahren in meinen alten Sachen herumlaufe. Weißt du was? Du setzt dich jetzt zu deinem Arne, dem alten Kesselflicker. Und ich braue dir inzwischen meinen Spezialcocktail. Der geht aufs Haus."

„Nur, wenn ein Schirmchen drin ist", gab ich gut gelaunt zurück.

„Verdammich, auch noch Ansprüche!", murmelte er, grinste aber dabei.

Tjark, der an der Bar herumlungerte, mischte sich ein. „Hey, Kurt! Du könntest Jessicas Beispiel folgen und dir auch endlich mal einen neuen Look zulegen. In deinem komischen Kopftuch nisten wahrscheinlich schon exotische Käfer."

„Käfer, Käfer", krächzte der Papagei auf seiner Schulter und wippte belustigt auf und ab.

„Ich bin ein Gesamtkunstwerk", behauptete Kurt und straffte stolz die Schultern. „Bei mir wird gar nichts verändert. Und jetzt lass mich meine Arbeit machen, Tjark. Ich muss ein Cocktailschirmchen basteln."

Während die beiden sich kabbelten, ging ich endlich weiter zu Arne und setzte mich ihm gegenüber. Staunend betrachtete ich die Einzelheiten des urigen Lokals.

„Diese Balken! Die sehen aus, als wären sie ursprünglich auf einem uralten Segelschiff gewesen. Besonders toll finde ich diese Butzenfenster. Ich muss unbedingt mal meine Kamera mitnehmen. Echt schade, dass ich mir keine Leica leisten kann. Die würde hier Wahnsinnsaufnahmen machen."

„Was ist denn so besonders daran?", fragte Arne, doch Kurt unterbrach ihn, indem er heranschlurfte und mir die Speisekarte in die Hand drückte.

„Ich könnte euch eine Poseidon-Platte machen", schlug er vor. „Also, falls du Fisch magst, Jessica."

Erstaunt hob Arne den Kopf. „Seit wann gibt es bei dir denn Platten für zwei?"

„Seit Bentje beim Umräumen der Küche drei davon gefunden hat und meint, ich soll damit den Umsatz ankurbeln. Es gibt Reis dazu und Grillgemüse."

Da ich begeistert nickte, bestellte Arne die Platte und erzählte mir, dass Bentje Kurts Frau sei und die Küche unter sich habe.

Als Nächstes kamen Arnes Bier und mein Cocktail – samt windschiefem Schirmchen. So verblasst, wie die Farbe daherkam, lag das Ding wahrscheinlich schon seit den 80er-Jahren in einer Schublade. Der Cocktail hatte es in sich, ich schmeckte Grapefruitsaft, Ananassaft und irgendetwas Alkoholisches.

„Sanddornschnaps", erklärte Arne. „Ist quasi ein Gesundheitsdrink. Aber jetzt will ich endlich wissen, was an einer Leica so besonders ist."

Verträumt schob ich das Cocktailglas zur Seite. „Sie ist eine Legende. Auf das Wesentliche reduziert, kein Schnickschnack. Sie hat sogar noch einen Messsucher, das heißt, du siehst das Motiv gar nicht durchs Objektiv, sondern durch einen separaten Sucher. Das ist eigentlich total aus der Zeit gefallen, aber mit einer Leica sei man dem Motiv unglaublich nah, heißt es. Gerade bei den Streetfotografen ist sie sehr beliebt. Ach, eigentlich bei fast allen! Ist aber eine Kostenfrage, das Ding ist schweineteuer. Wird immer ein Traum bleiben, aber das macht nichts. Reicht ja schon, wenn andere Träume in Erfüllung gehen."

Ich streckte meine Hand über das Tischchen und er verschränkte seine Finger mit meinen, tauchte tief in meinen Blick ein. Lange Sekunden saßen wir ineinander versunken da, dann sagte Arne: „Wenn du meinst, dass ich mich durch deinen Augenaufschlag bezirzen lasse, täuschst du dich. Die Hälfte der frittierten Calamari gehört mir!"

Er brachte mich immer wieder zum Lachen. „Du fiese kleine Landratte! Geschieht dir ganz recht, dass diese Lady in der Handwerkskammer dich immer wieder zur Minna macht. Du wolltest mir übrigens erzählen, was sie sich nun wieder ausgedacht hat."

„Die Piratenumgebung tut dir nicht gut", neckte er mich. „Aber du hast recht, du kennst ihre neuste Idee noch gar nicht. Mit der Treppe ist sie immerhin einverstanden, aber ich mache ja auch noch das Geländer im ersten Stock, also am Flur entlang. Da wollte sie jetzt plötzlich ‚zwei skulpturenartige Elemente als Blickfang, an denen sich das Auge des Betrachters orientieren und entlanggleiten kann', um mit ihren Worten zu sprechen."

Ich hob die Brauen. „Skulpturenartige Elemente? Was soll das sein?"

Er zuckte die Schultern. „Ich habe keinen Schimmer. Hat sie bestimmt in einem ihrer Design-Magazine entdeckt. Aber ich habe ihr klargemacht, dass mein Entwurf in sich stimmig ist, geometrisch total austariert und von den Proportionen genau passt. Dann habe ich angefügt, dass eine nachträgliche Ausarbeitung großflächiger Elemente mit aufwändigen Schmiedearbeiten verbunden ist, die immens viel Zeit in Anspruch nehmen, großen Materialaufwand bedeuten und die Kosten massiv in die Höhe treiben. Ob das dem Herrn Präsidenten der Handwerkskammer recht sei, müsste sie vorab in Erfahrung bringen, habe ich ihr gesagt. Dann war Ruhe im Karton."

Er grinste zufrieden und trank einen Schluck Bier.

„Stimmt das denn?"

„Iwo. Ich hätte solche Elemente einfach anlöten können, wäre keine Riesensache gewesen. Aber ich will mein Geländer nicht verschandeln."

„Du Fuchs!"

Wir unterhielten uns noch eine Weile über seine Arbeit, dann schleppte Kurt die Platte an. Wow, die gegrillten Fische waren eine Augenweide! Natürlich war die Platte nicht aufwändig dekoriert, aber wir befanden uns ja auch nicht in einem überteuerten Fischlokal, sondern in einer Kombüse.

„Lasst es euch schmecken, Kinners", wünschte Kurt und verschwand wieder hinter dem Tresen.

„Lass stecken, Kirmes", wiederholte einer der bunten Papageien krächzend. Sie saßen jetzt beide auf der Stange, äugten zu uns herüber und sahen absolut surreal aus.

„Ich kann immer noch nicht fassen, dass die hier herumflattern." Während Arne mir etwas auf meinen Teller lud, beobachtete ich weiterhin die beiden schrägen Vögel.

„Geht nur, weil sie stubenrein sind. Siehst du da drüben den Käfig? In der ruhigen Ecke? Dahin fliegen sie, wenn sie mal müssen. Kurt hat mir mal genau erzählt, wie er es ihnen beigebracht hat."

„Und was sagt das Ordnungsamt dazu? Oder wer immer Gaststätten kontrolliert?“

Arne grinste breit. „Der oberste Lebensmittelprüfer ist Bentjes Cousin. Der kommt zwar alle paar Jahre, kündigt sich aber an. Dann verschwinden Dinero und Notengo eben mal für ein paar Tage. Kurt hat sowieso nur abends geöffnet, außer in der Hochsaison. Da macht er manchmal auch tagsüber auf. Wenn viele Fremde da sind, verfrachtet er die Vögel in sein Haus, er wohnt gleich nebenan. Da haben sie im Garten sogar Ausgang. Oder Ausflug.“

„Dinero und Notengo?“, kicherte ich.

Während wir weiteraßen, erzählte mir Arne, dass sie zu ihrem Namen gekommen waren, weil sie einen alten Popsong sehr begeistert mitgekräht hatten.

Schmunzelnd schüttelte ich den Kopf. „Ihr Leute von der Ostsee seid richtig schräge Vögel. Aber ich mag das.“

Als wir fertig waren und Kurt abgeräumt hatte, wurde Arne mit einem Mal ernst.

„Jessica, ich habe heute mal meine Fühler ausgestreckt.“

Plötzlich kribbelte mein Nacken, als hätte Dinero seine Schwanzfedern in meinem Kragen versteckt. „Wonach denn?“

„Du weißt doch, dass Frau Krügerband-Meipelleef immer noch nach Möglichkeiten sucht, ihr neues Motto in der Eingangshalle darzustellen.“

„Handwerk ist Kunst – lass dich überraschen?“

„So ähnlich, genau. Und ich habe die Lösung für ihr Problem. Es gibt nämlich eine ganz einfache Möglichkeit, die Handwerkskunst anschaulich zu machen und jedem Besucher des Foyers unter die Nase zu reiben.“

„Und die wäre?“ Meine Stimme zitterte.

Anstatt mir zu antworten, griff Arne nach einer Mappe, die er neben sich auf einen freien Stuhl gelegt hatte. Schon als er mich begrüßt hatte, war sie mir aufgefallen, aber ich hatte nicht nachgefragt.

Jetzt zog er etwas heraus. Einen Stapel Fotografien in DIN-A4-Größe.

Ich schnappte nach Luft. „Das sind meine Bilder! Die von unserem Fotorätsel. Wo zum Teufel hast du die her?“

Er lächelte. „Weißt du nicht mehr? Du hast mir doch erlaubt, sie auf mein Handy zu übertragen. Ein alter Schulfreund von mir hat in der Nähe eine kleine Druckerei, auch für Fotos. Dort habe ich sie entwickeln lassen. Sie sind sozusagen dein Portfolio.“ Er nickte mir aufmunternd zu.

„Moment mal ...“ Mein Puls raste mit einem Mal los, als wollte er Tikis schnellen Tatzenhieben Konkurrenz machen. „Du redest doch wohl nicht davon, dass ich diese Wald- und Wiesenaufnahmen deiner Frau Strumpfband-Meisenknödel von der Handwerkskammer zeigen soll? Die würde mich lauthals auslachen!“

Ich machte es gleich mal vor, wie das ungefähr klingen würde. Hochkant hinauswerfen würde die mich!

„Jessica, hör doch mal zu. Du hast etwas ganz Besonderes geschaffen. All diese Bilder hier zeigen Details eines Handwerks. Das passt perfekt zum Motto, das sie fürs Foyer des Gebäudes haben will. Du musst ihr deine Aufnahmen nur noch als tiefsinnige Kunstwerke mit Message verkaufen.“

„Ich muss was?“ Inzwischen krächzte ich mindestens so heiser wie die beiden Aras.

Arne hingegen war die Ruhe selbst. Er deutete auf die Fotos, die er vor sich ausbreitete.

„Na ja, eigentlich sprechen sie ja für sich selbst. Aber du

weißt doch, wie solche Tussis sind. Denen muss man präsentieren, dass das etwas ganz Außergewöhnliches ist und das da wahnsinnig viel dahintersteckt. Wir könnten gleich morgen hinfahren und sie ihr vorstellen."

„Aber es sind einfach nur Fotos von Holzarbeiten und Mauern und geschmiedetem Eisen!", widersprach ich sofort. Und überhaupt – morgen? Mein Mund wurde staubtrocken.

„Pass auf." Er holte sein Handy hervor, tippte kurz darauf herum und hielt mir schließlich die Aufnahme eines Gemäldes entgegen. Es bestand ausschließlich aus Flächen in verschiedenen Farben, in diesem Fall aus Gelb, Weiß und einem kräftigen Rosaton. Ich kannte den Künstler.

„Das ist ein Ölgemälde von Mark Rothko", sagte ich und Arne nickte zufrieden.

Auch wenn ich noch nicht in vielen Gemäldegalerien oder Museen für moderne Kunst gewesen war, kannte ich ein paar Maler. In der Schule war Kunst eines der wenigen Fächer gewesen, bei denen ich nie Angst gehabt hatte, wenn der Lehrer mich aufrief.

Bei Frau Schmitt, unserer superstrengen Mathelehrerin in der siebten, hatte ich Blut und Wasser geschwitzt. Sie hatte mich mal an die Tafel geholt und durch ihre strenge Lehrerinnenbrille angeschaut, als ginge sie schon vorher davon aus, von mir enttäuscht zu werden. Tja, ihre Ahnung bewahrheitete sich, ich brachte kein einziges richtiges Ergebnis der Gleichungen zustande.

In Kunst hingegen hatte mir der Unterricht immer Spaß gemacht und ich hatte mir sämtliche Maler gemerkt, die der Lehrer uns vorgestellt hatte. Darunter auch Mark Rothko, dessen berühmteste Bilder abstrakt waren und ausschließlich aus farbigen Flächen bestanden.

Arnes Blick fixierte mich. „Glaubst du, Rothko hat seine Bilder vorgestellt, indem er gesagt hat: ‚Hallo, liebe Galeristen und Mäzenen, ihr seht es selbst: Das ist ein roter Strich auf blauem Grund. Spricht ja für sich.‘?“

Ich lachte. „Es ist ein weißer Balken. Neben Gelb und Pink. Aber ich weiß, was du meinst.“

„Eben.“ Er beugte sich über das Handy. „Hier steht eine Erklärung zu seiner Kunst, es geht offenbar um Tragik, Ekstase und Untergang. Und er sagt, dass die Wiege seiner Bilder die Gewalt ist, dass es ein einziges Zerreißen ist und es sich um das prekäre Gleichgewicht kurz vor dem Zusammenbruch handelt.“

„Um Himmels willen“, stieß ich aus. „Ich falle lieber tot um, als so etwas über meine Fotos zu sagen!“

„Schon klar, du darfst bodenständiger sein, wenn du das Konzept hinter deiner Kunst darstellst. Aber ein Thema solltest du auf jeden Fall präsentieren. Was würdest du sagen, ist das Gemeinsame? Was steckt dahinter?“

Ich dachte einen Moment nach, starrte auf die Fotos, als hätte ich sie noch nie gesehen. „Hingabe?“, überlegte ich. „Oder ist das zu wenig? Vielleicht irgendwas mit Mensch und Material?“

„Klingt schon besser, das müssen wir nur noch künstlerisch aufpeppen.“ Arne lächelte zufrieden.

Mir hingegen stellten sich sämtliche Nackenhaare auf. Ich sollte mich allen Ernstes als Künstlerin präsentieren? Bei einer Frau, die sich in den letzten Jahren womöglich mit Galerien oder Museen beschäftigt hatte und dort mit richtiger Kunst zu tun hatte? Mit Leuten, die seit frühster Jugend malten, Skulpturen herstellten, musizierten und deren komplettes Leben sich um diese Dinge drehte. Die das studiert hatten, sich in Künstlerkreisen bewegten, sämtliche berühmten Kollegen kannten.

„Ich komme mir da vor wie eine Hochstaplerin", gab ich seufzend zu.

Arne legte seine Hand auf meine und sah mir tief in die Augen. „Jessica, du bewirbst dich doch nicht für eine Ausstellung in der Londoner Tate Modern, sondern nur in der Handwerkskammer. Es ist einfach nur eine Chance. Wenn deine Arbeiten der guten Frau Krügerband nicht gefallen, macht das nichts. Aber du hast doch nichts zu verlieren."

Er strich sanft über meinen Handrücken. „Weißt du, ich glaube an dich. Ich bin fest davon überzeugt, dass du mit deinen Bildern Menschen zum Staunen bringen kannst. Und deshalb kämpfe ich dafür, dass möglichst viele Leute sie sehen dürfen."

Sein Lächeln war so liebevoll, sein Blick so voller Vertrauen, dass ich schlucken musste. Er glaubte an mich! Noch nie hatte irgendjemand an mich geglaubt, egal, bei was. Mir rieselte ein Schauer nach dem anderen den Rücken hinab und meine Augen wurden feucht.

„Du siehst in mir wirklich eine Künstlerin?", flüsterte ich, weil ich es immer noch nicht ganz glauben konnte.

Arne nahm meine Hand, beugte sich nach vorn und hauchte einen Kuss darauf. „Madame, isch bete Sie an. Lassen Sie misch Ihre Muse sein", sagte er mit imitiertem französischen Akzent.

Amüsiert schüttelte ich den Kopf. „Verrückter Kerl!"

Er schmunzelte, wurde dann aber wieder ernst. „Wäre doch super, wenn wir beide gemeinsam das Foyer gestalten. Stell dir das nur vor! Unser großes gemeinsames Werk! Das schweißt total zusammen, findest du nicht?"

„Erst mal sehen, ob sie meine Sachen haben will."

„Schon klar. Aber selbst wenn nicht: Ich liebe es, dass

du mein Handwerk verstehst. Du hast sogar gemerkt, dass das Kreuz im Schlafzimmer vom Opa ist und nicht von mir. Du fühlst, was ich mit meinen Arbeiten ausdrücken will. Weißt du eigentlich, wie viel das wert ist? Stella hatte keine Ahnung davon, sie hat um meine Werkstatt immer einen Riesenbogen gemacht, weil es da heiß und schmutzig war. Und ungewaschen hätte sie mich nie im Leben geküsst. Bei meinen Entwürfen sagte sie immer nur: ‚Ja, schön, sieht gut aus‘, und vertiefte sich wieder in ein Modemagazin.“

„Was hat sie beruflich gemacht?“ Ich fragte mich immer wieder, wie Arne denn ausgerechnet mit so einer zusammengekommen war. Andererseits galt das für mich und Kevin ganz genauso. Gut, dass wir beide unsere Ex-Partner los waren.

„Sie war Anwältin.“ Entschuldigend hob er die Schultern. „Frag nicht, wie ihr Freundeskreis aussah. Da passte ich null hinein. Deine Mona hingegen klingt nett und normal. Und deine Schwester auch. Ja, ich finde, unserem Siegeszug als weltberühmtes Künstlerpaar steht nichts im Weg!“ Er hob sein Bierglas, um mit mir anzustoßen.

Seine gute Laune steckte mich an.

„Prost! Wir rocken die gesamte Handwerks- und Fotowelt!“ Ich tupfte mein Glas an seines und freute mich, als ein leises *Pling* erklang.

Auch wenn mir vor dem Gespräch morgen mit der Dame aus der Handwerkskammer himmelangst war – die Vorstellung, dass meine Fotos tatsächlich in einem öffentlichen Gebäude hängen könnten, ließ Prosecco durch meine Adern fließen.

Arne hatte recht, es war eine grandiose Chance und ich würde sie nutzen!

16. Frau Strumpfband

Gähnend saß ich am Küchentisch im Leuchtturm und genehmigte mir die dritte Tasse Kaffee. Wenn Künstler immer Nächte hatten wie meine vergangene, wollte ich lieber auf alle Zeit einfache Herrenmodefachverkäuferin bleiben.

Nach dem Abend in Kurts Kombüse waren wir zu Arne gegangen, hatten lange an Konzepten für meine Kunst gefeilt, waren irgendwann todmüde ins Bett gefallen. Nur hatte ich fast gar nicht schlafen können. Zu viele Gedanken schwirrten in meinem Kopf herum und setzten alles daran, mich wach zu halten. Als um sechs Uhr Arnes Wecker bimmelte, war ich froh gewesen. Ich stand mit ihm auf, genoss den Blick aus dem großen Fenster, während er duschte, und wünschte ihm schließlich eine gute Fahrt.

Er musste bereits am Vormittag in die Handwerkskammer, weil noch einiges zu tun war am Geländer. An seinem Lieferwagen hing ein Anhänger, in den er wunderschön verzierte Stäbe geladen hatte, die noch ins Kunstwerk integriert werden mussten. Von kleineren Elementen ganz zu schweigen.

Der Termin mit Frau Krügerband-Meipelleef war für zwei Uhr nachmittags angesetzt. Immer, wenn ich daran dachte, wurde mir heiß und kalt zugleich. Arne, dem das natürlich nicht entgangen war, hatte mich noch heute Morgen beruhigt.

„Du weißt ja, was man gegen Lampenfieber rät: Stell dir das Publikum einfach nackt vor. Oder in ihrem Fall in einem Jogginganzug.“ Er hatte gegrinst. „Oder stell dir ihre Reaktion vor, wenn sie mal jemand tatsächlich mit Frau Strumpfband-Meisenknödel ansprechen würde.“

Wir hatten uns in den letzten Tagen immer wieder lustige Verballhornungen ihres Namens ausgedacht und so über sie geredet. Hoffentlich sprach ich sie nicht aus Versehen auf diese Weise an! Ein junger Kollege aus der Haushaltswarenabteilung hatte nach einem großen Anschiss unserem Chef vor lauter Verwirrtheit mal geantwortet mit: „Ich verspreche, mir mehr Mühe zu geben, Herr Radetzky.“ Da war der gute Herr Rambowsky so ausgeflippt, dass wir ihn auch zwei Etagen höher noch schreien gehört hatten.

„Heute läuft alles glatt und ich beeindrucke alle mit meinen Kunstwerken“, sagte ich mir zum ungefähr siebenundzwanzigsten Mal. Ein Instagram-Guru hatte geraten, sich positive Affirmationen auszudenken und diese so lange zu wiederholen, bis man sie verinnerlicht hatte. Also klang ich wie eine alte Schallplatte mit Sprung und wiederholte mein Sprüchlein gnadenlos. Gut, dass mir niemand zuhörte! Außer Tiki natürlich. Sie war vorbeigekommen, auf einen Blumenkübel vor dem Küchenfenster gehüpft und hatte mit ihren Pfoten so lange gegen die Scheiben gehämmert, bis ich sie hereingelassen hatte.

Schließlich wollte ich dem Besitzer des Leuchtturms nicht erklären müssen, wieso sein Fenster tiefe Kratzspuren aufwies.

Sie sah mich jedenfalls immer an, als wäre ich völlig durchgeknallt, wenn ich mein Mantra vor mir hersagte.

„Sei froh, dass ich es nicht singe“, erwiderte ich auf ihren durchdringenden Blick, der wahrscheinlich bedeutete, dass ich mit dem Unsinn endlich aufhören sollte.

Ich kippte mir den letzten Rest Kaffee hinter die Binde und stand auf, um mich zu duschen. Tiki folgte mir und saß interessiert vor der Dusche, während ich mir die Haare wusch. Als ich sie beim Rauskommen mit einem winzigen Spritzer Wasser erwischte, rannte sie jedoch beleidigt davon.

Grinsend trocknete ich mich ab, föhnte mir die Haare zu einem fluffigen Bob zurecht und schlüpfte in meine Jeans. Heute war Nieselwetter, also griff ich zu einem Pulli in Dunkelrot, der gut zu meinen blonden Haaren passte. Ich fand auch noch einen dünnen Schal, der farblich harmonierte, und schlang ihn mir um den Hals.

„Große Künstler tragen immer ein Halstuch“, erklärte ich meinem Spiegelbild und zupfte mir ein paar Haarsträhnen in die Stirn.

Inzwischen hatte ich mich total an die neue Frisur gewöhnt und auch die Brille fand ich gut. Schließlich war ich keine Hochglanzfotografin im Luxusstudio, sondern eine, die draußen unterwegs war, die ihre Motive in Werkstätten und Handwerksbetrieben fand. Mit meinem legeren Outfit nahm man mir das sicher ab.

Ich stieg ins Auto und düste in Richtung Rostock los, wobei ich mehrmals im Geiste durchging, wie ich der Kuratorin denn nun meine Fotografien präsentieren würde.

Als Motto hatte ich mit Arne zusammen ausgewählt: *Die Magie hinter dem Handwerk.* Ich würde etwas erzählen über die ganz besondere Verbindung, die ein Handwerker mit seinem Material einging, über eine Symbiose und vor allem über die Verwandlung, durch die aus einem groben Werkstoff am Ende ein genau passendes Handwerksstück entstand. Arne hatte mir sogar geraten, das Wort Metamorphose einfließen zu lassen, aber ich wusste nicht, ob ich das wagen sollte.

„Muss ich spontan entscheiden“, murmelte ich vor mich hin und nahm die Auffahrt zur Bundesstraße.

Meine Anspannung stieg mit jedem Kilometer. Sie explodierte allerdings, als vor mir jede Menge Bremslichter aufleuchteten. Ich war zwar früh dran, aber so ein Stau konnte leider auch mal lange dauern.

Tat er auch, denn die Straße war nach einem Unfall komplett gesperrt. Als ich endlich in Rostock ankam und in die Straße abbog, in der sich das neue Hauptquartier aller Handwerker befand, war es drei Minuten vor zwei.

Verdammt!

Weit und breit war kein Parkplatz zu finden. Als ich endlich einen ergatterte, lag der drei Straßen weiter. Ich hatte Arne zwar von unterwegs Bescheid gegeben wegen der Straßensperre, aber ich hasste es wie die Pest, zu spät zu kommen. Als würde das noch nicht reichen, war der Regen immer stärker geworden. Und ich Idiotin hatte keinen Schirm eingepackt. Es war zu spät, um Arne samt Schirm hierher zu bestellen. So schlimm würde es schon nicht werden. Ich stieg aus, schob die Fotos innen in meine Jacke und hielt sie dort fest, rannte die Straße entlang, wobei ich vor mich hin fluchte. Wieso musste es gerade jetzt wie aus Eimern gießen?

Inständig hoffte ich, dass Arne den Termin mit der Kuratorin eine halbe Stunde nach hinten hatte verlegen können und ich mich irgendwo noch etwas zurechtmachen durfte.

Dank des Platzregens betrat ich die Eingangshalle als frisch getaufte Maus und sah mich tropfend um. Wow, das Foyer war riesig. Und die Treppe, die nach oben führte, breit wie in einem Opernhaus. Der größte Teil des geschmiedeten Geländers stand bereits und sah, im Gegensatz zu mir, einfach phantastisch aus. Bevor ich nach Arne Ausschau halten konnte, kam er bereits auf mich zu.

Leider nicht alleine. Neben ihm stöckelte nämlich eine elegante Frau heran. Sie war modelmager, trug Diamantohrringe, Designerpumps und zum Bleistiftrock einen Blazer, der genau wie die Handtasche schwer nach Dolce & Gabbana aussah. Alles an ihr wirkte edel und genau aufeinander abgestimmt, sogar die Kämme in der strengen Hochsteckfrisur harmonierten mit ihren Louboutins.

Der Blick, mit dem sie mich musterte, war rasiermesserscharf. Dank ihrer High Heels überragte sie mich um ein ganzes Stück. Sie sah auf mich herab, als wäre ich ein lästiges Tier, das irgendwie hereingeschlüpft war und das man umgehend vom Kammerjäger entfernen lassen sollte.

„Frau Krügerband-Meipelleef, das hier ist Jessica Kowalski", stellte Arne mich vor und wirkte ungewohnt ernst.

„Sie sind spät dran, Frau Kowalski. Ich warte ungern, schließlich habe ich eine Menge zu tun."

Mein Herzschlag wummerte. „Tut mir sehr leid. Die Bundesstraße war gesperrt und hier an der Straße waren alle Parkplätze besetzt."

„Sie hätten selbstverständlich durch die Schranke in den Mitarbeiterbereich fahren können“, rügte sie mich.

Wieder hatte ich etwas falsch gemacht. Ich hatte das Gefühl, immer weiter zu schrumpfen. Ihr Gesicht mit der spitzen Nase und dem leicht fliehenden Kinn erinnerte mich frappierend an meine verhasste Mathelehrerin, Frau Schmitt.

„Tut mir leid, das wusste ich nicht“, antwortete ich mit unsicherer Stimme.

So wie damals an der Tafel. Als Frau Schmitt mich vor der ganzen Klasse bloßgestellt hatte. „Du wirst es nie zu etwas bringen, Jessica“, hatte sie zu mir gesagt mit einem überheblichen Grinsen im Gesicht, das ich auch jetzt noch vor mir sah.

Ein Wassertropfen lief mir übers Gesicht. Ich strich mir die nassen Haare zurück und putzte eilig meine Brille am Pulli ab.

Frau Krügerband-Meipelleef musterte mich erneut von oben bis unten. Ich spürte ihren Blick und wollte am liebsten weglaufen, mich umziehen, schminken, in Designerklamotten werfen und von Neuem hier hereinspazieren – allerdings nicht als nasse Ratte, sondern hocherhobenen Hauptes!

Nur stand ich leider bereits da und tropfte den Boden voll.

„Kommen Sie mit. Wir gehen in einen Besprechungsraum. Für mein Büro sind Sie mir zu nass.“

Das war kein gutes Zeichen, fürchtete ich. Arne wirkte angespannt, als wir der Kuratorin folgten. Er drückte kurz meine Hand, aber da waren wir auch schon angekommen. Sie betrat ein schmuckloses Zimmer, setzte sich an einen Tisch und bedeutete uns, ebenfalls Platz zu nehmen.

„Herr Jensen hat gesagt, Sie hätten ein Konzept, das sich in die Gestaltung des Foyers unseres Neubaus einfügen könnte? Ich muss gestehen, ich bin skeptisch, weil Sie keinerlei Referenzen vorzuweisen haben."

Meine Hände zitterten, als ich die Mappe mit den Fotos auf den Tisch legte. Zum Glück waren die Aufnahmen trocken geblieben. Ich wollte sie herausnehmen, doch die Kuratorin hob die Hand.

„Bevor ich mir Ihre Werke ansehe, möchte ich erst Ihre Intention hören", sagte sie und warf mir einen kalten, auffordernden Blick zu.

Wie damals in der Schule, als mir die an die Tafel geschriebene Gleichung völlig unlösbar erschienen war, fühlte ich mich auch jetzt nicht in der Lage, etwas Vernünftiges zu sagen. Obwohl mir durch die nassen Haare eiskalt war, brach mir der Schweiß aus.

Hektisch sah ich zu Arne, der völlig ruhig war und mir aufmunternd zunickte. Das half. Ich atmete tief durch, straffte die Schultern und begann zu sprechen.

„Mit meinen Fotografien möchte ich die ganz besondere Verbindung zwischen dem Handwerker und seinem, äh, also dem, mit dem er arbeitet, betonen." Verdammt, mir fielen die richtigen Worte nicht ein.

Frau Krügerband-Meipelleef hob eine ihrer kunstvoll gezupften Augenbrauen. „Sie meinen den Hammer? Oder den Malerpinsel?"

„Material!", flüsterte Arne mir zu und sah plötzlich gar nicht mehr so entspannt aus.

„Mit dem Werkstoff, meine ich. Mit seinem Material. Er geht damit ja eine Verbindung ein."

„Das haben Sie bereits gesagt", fiel sie mir ins Wort.

„Es geht um Magie", platzte ich heraus.

Nun wanderte auch die zweite Braue nach oben.

„Frau Kowalski, das Motto in unserem Hause lautet *Handwerk ist Kunst*, nicht *Handwerk ist Hokuspokus*. Und die Mitglieder unserer Kammer sind auch keine niedlichen Zauberer mit spitzem Hut, sondern real arbeitende Menschen."

„Das wollte ich ja auch gar nicht sagen! Mir geht es um die Verwandlung. Darum, dass ein Handwerker aus einem ursprünglich rohen, groben Material durch seine Kunst etwas völlig anderes macht. Aus blankem Eisen wird etwas Zartes, Feines wie draußen am Treppengeländer. Aus einem Stück Holz ein liebevoll gedrechselter Bettpfosten, aus Ziegelsteinen und Mörtel ein Haus mit Türmen, Erkern und einem überhängenden Balkon. Dies zu schaffen, ist eine große Kunst. Und ich versuche, mit meinen Arbeiten kleine Details einzufangen, die die Schönheit dieser Werke zeigen."

Okay, das waren jetzt zumindest zusammenhängende Sätze gewesen. Aber ich hatte die Sache mit der Symbiose nicht untergebracht, außerdem nicht gewagt, das Wort Metamorphose aus dem Ärmel zu ziehen.

Gespannt sah ich die Kuratorin an.

Sie sagte jedoch nichts, sondern wartete offenbar, dass ich weitersprach.

„Das ist alles?", fragte sie schließlich. „Ehrlich gesagt, beeindruckt mich das nicht besonders."

Arne ging dazwischen. „Sehen Sie sich doch mal die Fotos an, Frau Krügerband-Meipelleef. Vielleicht erkennen Sie dann das Talent von Frau Kowalski."

„Also gut", willigte sie widerwillig ein.

Mit zitternden Fingern legte ich meine Fotografien vor ihr ab. Mein Herz pochte wie verrückt. Würden die Bilder sie doch noch überzeugen können?

Sie nahm einige davon in die Hand, legte sie wieder ab. Bei der Detailaufnahme von Arnes Schmiedearbeit, die wie Gold glänzte, rang sie sich immerhin „Das ist ganz nett“ ab. Allerdings sagte der Tonfall mehr als die Worte.

Meine Schultern verkrampften sich und ein drückender Kopfschmerz setzte ein. Nett. Das war garantiert ein Todesurteil für einen Künstler. Kein Mensch stellte Werke aus, die er als nett titulieren würde. *Nett* war die kleine Schwester von *beschissen*, die Cousine von *kann man niemandem zumuten*, die Schwippschwägerin von *nehmen Sie sofort diesen Unsinn von meinem Tisch und verschwinden Sie*.

Frau Krügerband-Meipelleef warf die letzte Fotografie auf die Tischplatte und wandte sich mir zu. Ihr Gesichtsausdruck verhieß nichts Gutes. Sie musterte mich eingehend, bevor sie antwortete.

„Ehrlich gesagt, sind Sie mir zu wenig Künstlerin, Frau Kowalski.“ Sie sprach meinen Namen aus, als würde allein der sie schon anekeln, von meinem Erscheinungsbild ganz zu schweigen.

„Solche Fotografien findet man an jeder Ecke“, fuhr sie fort. „Ich kann darin beim besten Willen nichts Besonderes erkennen. Und Sie als Schöpferin haben nichts zu sagen, Sie bieten mir rein gar nichts an. Das ist alles so - nun ja – *gewöhnlich*.“

Ich schluckte hart. Mein Mund hatte sich in eine Wüste verwandelt, meine Kopfschmerzen hämmerten immer heftiger.

Natürlich wollte ich etwas sagen, sie doch noch von mir und meinen Werken überzeugen. Doch mir fiel nicht eine einzige Silbe ein.

Außerdem war es sowieso schon zu spät. Die Show war vorbei, der Drops gelutscht, die Chance vertan.

Bevor ich in irgendeiner Form reagieren konnte, stand sie auf. „Danke, dass Sie hergekommen sind. Ich wünsche Ihnen weiterhin viel Spaß beim Fotografieren. Es ist schließlich ein nettes Hobby.“

Sie nickte Arne knapp zu und schritt in Richtung der Tür. Mein Kopf fuhr zu Arne herum, er sah entsetzt aus und hob die Hand, um zu zeigen, dass auch er nicht verstand, was soeben passiert war. Voller Wut schaute er der Kuratorin hinterher.

Sie war schon an der Tür, als ich aufsprang. Ich musste kämpfen, schon allein, weil Arne sich so sehr für mich eingesetzt hatte. Es ging jetzt um alles. Und ich würde alles geben, um wenigstens noch eine zweite Chance zu erhalten!

„Moment!“, rief ich ihr zu. „Ich habe noch andere Bilder, bessere! Bei denen es um Hingabe geht, um Selbstversunkenheit, um die Einheit zwischen einem Handwerker und seiner Tätigkeit. Die passen auch perfekt zu Ihrem Motto. Ich kann Sie Ihnen doch zumindest zeigen, Frau Strumpfband-Meisen-...“

Ich erstarrte. Fuck!

Sie sah mich nur an, schüttelte anschließend den Kopf und murmelte etwas von „Nichts können aber auch noch unverschämt sein“ und verschwand.

Ich schlotterte am ganzen Leib. Wie hatte ich das Ganze hier nur so verbocken können?

„Jessica, komm her“, hörte ich Arne sagen. Er breitete die Arme aus und kam auf mich zu.

Auch wenn die Aussicht, mich von ihm trösten zu lassen, verlockend war – ich musste hier weg. Ich musste raus hier, weg von diesem Ort der Schmach. Jeden Moment konnte die Kuratorin wieder in das Besprechungszimmer kommen, weil ihr vielleicht erst jetzt eingefallen war, dass ich sie schwer beleidigt hatte.

„Wir finden etwas anderes“, sagte Arne. „Die dumme Kuh ist nicht das Maß aller Dinge.“

Ich schüttelte den Kopf, konnte gar nicht mehr aufhören damit. Als er seine Hand nach mir ausstreckte, wich ich zurück, keine Ahnung, wieso. Ich war einfach völlig verwirrt, alles wirbelte in meinem Kopf durcheinander. Und ich bekam keine Luft mehr, mein Hals war eng, meine Kehle wie zugeschnürt.

„Ich muss hier raus“, keuchte ich. „Sie ist vielleicht eine dumme Kuh, aber sie hat recht. Sorry, ich muss ...“

Was genau ich ihm sagen wollte, wusste ich nicht. Mir war einfach alles zu viel. Ich stolperte aus dem Besprechungszimmer, lief durchs Foyer, stürzte hinaus ins Freie. Der Regen war leichter geworden, aber es nieselte immer noch. Trotzdem schloss ich nicht mal meine Jacke, sondern rannte den nassen Gehweg entlang, bog in die Seitenstraße und fand endlich mein Auto. Ich stieg ein, schnallte mich an, wischte über mein Gesicht. Bevor ich losfahren konnte, musste ich meine Brille putzen.

Meinen Kopf bekam ich leider nicht so leicht streifenfrei und klar. In ihm polterte alles durcheinander, was Frau Krügerband-Meipelleef mir heute an den Kopf geworfen hatte. Ein Wort jedoch kristallisierte sich besonders heraus. Es wurde größer und mächtiger, füllte meinen Kopf und all meine Sinne aus.

„*Gewöhnlich*“, hatte sie gesagt. „*Das ist alles so gewöhnlich.*“

Und sie hatte recht. Genau das war ich.

17. Am Abgrund

Ich fuhr los. Gab Gas, düste bei Dunkelgelb über eine Ampel, missachtete das Rostocker Tempolimit, wo immer es ging. Ja, ich tat alles, um dieses schmerzhafte Wort hinter mir zu lassen, aber es klebte an mir wie eine Klette.

Gewöhnlich. War das nicht die treffendste Beschreibung für mich selbst, nicht nur für meine Fotografien?

War ich das nicht immer gewesen?

Ich kam aus einer einfachen Familie, hatte in der Schule nur mittelmäßige Leistungen erbracht, mich noch nie irgendwo hervorgetan. Selbst mein Job in einem Kaufhaus war mehr als alltäglich.

Noch nie war ich etwas Besonderes gewesen. Das hatten auch die Minikleider, die Kontaktlinsen und das Make-up nicht überschminken können. Selbst meine albernen blonden Locken waren nur *gewöhnlich*, genauso wie die High Heels und figurbetonten Outfits.

Wie zum Teufel hatte ich nur jemals daran glauben können, dass ich es zu etwas Außergewöhnlichem bringen könnte? Dass jemand meine Fotografien ausstellen wollte, mich als Künstlerin wahrnehmen sollte?

„Absoluter Unsinn!“ Ich schlug mit beiden Händen aufs Lenkrad ein, mehrmals. Der Autofahrer, neben dem ich an der Ampel stand, würde mich sicher für völlig verrückt halten, aber da hatte er natürlich unrecht. Ich war nicht verrückt, ich war nur durchschnittlich, langweilig, nichtssagend. Das hatte diese Kuratorin richtig erkannt.

Wie ich aus der Stadt hinausgefunden hatte, wusste ich selbst nicht. Irgendwann fuhr ich jedenfalls die Landstraße entlang, sah den gleichmäßigen Bewegungen der Scheibenwischer zu und fragte mich, wieso ich überhaupt auf diese idiotische Idee gekommen war, mich als Künstlerin präsentieren zu wollen.

Irgendwann erkannte ich schließlich, wie es so weit hatte kommen können: Ich hatte mich von Arnes Begeisterung blenden lassen. Dabei war diese nur hormonell bedingt! Er war ein bisschen in mich verknallt, hatte deshalb eine rosarote Brille auf. Ja, das Testosteron hatte ihm so die Sinne vernebelt, dass er meine Bilder für echte Kunst gehalten hatte. Nur das war der Grund, nicht die Tatsache, dass sie tatsächlich etwas in Menschen berührten.

Ich wusste genau, wie es Arne ergangen war. Schließlich hatte ich jedes Mal, wenn ich ganz frisch verliebt war, den jeweiligen Partner auf ein Podest gehoben. Ich hatte es für kurze Zeit toll gefunden, dass Mark eine Enduro fuhr und sich von oben bis unten mit Schlamm bespritzen ließ. Ich war verzückt gewesen, als Pascal mir seine Sammlung von Kronkorken aus aller Welt gezeigt hatte, dabei mochte ich gar kein Bier. Und selbst als Dustin mit seinen Kumpels einen Silvesterkracher gepimpt hatte, weil er ihn zu einem Super-Dustinator-Böller umbauen wollte, war ich begeistert gewesen. Zumindest so lange, bis er damit das Gartenhäuschen der Nachbarn in Brand gesetzt und mir einen zweitägigen Tinnitus verpasst hatte.

Ganz bestimmt war es Arne genauso ergangen. Er hatte sich, aus welchen Gründen auch immer, in mich verguckt. Und deshalb alles toll gefunden, was ich machte. Meine Fotografien waren für ihn quasi der Super-Dustinator-Böller gewesen, nur dass sie nichts in die Luft gejagt hatten.

Während ich weiter in Richtung Möwenitz fuhr, zog nicht nur die Landschaft an mir vorbei, sondern blitzten auch Szenen aus meiner Vergangenheit auf. Meine Lehrer, die mir eine äußerst unblendende Zukunft vorhergesagt hatten. Meine Eltern, die mir eingebläut hatten, dass unsereins sich mit wenig zufriedengeben soll und keine hochtrabenden Träume haben darf. Mein Chef, der mich bei jeder Beförderung übergangen hatte.

Tränen liefen mir über die Wange, aber ich machte mir nicht die Mühe, sie wegzuwischen. Wieso auch. Hier im Auto sah mich niemand. Und ob Arne mich jemals wiedersehen wollte?

Die Landschaft veränderte sich, die Ostsee kam näher, bald hatte ich Möwenitz erreicht.

Ich bog in den Kiesweg zur Landzunge ein, fuhr auf den Leuchtturm zu. Er ragte wie immer in den Himmel hinein, fest und stark, ein Zeichen der Beständigkeit. So wie Arne. Er war ebenfalls kraftvoll, er trotzte allen Unwettern, er hatte Talent, führte ein erfolgreiches Unternehmen, war Chef und Lieblingsonkel, hatte sein Leben im Griff. Ja, er war ein starkes Bollwerk, ein Leuchtfeuer, ein Turm auf festem Feld. Ich hingegen war eine vergängliche Welle, ein Windstoß, ein Blatt im Herbst. Wenn ein Sturm daherkam, hielt ich nicht meine Mauern dagegen, sondern ließ mich wegpusten. Weil mein Untergrund so bröckelig war, dass ich darin keinen Halt fand.

Ich parkte, stieg aus, schleppte mich zur Tür. Tiki war plötzlich neben mir und miaute. Ich sollte sie wegschicken, weil mir der Kopf fehlte, um mich um sie zu kümmern, hatte aber keine Kraft dazu. Also schlüpfte sie hinein und sah mich mit großen Augen an.

Ich zog Schuhe und Jacke im Flur aus, warf meine Autoschlüssel auf den Küchentisch, ließ mich auf einen Stuhl fallen.

Tiki strich um meine Beine. Ich nahm sie hoch, setzte sie mir auf den Schoß und streichelte sie gedankenverloren.

„Was dein Herrchen wohl von mir halten wird, wenn er nicht mehr frisch verliebt ist?“, fragte ich die Katze.

Stur wie sie war, antwortete sie nicht, sondern schnurrte nur.

Arne fühlte sich mir verbunden, das hatte er oft genug betont. Weil wir beide Künstler wären. Aber das stimmte nicht, ich war ein Fake! All diese Träume vom gemeinsamen Gestalten des Handwerkkammer-Foyers, vom Künstlerpaar – das waren dumme Wolkenschlösser.

Arne musste doch bereits heute bemerkt haben, dass er mit seiner Einschätzung meiner Arbeiten völlig falschlag. Sobald die rosarote Brille ihren Dienst aufgab, und das würde sie in nicht allzu ferner Zukunft, würde er mich als die Jessica sehen, die ich wirklich war: die gewöhnliche.

Tikis weiches Fell zu berühren, machte mich mit einem Mal unfassbar traurig. Sie hielt ganz still, während ich sie weiterhin streichelte, erneut mit den Tränen kämpfte und mich selbst verfluchte. Ich hätte mich nicht mit Arne treffen sollen! Schließlich hatte ich doch einen Vorsatz gehabt. Aber nein, ich musste mich ja wieder einmal einlullen lassen und mir selbst vorgaukeln, dass ich etwas Besonderes war.

„Er sollte sich eine andere suchen“, flüsterte ich Tiki zu, auch wenn der Gedanke schrecklich wehtat. „Eine Schreinerin oder Malerin oder Goldschmiedin. Mit der er dann echte Gemeinsamkeiten hat, weil sie nicht nur hobbymäßig ein paar Fotos knipst, sondern weil das Handwerk ihr Beruf ist, sie sich seit Kindertagen damit beschäftigt und im Gegensatz zu mir echtes Talent besitzt.“

Die Vorstellung, Arne glücklich mit einer anderen Frau zu sehen, riss mir fast das Herz heraus.

„Es ist aber besser so“, sprach ich weiter. „Er soll mich so schnell wie möglich vergessen. Wahrscheinlich ist es am geschicktesten, ich packe meine Sachen und fahre zurück nach Hannover. Das hätte ich schon beim ersten Mal machen sollen.“

Grübelnd starrte ich vor mich hin. Nein, das ging nicht. Ich musste natürlich mit ihm reden. Sich einfach so aus dem Staub zu machen, war nicht die feine Art. Und das hatte Arne nicht verdient.

Trotzdem sah ich keine Zukunft für uns beide. Ich stand auf, um mir Teewasser aufzusetzen. Tiki sprang von meinem Schoß und beobachtete mich.

Meine Nikon lag auf der Küchenablage. Ich seufzte tief. Irgendwie war mir die Lust aufs Fotografieren gründlich vergangen. Ich wollte die Kamera mit einem Mal nicht mehr in meiner Nähe haben. Sie würde mich ja doch nur immer an meinen geplatzten Traum erinnern.

Kurz entschlossen stopfte ich sie in eine Tasche, holte aus dem Schlafzimmer einen Beutel mit getragener

Wäsche und schob ihn mit in die Tasche.

„So, das kommt jetzt ins Auto“, sagte ich, ging in den Flur und öffnete die Tür. Dann fiel mir ein, dass der Autoschlüssel noch auf dem Küchentisch lag. Oh Mann, ich war wirklich durch den Wind. War natürlich kein Wunder. Ich ging zurück in den Flur – und hörte ein metallisches Klappern aus der Küche. Hatte Tiki Besteck auf den Boden geworfen?

Eilig machte ich ein paar Schritte auf die Küche zu, da flitzte etwas an mir vorbei und nach draußen. Das Klappern folgte diesem Etwas.

Was zum Henker hatte Tiki aus dem Leuchtturm geschleppt?

Ein Blick auf den Küchentisch ließ mich entsetzt innehalten. Sie hatte doch wohl nicht den Schlüssel ...?

Sofort beugte ich mich nach unten, suchte den Boden ab, die Sitzflächen der Stühle, sogar unter den Küchenschränken sah ich nach. Weit und breit keine Spur von meinem Autoschlüssel.

„Du kleines Aas!“, schimpfte ich und stürmte nach draußen.

Tiki flitzte zu meinem Auto, ich ihr hinterher. Dann überlegte sie es sich anders und rannte um den Leuchtturm herum. Sie war zwar schneller als ich und hatte den Vorteil von vier Beinen, aber ich war wütend, das verlieh mir Flügel. „Bleib sofort stehen, du kleines Biest“, rief ich keuchend hinter ihr her. Half leider nichts. Wir umrundeten den Leuchtturm in einer wilden Hetzjagd, danach lief Tiki auf die Klippe zu.

Ich bremste ab. Verdammt, was hatte sie vor?

Die Katze hielt den Filzanhänger, an dem mein Autoschlüssel und Haustürschlüssel befestigt waren, im Maul.

Sie sah mich aus ihren großen, unschuldigen Augen an.

Jetzt galt es, einen kühlen Kopf zu bewahren. Ich verlieh meiner Stimme einen warmen, lockenden Klang, als ich sagte: „Tiki, du Süße, komm her. Lass dich streicheln. Ich kraule dich sogar unterm Kinn, das magst du doch so gern."

Während ich sie damit einlullte, schlich ich mich Zentimeter für Zentimeter näher. Dummerweise wich Tiki vor mir zurück. Nun stand sie unmittelbar am Abgrund.

„Du fällst gleich runter!", warnte ich. „Das ist viel zu gefährlich für so ein süßes Kätzchen, komm lieber zu mir."

Ich ging in die Hocke, damit ich kleiner wirkte, und streckte ihr im Zeitlupentempo meine Hand entgegen.

Als ich den Schlüssel fast erreicht hatte und schon innerlich Luftsprünge machte, schüttelte Tiki in einer schnellen Bewegung ihren Kopf und schleuderte meinen Schlüssel dadurch über die Kante. Dann sprang sie auf, jagte am Leuchtturm vorbei und die Landzunge entlang, weil sie wahrscheinlich fürchtete, dass ich sie windelweich schlug, wenn ich sie erwischte. Nicht zu Unrecht.

Ich keuchte. „Das darf doch nicht wahr sein, verdammt!", fluchte ich laut, doch sie war schon über alle Berge.

Verzweifelt ging ich auf alle viere. Vielleicht war der Schlüssel ja auf einen Felsvorsprung gefallen? Ich krabbelte langsam an den Abgrund heran. Da ich nicht ganz schwindelfrei war, kostete es mich alle Überwindung, den Kopf über die Kante zu strecken. Dort ging es steil bergab, mitten in die Felsen hinein.

Da! Dort hing er, mein Schlüssel. Er hatte sich an einem Ästchen verfangen, war aber viel zu weit entfernt, als dass ich ihn mit dem Arm erreichen konnte. Selbst wenn ich mich bäuchlings an den Rand legte und mit einem Rechen danach angelte, würde ich ihn womöglich eher ganz nach unten befördern.

„Verdammter Mist!“, fluchte ich.

Wenn ich diese verflixte Katze erwischte, würde ich sie tatsächlich einen Kopf kürzer machen!

Ob Hinnerk mir helfen konnte? Oder Tjark?

Ich war mit einem Mal schrecklich kraftlos. Viel zu kraftlos, um einen der beiden danach zu fragen.

Mit schweren Schritten schlich ich in den Leuchtturm zurück.

Ich war gerade an der Tür angekommen, da hörte ich den Kies knirschen. Ein Auto kam herangefahren.

Als ich mich umdrehte, legte Arne gerade eine Vollbremsung hin, würgte den Motor ab und sprang aus seinem Lieferwagen mit Anhänger.

„Jessica!“, rief er sofort. „Bist du okay? Ich bin so schnell gekommen, wie es ging.“

Meine Gefühle wirbelten durcheinander. Wollte ich ihn sehen? Wie sollte ich ihm das alles erklären? Doch bevor ich auch nur einen Mucks sagen konnte, hatte er mich schon gepackt, an sich gezogen und hielt mich in seiner Umarmung fest. So fest, dass ich nichts anderes mehr fühlen konnte. Nur noch, wie wunderbar es war, von ihm gehalten zu werden. Sein Duft war mir so vertraut, sein Körper vermittelte so viel Stärke, seine streichelnden Hände beruhigten mich so sehr.

Wie könnte ich jemals ohne ihn sein?

„Tiki hat meinen Schlüssel über die Klippe geworfen“, sagte ich leise. Weil das einfacher war, als über alles andere zu reden.

„Wie bitte?“ Arne löste sich ein Stück von mir und sah

mich mit hochgezogenen Brauen an.

„Ich wollte meine Kamera in mein Auto packen, um sie nicht mehr anschauen zu müssen. Und ein bisschen gebrauchte Wäsche auch. Tja, da hat sie sich dann meinen Schlüsselbund vom Küchentisch geschnappt und ist damit nach draußen geflitzt."

Ich rang mir ein schiefes Grinsen ab, doch er blieb ernst.

„Ihr ist viel daran gelegen, dass du hierbleibst", sagte er. „Und mir noch mehr, Jessica."

„Aber ich ..." begann ich, wusste dann jedoch nicht mehr weiter.

„Wir schauen jetzt erst einmal nach deinem Schlüssel", beschloss Arne.

Ich liebte das an ihm: Er wusste immer, was zu tun war, blieb ruhig, tat das genau das Richtige. Im Gegensatz zu mir.

Er nahm meine Hand und ging mit mir zur Klippe, wo ich ihm die Stelle zeigte. Ohne, wie ich, peinlich auf dem Boden herumzukriechen, beugte er sich nach vorne, sah offenbar den Schlüssel und nickte. „Das haben wir gleich."

Arne ging zu seinem Auto, holte einen geschmiedeten Stab, dessen Spitze in einen Bogen auslief, und legte sich an der Kante flach auf den Boden. Es dauerte nur wenige Augenblicke, dann hatte er meinen Schlüsselbund mit dem Metallstab heraufgeangelt. Schmunzelnd händigte er ihn mir aus.

„Bitteschön."

Mit zitternder Hand nahm ich ihn entgegen. Ich musterte den Schlüssel, als hätte ich ihn noch nie gesehen. Dann hob ich den Kopf und sah Arne an.

„Wieso bist du immer noch so nett zu mir?", fragte ich

mit belegter Stimme. „Wir passen doch gar nicht zueinander. Diese Frau hat recht, ich bin keine Künstlerin. Wir werden nie etwas gemeinsam gestalten, nie im Leben! Du solltest dir eine andere suchen, eine die ...“

„Jessica!“ Arnes Stimme war laut, sein Gesicht ernst. „Was redest du da nur? Es ist doch überhaupt nicht wichtig, ob du diese dämliche Krügerband-Kuh überzeugt hast oder nicht!“

Ich schüttelte den Kopf. „Doch, das ist es. Weil ich all das gar nicht bin, was du in mir siehst. Du bist geblendet von irgendwelchen Hormonen, mehr nicht. Aber bald wirst du aufwachen und erkennen, dass ich viel zu *gewöhnlich* für dich bin.“

Tränen rannen meine Wangen hinunter, aber es war egal. Alles war egal. Arne und ich hatten keine Zukunft. Und das tat fürchterlich weh.

„Komm“, sagte er nur und zog mich an sich. Er hielt mich einfach nur fest, drückte mich an sich, als wollte er mich nie mehr loslassen. Als wäre völlig egal, was ich oder die Kuratorin gesagt hatten. Er küsste in meine Haare hinein, strich mir beruhigend über den Rücken und flüsterte schließlich: „Du und gewöhnlich? Da täuschst du dich ganz gewaltig, mein Herz.“

Ich schluchzte. Meinte er mich damit? Konnte das wahr sein?

Irgendwann löste er sich von mir, nahm mich an der Hand und führte mich ohne Worte ins Haus. Er stieg mit mir die Treppe hinauf, platzierte mich auf dem Sofa und setzte sich neben mich. Danach hob er mit seinem Finger mein Kinn an, sodass ich ihn anschauen musste.

„Jessica, glaubst du wirklich, nur diese Künstlersache verbindet uns?“, fragte er weich.

„Sie ist dir wichtig. Ich bin aber nur ein Fake." Erneut wurden meine Augen nass.

Arne bewegte seinen Kopf langsam hin und her. „Hör mir mal gut zu, du Zweiflerin. Ja, ich mag es, dass du einen Blick für die Schönheit des Alltäglichen hast, dass dir Details auffallen. Und ja, ich liebe deine Bilder. Aber selbst, wenn du nie wieder eins knipst oder dich dazu entschließt, in Zukunft nur noch gestylte Anzugträger zu fotografieren, ist mir das egal. Völlig egal! Weil ich das mag, was du in die Fotos steckst: dein Herz, deine Seele. Die sehe ich aber auch, wenn du Lotta geduldig Zöpfe flichtst, wenn du mit mir Frühstück machst, wenn du mit Hinnerk redest oder wenn du mich küsst. Weil das *du* bist! Auch ohne deine Kamera bist du du. Und genau darum geht es."

Ich schluckte. „Du glaubst, das reicht?"

Sein Lächeln war so herzenswarm, dass es mich zutiefst in meinem Inneren berührte.

„Ich weiß, dass es mehr als reicht", sagte er leise. „Weil ich dich liebe mit all deinen Selbstzweifeln und Unsicherheiten, mit deiner unfassbaren Phantasie, deinem Lachen, deinen Bananenmuffins. Auch mit deinen Geschichten über früher, über deine schummelnde Oma, über deine Kollegen. Du schaust auf andere Menschen, du erkennst die Schönheit der Natur, du findest überall das Besondere – und genau das macht dich zu etwas ganz Besonderem."

Ungläubig starrte ich ihn an. „Willst du mir sagen, dass ich gar nicht gewöhnlich bin?"

Er lachte leise. „Vergiss die Sache heute. Ob die Krügerband deine Werke mag oder nicht, sagt rein gar nichts über dich aus. Ich glaube an dich, das ist das Wichtigste. Und damit meine ich nicht nur deine Fotografien."

Ich seufzte.

„Wenn es nur so leicht wäre mit dem Vergessen des Vorfalls heute.“

Arne legte seine warme Hand an meine Wange und sah mir tief in die Augen.

„Du musst eines verstehen, Jessy: Ich habe das mit der Kuratorin heute nur organisiert, weil ich wollte, dass du selbst an dich glaubst. Ja, ich hatte mir gewünscht, dass du merkst, wie gut du bist. Dass du endlich mal stolz auf dich bist. Ob wir zusammen dort arbeiten oder nicht, ist mir völlig egal. Und auch, ob du jemals eine Ausstellung hast, eine Künstlerhomepage oder was weiß ich. Ich würde mir das alles nur für *dich* wünschen. Dass du gelobt wirst, dass andere Menschen von deiner Arbeit begeistert sind. Nur darum ging es mir.“

Mir stiegen Tränen in die Augen. Er hatte das alles nur in die Wege geleitet, damit ich ein Erfolgserlebnis hatte? Das war ja der Wahnsinn. Noch niemals hatte jemand etwas so Nettes für mich getan.

„Ich glaube, ich habe noch nie einen so liebevollen Menschen wie dich getroffen“, sagte ich.

Arne lächelte. „Du bist es wert. Ich habe keine Ahnung, wie es mit uns weitergeht. Aber ich weiß eins ganz genau: Ich würde irrsinnig gerne auch in Zukunft mit dir am Strand entlangspazieren, Fotomotive suchen, am Abend deine Bilder anschauen. Mit dir meine Entwürfe durchsprechen, zu viert mit meinen Nichten Uno spielen, dich in Hannover besuchen, im Meer baden gehen, in der Stadt über einen Weihnachtsmarkt schlendern und vieles mehr. Es ist völlig unwichtig, ob irgendwer anders deine Bilder gut findet oder nicht. Weil ich mit dir einfach Lebens-*Künstler* sein will, verstehst du? In unserem eigenen, verrückten, flauschezarten Leben. Was sagst du dazu?“

„Das will ich auch!“, rief ich sofort. „Genau das!“

Eine alpenhohe Last fiel von mir ab. Ja, ein ganzes Bergmassiv! Keine Ahnung, ob das, was Arne sagte, vernünftig war oder nicht. Es fühlte sich jedenfalls unglaublich gut an. Und jede Zelle meines Körpers sehnte sich danach, genau dieses verrückte, flauschezarte, schmiedeheiße Leben mit ihm zu leben.

Da mir sowieso keine vernünftigen Worte einfielen, schmiegte ich mich an ihn und küsste ihn. Er küsste zurück, oh ja, und wie! Arne zog mich an sich und küsste mich so leidenschaftlich, dass alles um mich herum versank. Wir schienen uns aus dem Leuchtturm zu erheben, schienen mit den Möwen zu fliegen und mit den Wolken über den Himmel zu ziehen. Wir waren federleicht und wolkenweiß und himmelblau und sonnenhell.

Tief in meinem Inneren tat sich ein Sandstrand auf. All die Erinnerungen an meine schlechten Schulnoten, an die Mathelehrerin, an meine Angst vor Prüfungen versickerten dort im weichen Sand. All die Sätze, die mir andere oder ich selbst an den Kopf geworfen hatten, dass ich nichts wert sei und es nie zu irgendetwas bringen würde, wurden vom Meer hinfort gespült. All diese Typen, die in mir nur ein schmückendes Beiwerk gesehen hatte, blies der Wind weit auf die Ostsee hinaus.

Über diesem Strand der Erinnerungen fühlte ich den starken Fels wachsen. Fühlte ich Zuversicht und Vertrauen und Liebe. Ja, ich fühlte einen Leuchtturm, der sich immer weiter nach oben streckte, der ein verlässliches Fundament, dicke Mauern und einen herrlichen Ausblick hatte.

All das hatte ich Arne zu verdanken. Er war mein Leuchtturm, mein Fels in der Brandung, mein Schutzengel.

Ich fuhr mit den Fingern durch sein dichtes Haar,

berührte seine Schultern, strich über seinen Rücken. Alles an ihm war echt. Und leuchtturmstark. In seinen Augen sah ich den Himmel über der Ostsee aufblitzen.

„Ich will nie mehr von dir weg“, raunte ich ihm zu.

„Das musst du auch nicht. Nicht im Herzen. Ich bin da für dich.“

Wieder dieser schokosüße Bariton, der mir so sehr unter die Haut kroch. Wieder sein Duft, seine Berührungen, seine Nähe. Ich konnte nicht genug kriegen davon.

„Das heißt, wir versuchen es miteinander?“ Ich lächelte ihn an.

Arne strahlte und zwinkerte mir zu. „Nur Versuch macht kluch.“

„Aber ich habe doch meinen Job in Hannover, das ist nicht gerade um die Ecke. Und wir können beide kein Homeoffice machen. Wie soll das denn eigentlich ...“

Er legte mir einen Finger auf die Lippen. „Darüber reden wir morgen. Oder übermorgen. Erst einmal will ich genießen, dass die Gewitterhexe mit Strumpfband dich nicht verjagen konnte. Ihr Gesicht war übrigens unbezahlbar, als du sie so angesprochen hast.“ Er kicherte.

Auch ich musste loslachen. Jetzt, wo alles so leicht und einfach war, konnte ich das. Und es war unglaublich befreiend, über Frau Krügerband-Meipelleef so richtig herzuziehen.

„Die hat mich angeschaut, als wäre ich ein Alien“, prustete ich los. „Und dann auch noch der ach so gekeifte Nachsatz. *Nix können, aber unverschämt sein, ts ts ts*“, äffte ich sie nach.

„Hehe“, machte Arne. „Die wird künftig nur noch für Museen arbeiten, aber keinesfalls mehr für eine Handwerkskammer oder IHK. Weil da so ekelhaft *normale*

Menschen herumhocken. Der Oberchef, also Herr Baumhacker, das ist der Präsident der Handwerkskammer, hat sie ja auch schon mal dumm angeredet wegen der Werbeslogans."

„So etwas ist sie nicht gewöhnt, schätze ich."

Er nickte. „Genau. Morgen ist eine große Veranstaltung, da kommen auch die Chefs von anderen Kammern, außerdem ein paar Firmenleiter. Da hat sie sich extra freigenommen, habe ich gehört. Mit so viel Fußvolk aus dem Handwerk will die Gute wohl nichts zu tun haben."

„Ich kann eigentlich froh sein, dass sie keine meiner Fotografien haben wollte, willst du mir sagen?" Ich kuschelte mich an ihn.

Es tat kein bisschen mehr weh, dass die Kuratorin mich abgelehnt hatte. Arne hatte recht, sie zählte nicht.

„Im Grunde schon", sagte er gedehnt. „Sie ist deiner gar nicht würdig, jawohl. Aber weißt du, manchmal gibt es ja auch noch Wunder."

Seine Augen schimmerten, sein Lächeln war hinreißend, als er das sagte.

Ich nickte. „Das stimmt. Schließlich habe ich dich kennengelernt. Das ist das größte Wunder überhaupt."

Das Lächeln wurde breiter. „Da hast du natürlich recht. Aber wer weiß, vielleicht hast du gerade deine Wunder-Phase und es geschieht noch mehr. Man muss ja auch gar nicht daran glauben, sondern nur versuchen, den Wundern nicht im Weg herumzustehen."

Erstaunt sah ich ihn an. „Und wie genau macht man das?"

„Mach dir darüber keinen Kopf. Weißt du, ich bin ja nicht nur Kunstschmied. Manchmal habe ich noch einen Nebenjob."

Meine Verwirrung wurde immer größer. „Und der wäre?“

„Na, das ist doch klar. Ich bin des Glückes Schmied!“, sagte er lachend.

Bevor ich nachfragen konnte, was genau er damit meinte, beugte er sich erneut zu mir und küsste mich so ausgiebig, dass ich alles um mich herum vergaß. Auch die Frage, ob er damit etwas Konkretes gemeint hatte. War ja auch völlig egal. Solange Arne neben mir saß, seine Lippen auf meinen lagen, war ich im Paradies. Schöner konnte es sowieso nicht mehr werden.

18. Chefsache

Gähnend stand ich am nächsten Morgen in Arnes Küche und sah aus dem Fenster, während er Werkzeug in seinen Lieferwagen lud.

Wir hatten gestern Abend bei Kerzenschein auf der Couch gesessen, lange geredet, viel gelacht und viel geknutscht. Von der wunderschönen Nacht ganz zu schweigen.

Noch am späten Nachmittag war Arne zu einem ominösen Werkzeughändler gefahren, wo er mich seltsamerweise nicht dabeihaben wollte.

„Der Günther ist ziemlich speziell, mit Frauen hat er es nicht so“, hatte Arne mir verkündet. „Hat wohl schlechte Erfahrungen gemacht und so. Ist besser, du bleibst da und spielst ein wenig mit Tiki.“

Das hatte ich zur großen Freude der kleinen Katze auch getan. Als Andenken trug ich nun ein paar Kratzspuren auf dem Handrücken, denn nachdem Tiki sich den Bauch kraulen ließ, kam ihr jedes Mal in den Sinn, erst kleine Liebesbisse zu verteilen, dann einlenkend die Finger des

Streichers genussvoll abzulecken, bis sie schließlich mit einem brutalen „ich hab dich so lieb, dass ich mich an deiner Hand festkralle“-Spiel loslegte.

Lächelnd strich ich mit dem Finger über die Kratzer. Sie waren nicht tief und taten nicht weh. Übelnehmen konnte ich dem süßen Fellbündel das Ganze sowieso nicht.

Arne hatte alles eingeladen und kam nochmals ins Haus, um sich von mir zu verabschieden.

„Ich muss los, auf mich wartet viel Arbeit. Dirk hole ich unterwegs ab. Aber sag mal, hast du heute viel vor?“, fragte er mich.

Erstaunt blinzelte ich. „Ich habe Urlaub, schon vergessen?“

Er kratzte sich am Hinterkopf. „Na ja, es gibt da so ein tolles Bistro in Rostock, das ich dir gern zeigen würde. Gar nicht weit weg von der Handwerkskammer. Hättest du möglicherweise Lust, zu mir zu kommen? Ich weiß aber noch nicht genau, ob und wann es klappt. Ist nur so eine Idee. Ich würde dich anrufen.“

Irgendwie wirkte er nervös. Komisch. Da wir noch nicht in dem Stadium waren, wo er mich zu einem Luxusitaliener ausführen und einen Ring in der Panna cotta verstecken würde, wunderte mich das.

„Äh, klar. Wenn das Bistro so toll ist, fahre ich gerne nach Rostock. Haben die irgendwelche Spezialitäten?“

„Jede Menge. Du, ich muss los. Ich melde mich, wenn es was wird.“

Arne drückte mir einen langen Kuss auf den Mund, dann verließ er das Haus, sprang ins Auto und düste davon.

Verwirrt sah ich ihm hinterher. Was war nur los? Wollte er mir dort jemanden vorstellen? Verwandte? Oh Gott, er würde mich doch wohl nicht seinen Eltern präsentieren?

Da Tiki um mein Bein strich, wandte ich mich an sie. „Was hat dein Herrchen denn für ein Geheimnis?“, fragte ich sie.

Doch stur, wie sie war, antwortete sie nicht.

Auch recht.

Ich wusch die beiden Kaffeetassen aus, wischte den Tisch ab und machte mich anschließend auf den Weg zu meinem Leuchtturm. Dort genoss ich eine Weile die Aussicht und hing einer Menge Gedanken nach. Ich schickte Mona eine lange Sprachnachricht, in der ich alles erzählte. Als meine Schwester Kaffeepause hatte, telefonierte ich mit ihr und berichtete ebenfalls von meinen Erlebnissen des gestrigen Tages.

„Diese Frau hat keine Ahnung“, schimpfte Inga. „Ich verstehe zwar nichts von Kunst, aber deine Bilder sind faszinierend. Ich mag sie gern eingehend studieren, alle Details anschauen. Und nur darum geht es doch.“

„Ach, ich habe meinen Frieden mit der Kuh gemacht. Weißt du, Arne hat das alles ja nur für mich organisiert.“

Ich erzählte Inga, was er mir gesagt hatte, und sie schmolz dahin. „Ein wahrer Ritter! So einen wünsche ich mir auch. Aber schon witzig, wie anders er ist als all deine Kevins und Dustins, nicht wahr? Von denen hat nie einer etwas für dich getan.“

Träumerisch sah ich übers Meer und lächelte. „Er ist ein Glücksgriff, das stimmt. Keine Ahnung, womit ich das verdient habe.“

„Echt nicht? Also, ich habe da durchaus eine Ahnung. Jahrelang hast du für diese Typen gekocht, bist mit zu langweiligen Sportwettkämpfen oder Autorennen gelatscht, hast dich immer klein gemacht. Und in der

Arbeit musst du auch immer brav und nett sein, was du natürlich draufhast. Du hast nie große Forderungen gestellt, warst bescheiden und lieb und hast immer nur gegeben. Ja, verdammt, du hast es verdient, dass dir das Leben etwas schenkt, Schwesterherz!"

Mir lief ein Schauer den Rücken hinab. So hatte Inga noch nie mit mir gesprochen. Ich wusste gar nicht, dass sie so über mich dachte. Womöglich hatte ich es bisher auch einfach überhört. Jedenfalls freute ich mich wie verrückt über ihre Worte.

„Ich bin wild entschlossen, das Beste daraus zu machen", verkündete ich stolz.

Und hörte gleich darauf ein Stöhnen. „Um Gottes willen, wenn du zu irgendwas wild entschlossen bist, kommt am Ende so etwas raus wie dein selbst gesägter Haarschnitt!"

Wir kicherten beide.

Da Ingas Pause fast vorbei war, verabschiedeten wir uns und ich legte auf.

Die Sonne lachte heute gut gelaunt vom Himmel, deshalb unternahm ich einen Spaziergang. Erst an der Küste entlang, dann ging ich ins Dorf, wo ich wieder einmal bei Lenja landete.

„Wow, du strahlst ja heller als die Sonne", begrüßte sie mich. „Und deine Frisur sieht klasse aus. Da kann ich also kein Geschäft mit meinen Haartinkturen machen."

„Aber mit deinen Pralinen", entschied ich. „Ich brauche einige Geschenke. Für meine Schwester, für Mona und für meine Oma. Die freut sich bestimmt auch, wenn sie zum Tee noch was Süßes bekommt."

„Soll ich dir kleine Geschenkpäckchen zusammenstellen? Ich mache die Pralinen immer wieder neu. Wenn du also weißt, wann du sie verschenkst, kann ich dir dann ganz frische reintun."

„Na ja, meine Buchung im Leuchtturm neigt sich dem Ende zu."

Das wurde mir jetzt erst so richtig bewusst. Ich hatte kein bisschen Lust, Möwenitz zu verlassen und wieder in mein altes, langweiliges Leben zurückzukehren. Urlaub hatte ich sogar noch etwas länger. Weil ich den ja für die ominöse Polenreise eingetragen hatte. Es kam mir vor, als wäre eine halbe Ewigkeit vergangen, seit Kevin mich in der Bar einfach stehen gelassen hatte.

Lenja neigte den Kopf ein wenig zur Seite und musterte mich genau. „Nun ja, nur weil deine Buchung endet, musst du ja noch nicht abreisen, oder?" Sie zwinkerte mir zu. „Gib mir einfach Bescheid, wenn es wirklich ernst wird. Die Päckchen sind schnell gemacht. Jetzt musst du aber erst einmal meine neue Teemischung probieren. Ich habe gerade einen aufgebrüht. Es ist ein leichter weißer Tee mit Kokosnote. Magst du eine Tasse? Du wärst meine Testerin."

„Klingt spannend. Da sage ich nicht nein."

Ich nahm die Tasse mit an den Stehtisch und plauderte noch eine Weile mit Lenja. Dazwischen kamen immer wieder Kunden herein, die Gebäck kauften oder nach oben ins Café gingen. Ein älterer Herr fragte zusätzlich nach einem Pülverchen gegen seine Gichtanfälle und bekam etwas. Eine junge Frau mit Kinderwagen jammerte über die unruhigen Nächte, weil ihr Baby zahnte. Auch für sie hatte Lenja etwas parat.

Der Laden im alten Fachwerkhaus faszinierte mich. Hier passte alles zusammen. Lenja mit ihrem freundlichen Lächeln und einem guten Wort für jeden Kunden, die netten Menschen aus Möwenitz, die gemütliche Einrichtung. Sogar die zahllosen Tiegel und Fläschchen aus Lenjas Kräuterküche fügten sich famos ein. Es war ein wahrer Wohlfühlort.

Am liebsten wäre ich den ganzen Tag hier herumgestanden, aber inzwischen war es schon zwei Uhr geworden. Da Arne sich nicht gemeldet hatte, ging ich davon aus, dass es mit dem Bistrobesuch nichts wurde. Das war nicht schlimm, wir würden uns sowieso abends sehen. Ich bestellte gerade bei Lenja ein belegtes Mohnbrötchen, da klingelte mein Handy.

Arne war dran und klang seltsam aufgedreht. „Kannst du zu mir kommen?“, fragte er nach einer ultrakurzen Begrüßung.

„Wegen des Bistros? Du, ich habe mir gerade bei Lenja was bestellt. Wir können da doch auch an einem anderen Tag hin.“

„Äh, nein, das ist schlecht. Weißt du, ich bin ja nicht mehr lange hier und überhaupt. Tu mir doch den Gefallen und setz dich ins Auto.“

Ich zog die Brauen zusammen. Sehr komisch. Aber gut, wenn er so viel Wert darauf legte, fuhr ich eben hin.

„Okay. Scheint dir ja wichtig zu sein.“

„Ist es!“, bestätigte er blitzschnell.

„Alles klar. Dann mache ich mich in Windeseile auf den Weg zum Leuchtturm und dann zu dir.“

„Genau! Ich freu mich!“

Und schon hatte er aufgelegt. Verdutzt starrte ich das Handy an und seufzte. „Männer werden mir wohl ein ewiges Geheimnis bleiben“, murmelte ich.

Lenja hatte mich offenbar gehört, denn sie lachte.

„Da bist du nicht allein, das geht mir ganz genauso. Ich

vermute, sie wissen selbst oft nicht, was sie eigentlich wollen."

Nun ja. Arne wusste in der Regel genau, was er wollte. Und er war auch noch nie so kryptisch gewesen. Deshalb erwachte meine Neugier und ich machte mich äußerst eilig auf den Weg zurück. Jetzt wollte ich endlich wissen, was es mit diesem geheimnisvollen Bistro auf sich hatte!

Eine knappe Stunde später bog ich in die Straße, in der sich der Neubau der Handwerkskammer befand. Ein Mitarbeiter stand neben dem Eingang und rauchte. Ich fuhr langsam vorbei, weil ich nach einem Parkplatz Ausschau hielt, da winkte er mir zu. Überrascht kurbelte ich das Fenster herunter.

Er kam heran. „Sind Sie Jessica Kowalski?"

„Die bin ich. Aber wieso ...?"

Der Mann deutete auf die Einfahrt. „Sie können im Hof parken. Ich mache Ihnen die Schranke auf, Moment."

Was zum Henker war hier los?

Ich wollte schon fragen, ob er mich vielleicht verwechselte, aber wie viele Jessica Kowalskis würden heute hier vorfahren? Also lenkte ich meine Rostkarre in die Einfahrt und parkte zwischen lauter glänzenden Limousinen.

Als ich ums Haus herumging, war der Mann verschwunden. Nun gut, ich würde Arne auch so finden. War ja nicht schwer, der machte sich mit Sicherheit am Geländer zu schaffen.

Ich betrat das Foyer – und erstarrte.

„Das ... das kann ja nicht wahr sein!", stammelte ich.

An Arnes Treppengeländer und auch am oberen Geländer hingen Leinwände. Es waren bestimmt fünfzehn Stück. Und sie zeigten allesamt Fotos, die ich geschossen hatte.

Von seiner Schmiedearbeit war kaum noch etwas zu erkennen, weil alles zugepflastert war mit meinen Bildern im Großformat. Ich erkannte die Aufnahmen aus Möwenitz, die ich der Kuratorin präsentiert hatte, aber auch Bilder der rauen Ostsee. Sogar das, auf dem Arne als schmiedender Feuergott zu sehen war, war dabei. Die größte Leinwand stand allerdings unten am Treppenabsatz, sie war an das Geländer gelehnt und zeigte Hinnerk beim Schnitzen. An der Leinwand war ein Schild befestigt, wie ich jetzt erkannte.

Wie in Trance ging ich darauf zu.

Bei Interesse an diesen oder weiteren Arbeiten sprechen Sie die hier arbeitenden Kunstschmiede an, stand darauf.

„Was?“, keuchte ich.

„Ah, Jessica, da bist du ja!“, hörte ich Arnes Stimme von oben herabschallen. Im Laufschritt kam er die Treppe herunter, ein strahlendes Lächeln im Gesicht.

„Wie hast du ...? Warum sind da ....?“ Stotterte ich und konnte meinen Blick nicht von meinen Arbeiten nehmen.

Gerade das Bild von Hinnerk war so faszinierend, dass ich kaum wegschauen konnte.

Arne grinste, als er das mitbekam.

„Du bist nicht die Einzige, die davor stehen geblieben ist. Es interessieren sich eine Menge Leute dafür. Ich habe ihre Nummern gesammelt.“

„Was denn für Nummern?“

Noch immer hatte ich keinen Schimmer, wovon Arne sprach.

Er lachte. „Die Tagung heute! Ich habe dir doch gestern davon erzählt. Eine Menge Chefs von anderen Handwerkskammern waren geladen, außerdem eine Ladung Firmenbosse. Und alle mussten hier vorbeigehen. Na ja, ich habe mit den Interessierten ein paar Gespräche geführt. Und mit Herrn Baumhacker auch. Der will dich übrigens sprechen. Komm, wir gehen gleich in sein Büro."

„Moment mal." Ich schnappte nach Luft. „Ist das nicht der Präsident der Handwerkskammer?"

Arne nickte. „Genau. Und er ist Schreinermeister. Ein ganz bodenständiger Typ. Komm schon, der beißt nicht. Er ist so ungefähr das Gegenteil von Frau Strumpfband-Meisenknödel."

„Erinnere mich nicht daran, dass ich ihren Namen so verhunzt habe", stöhnte ich.

Doch Arne nahm mich einfach an der Hand und zog mich einen Flur entlang, bis wir vor einer Tür standen. Er klopfte, wartete auf das „Herein" und trat ein. Ich folgte ihm mit weichen Knien.

Der Mann hinter dem Schreibtisch war breit gebaut, hatte spärliche Haare, einen Schnauzbart und ein freundliches Gesicht. Er trug ein Sakko, hatte aber seine Krawatte gelockert. Als er mich sah, stand er auf, kam auf mich zu und streckte mir die Hand entgegen.

„Sie sind also die Fotografin mit einem Faible fürs Handwerk?", fragte er, nachdem er mir einen kräftigen Händedruck verpasst hatte.

„Ja, die bin ich", sagte ich – und wusste nicht mehr weiter. Was genau sollte ich hier tun?

„Herr Jensen hat mir schon gestern von Ihnen und Ihren Bildern erzählt. Kein Wunder, schließlich ist er sogar das Motiv auf einem." Er lachte gutmütig. „Heute habe ich die Fotografien endlich gesehen und muss sagen – Respekt! Das ist Kunst nach meinem Geschmack. Mit moderner Malerei und solchen Kritzeleien kann ich rein gar nichts anfangen. Ich bin da mehr der Typ fürs Gegenständliche."

„Das freut mich sehr“, sagte ich und ahnte allmählich, was hier vor sich ging.

Herr Baumhacker bestätigte gleich darauf meine Vermutung. „Wissen Sie, ich habe Frau Krügerband-Meipelleef als Kuratorin gebucht, weil ich ein Mann der Tat bin und mit Kunst nichts am Hut habe. Mein Metier sind Holzbalken, Dachstühle, Tischlerarbeiten. Aber unser Neubau hier ist ein Vorreiter. Selbst die IHK, also quasi unsere Konkurrenz, hat hier Räume gemietet. Da sollte das Foyer natürlich etwas Besonderes darstellen, und ich dachte, sie ist Profi und gestaltet uns das schön. Aber ehrlich gesagt ist mir die gute Frau Kuratorin viel zu überkandidelt.“

Er grinste mich an, als suchte er meine Zustimmung.

„Ich verstehe, was Sie meinen“, sagte ich vorsichtig.

„Allein die Werbeslogans, die sie uns vorgestellt hat, schrecklich! Und nun kam mir zu Ohren, dass Ihre Fotografien ihr nicht künstlerisch genug waren, was immer das heißen soll. Herrgott noch mal, wir sind keine Staatsgalerie, sondern die Handwerkskammer! Was wir hier an die Wände hängen, soll bodenständig sein und unsere Mitglieder repräsentieren.“

Arne gab mir heimlich ein Zeichen, dass ich etwas sagen sollte. Ich verstand.

„Genau das war meine Intention“, begann ich. „Ich will mit meinen Fotografien zeigen, was das Handwerk alles kann. Ich will die Schönheit im Kleinen und im Großen zeigen, die Verwandlung des Materials, wenn ein Kenner damit umgeht. Weil ich es selbst richtig toll finde, wie aus einem groben Baumstamm ein verzierter Schrank entsteht oder wie man Fliesen so verlegen kann, dass das geometrische Muster total plastisch wirkt.“

„Genau so ist es“, stimmte er mir zu.

„Wissen Sie, Herr Baumhacker, mich fasziniert am meisten die Selbstversunkenheit. Deshalb liebe ich das Foto des schnitzenden alten Mannes so sehr. Er ist zwar kein Mitglied in Ihrer Kammer, aber es sagt so viel aus. Über Liebe zum Werkstoff, über Ruhe und stille Freude."

Er nickte eifrig.

„Von dem Bild waren alle begeistert. Wir hatten heute eine große Tagung. Ein Teil der Teilnehmer ist sogar noch im Haus, andere mussten schon weg. Wenn ich es richtig mitbekommen habe, waren auch andere Kammerpräsidenten sehr angetan von Ihren Arbeiten. Haben Sie sich schon überlegt, was Sie pro Bild verlangen wollen?"

Völlig verdutzt starrte ich ihn an.

„Ich, äh, das kommt jetzt überraschend."

Er hob die Brauen. „Wirklich? Also ich möchte auf jeden Fall einige Fotografien kaufen. Das mit dem schnitzenden Mann hätte ich gern als Blickfang unten im Foyer. Und eine kleine Serie der anderen oben auf der Galerie. Außerdem für mein Büro eine der Aufnahmen des Meeres."

„Sie wollen gleich mehrere Bilder kaufen?" Ich war immer noch ganz von den Socken.

Verwundert sah Herr Baumhacker Arne an. „War das nicht Ziel der Aktion von heute? Die Fotos auszustellen, um Käufer neugierig zu machen? So hatte ich es zumindest verstanden."

„Sicher", griff Arne ein. „Jessica ist nur so schüchtern. Sie schickt Ihnen in den nächsten Tagen aber gern ein Angebot zu. Allerdings habe ich auch noch andere Interessenten an der Angel." Arne grinste.

Baumhacker hob mahnend den Finger. „Spielen Sie uns nicht gegeneinander aus, Herr Jensen, ich warne Sie! Aber wenn ich die Zusammenarbeit mit Frau Krügerband-Meipelleef vorzeitig wegen künstlerischer Unstimmigkeiten beende, spare ich mir mehrere tausend Euro Honorar. Die stecke ich lieber in diese Fotografien."

Mehrere tausend Euro? Das war ja unfassbar!

Arne gab mir einen Schubs. Was gut war, da ich wahrscheinlich mit offenem Mund dastand und einen Karpfen imitierte.

„Äh, ja, das Angebot schreibe ich gleich morgen", rang ich mir ab.

„Wunderbar", freute er sich. „Und lassen Sie sich endlich Visitenkarten drucken! Eine davon können Sie gern neben dem großen Bild hinterlassen. Bei uns gehen viele Menschen ein und aus, auch Zuständige von größeren Firmen. Vielleicht meldet sich der ein oder andere."

„Herr Würbel war sehr begeistert", warf Arne ein.

„Oha! Na, da haben Sie ja einen großen Fisch an Land gezogen, Hut ab", erwiderte Herr Baumhacker.

„Herr Würbel?" Ich hatte keinen Schimmer, wer das war.

„Seine Firma ist Weltmarktführer bei Dübeln aller Art. Den Würbel-Dübel kennt jeder Handwerker von Rostock bis Sydney. Obwohl er dort natürlich anders heißt, die können ja das Wort Würbel nicht aussprechen. Jedenfalls hat er eine Schwäche für Kunst und organisiert oft Ausstellungen in der Firmenzentrale. Sagen Sie bloß, er will eine ganze Kollektion von Frau Kowalski ausstellen?" Er wandte sich an Arne.

Der hob abwehrend die Hände. „So konkret ist es noch nicht. Aber er will auf jeden Fall das Portfolio sehen. Was immer das heißt."

Baumhacker lachte. „Ich sehe schon, da geht richtig

was voran. Sie haben es verdient, Frau Kowalski. Ich wünsche Ihnen weiter viel Erfolg. Aber nicht vergessen – der Schnitzer gehört mir!“

Ich kam mir vor wie im Traum, als wir uns verabschiedeten und zurück ins Foyer gingen.

„Ist das jetzt wirklich passiert?“, fragte ich Arne.

Er legte mir den Arm um die Schulter. „Sieht ganz so aus. Du kannst stolz auf dich sein.“

„Nein du!“, widersprach ich. „Du hast das alles organisiert. Himmel, wie hast du das nur gemacht?“ Erneut musterte ich voller Verwunderung die Leinwände.

Arne grinste. „Das war meine geheime Fahrt zum angeblichen Werkzeughändler gestern. Ich bin in Wirklichkeit zu meinem Kumpel gefahren, der eine Druckerei besitzt. Der hat mir die Leinwände gemacht, er hat eine Maschine dafür. Es passte einfach perfekt. Frau Strumpfband ist heute nicht im Haus, dafür eine Menge anderer wichtiger Leute. Wenn sich niemand für deine Fotos interessiert hätte, wäre die ganze Aktion mein Geheimnis geblieben.“

„Deshalb also die Frage mit dem Bistro!“, rief ich.

„Genau. Ich konnte es ja nicht verraten. Aber mein Instinkt hat mich nicht betrogen. Es ist das Wunder geschehen, das ich dir versprochen habe.“

Er zog einen kleinen Block aus einer seiner vielen Taschen an der Hose.

„Hier habe ich noch einige Namen von Interessenten notiert. Wir basteln morgen eine kleine Homepage für dich mit einer Seite, auf der wir die Fotografien hochladen. Über meinen Kumpel können wir Drucke in fast allen Größen anbieten. Du wirst wahrscheinlich nicht reich und berühmt werden, aber für den Anfang reicht es sicher.“

Ich sah ihn einfach nur an. Lange.

Dann schüttelte ich in Zeitlupentempo den Kopf.

„Du hast das alles für mich getan“, sagte ich leise. „Für mich! Das ist der Wahnsinn.“

„Weil ich an dich glaube, Jessica. Deshalb wollte ich jede Chance nutzen, dir zu beweisen, was du draufhast. Damit auch du endlich an dich glaubst. Gerade eben im Büro warst du jedenfalls toll, du hast deine Bilder ganz selbstbewusst vorgestellt, das war super.“

Ich nickte. „Es fiel mir leicht, weil ich nichts vorgaukeln musste. Und weil der Kammerchef nicht auf mich herabgeschaut hat.“ Mein Blick wanderte über die Fotos.

„Du hast recht“, sagte ich langsam. „Ich sollte stolz auf mich sein. Die Arbeiten müssen nicht jedem gefallen, aber sie haben ihre Daseinsberechtigung. Und ich kann ja noch dazulernen! Es gibt so viele Kurse, die ich gern machen würde. Nur fehlte mir bisher das Geld. Und na ja, auch der Mut. Aber jetzt wage ich es. Ich bilde mich weiter, lerne ganz viele Tricks, treffe andere Fotografen. Du, ich habe richtig Lust dazu!“

Arne lächelte warm. „Genau so soll es sein. Wenn du sehen könntest, wie deine Augen strahlen!“

Er ging kurz weg, sprach ein paar Sätze mit Dirk, kam wieder zurück.

„Weißt du was? Wir machen einen kleinen Spaziergang. Vielleicht finden wir ein Bistro, wer weiß.“ Er zwinkerte mir zu.

Hand in Hand schlenderten wir die Straße entlang. Ich konnte mein Glück immer noch nicht fassen.

„Meine Fotografien werden also wirklich dort aushängen? Und jeder kann sie sehen?“

Lachend knuffte mich Arne in die Seite. „Das darfst du

ruhig glauben. Und weißt du, was? Wenn alles an Ort und Stelle ist, laden wir Hinnerk und Hedi mal ins Auto. Die beiden müssen das unbedingt sehen!“

„Oh ja. Er wird sich Autogrammkarten drucken lassen.“

Befreit lachte auch ich.

Es fühlte sich alles noch total irreal an, aber das war egal. Mir war sogar unwichtig, ob ich wirklich ein paar tausend Euro einnehmen würde oder ob die Fotografien für einen Zwanziger über den Ladentisch gehen würden. Darauf kam es nicht an.

Meine Arbeiten hatten Menschen gefallen! Das war das Wichtige.

Und natürlich - was noch tausendmal wertvoller war - Arne hatte das alles für mich in die Wege geleitet.

Ich fiel ihm mitten auf der Straße um den Hals und küsste ihn ausgiebig.

„Du bist so ein Wunder!“, erklärte ich strahlend. „Ich kann kaum glauben, dass du echt bist!“

„So echt wie der Leuchtturm“, raunte er mir ins Ohr. „Und zu dem fahren wir später. Vielleicht kommt Tiki auch vorbei. Ich will Kerzen und sanfte Musik und dich im Arm halten, während die Wolken über die Ostsee ziehen. Dann machen wir Pläne, wie es mit mir einfachem Handwerker und dir Profi-Künstlerin weitergehen könnte. Wie klingt das?“

„Wie der Himmel auf Erden“, flüsterte ich ihm zu.

Anschließend schloss ich die Augen, lehnte mich an Arne und ließ mich vom Glück nur so durchfließen. Keine Ahnung, ob irgendwelche höheren Mächte uns zusammengeführt hatten oder nicht, aber ich war ihnen dankbar. Ich war unwillig nach Möwenitz gekommen, weil ich eine Enttäuschung verarbeiten wollte. Ich hatte geschworen, mich nie mehr auf einen Mann einzulassen.

Und was war passiert?

Das kleine, verschlafene Dorf an der Ostsee war zu einer neuen Heimat geworden. Ich hatte mich selbst gefunden – und ich hatte Arne kennengelernt, mein ganz persönliches Wunder.

Und genau dieses Wunder küsste ich nun so innig, dass auch ihm ganz wundersam zumute sein würde. Und das lag dann ganz sicher nicht nur am Sauerstoffmangel. Sondern daran, dass wir beide das genialste Lebenskünstlerpaar sein würden, das die Welt je gesehen hatte.

19. Der Star

Einige Wochen später

„Das ist auf jeden Fall etwas für die Presse!“, rief Hinnerk zum ungefähr siebten Mal. „Für die Titelseite. Oder sogar fürs Fernsehen. Ja, die machen bestimmt richtig große Berichte daraus!“

Wir saßen zu viert in meinem kleinen Auto und tuckerten von Rostock, wo wir in der Handwerkskammer gewesen waren, zurück nach Möwenitz. Das Radio hatten wir ausgeschaltet, denn es gab jemanden, der das ultimative Unterhaltungsprogramm lieferte – Hinnerk.

Arne fuhr, Hinnerk saß vorne bei ihm, Hedi und ich hatten uns auf die Rückbank gequetscht und grinsten uns immer wieder zu.

Nein, das stimmte nicht ganz. Nur ich grinste. Hedi verdrehte abwechselnd die Augen und die Finger, weil sie nämlich Kreise neben ihrer Schläfe machte. Um anzuzeigen, dass ihr Ehemann nicht mehr alle Dübel in der Wand hatte.

„Sie werden sicher eine Show starten", sagte sie jetzt mit vor Ironie triefender Stimme. „So etwas wie diesen Bachelor. Du als Star sitzt auf deiner uralten Bank vorm Haus und lauter siebzigjährige Witwen hinken mit ihren Gehstöcken vor dir auf und ab, wobei sie dir ihre Lebensgeschichte erzählen. RTL macht daraus vierzig Folgen, weil diese Geschichten so ausführlich sind. Und am Ende darfst du dir dann eine aussuchen, der du ein Mauswiesel in ihren Gehstock schnitzt."

Ich musste mir die Hand auf den Mund pressen, um nicht laut loszuprusten. Auch Arne hatte mit dem Lachen zu kämpfen, wie ein Blick in den Rückspiegel mir verriet.

Hinnerk jedoch blieb völlig ungerührt.

„Mach dich ruhig lustig über mich, Hedi", sagte er. „Das prallt an mir ab. In Wahrheit bist du sicher nur neidisch, weil ich so ein Star bin."

„Das wird es sein, du hast recht", sagte sie. „Und weil dieser Neid mir so zusetzt, fühle ich mich nicht in der Lage, dir heute einen Kuchen zu backen und Tee zu kochen. Also lädst du uns am besten alle vier zu Lenja ein. Berühmte Stars sind ja äußerst freigebig, heißt es. Nicht wahr?"

„Völlig richtig", erklärte Arne mit nur mühsam ernst gehaltener Stimme.

„Das mache ich gerne." Hinnerk nickte und machte eine Handbewegung, die an die der Queen erinnerte, wenn sie mit der Kutsche durch die Menschenmengen vor dem Buckingham Palast gefahren war.

Ich war heilfroh, als wir kurze Zeit später vor Lenjas Fachwerkhaus parkten, denn recht viel länger hätte ich das Lachen nicht mehr zurückhalten können.

„So, wir gehen da jetzt rein", beschloss Hedi resolut.

„Und sobald wir drin sind, reden wir nicht mehr über dich, Hinnerk. Es geht schließlich um unser junges Paar hier. Die haben so vieles zu berichten."

„In Ordnung", grummelte Hinnerk.

Als wir jedoch an der Theke die Gebäckköstlichkeiten bewunderten, flüsterte er mir etwas ins Ohr. „Du hast doch mit deiner Superkamera ein Foto geschossen, oder? Als ich direkt vor meinem großen Bild gestanden habe? Ist künstlerisch sicher wertvoll: Das Motiv vor dem berühmten Bild von ihm. So etwas sieht man schließlich nicht alle Tage!"

Ich deutete auf die Leica, die ich um den Hals hängen hatte. „Alles festgehalten, keine Angst. Das Foto lass ich dir natürlich ausdrucken."

„Dann isses gut." Er wandte sich Lenja zu. „Für mich nur ein kleines Stück vom Apfelkuchen. Ich muss auf meine Linie achten. Man hat ja schließlich eine Verantwortung den Fans gegenüber."

„Für mich ein großes Stück Schokocremeschnitte", gab Hedi ihre Bestellung auf. „Ich habe schließlich eine Verantwortung meinen Nerven gegenüber."

Wir lachten alle, auch Hinnerk. Er zog seine Frau an sich, gab ihr einen dicken Schmatzer auf die Stirn und sagte: „Lass deinen alten Doofkopp ein bisschen herumspinnen, Hedi. Ich werde schon wieder normal."

Sie lächelte ihn glücklich an. „Weiß ich doch. Du bist ein Kindskopp. Und das ist genau das Liebenswerte an dir." Sie umarmte ihn kurz.

Ich sah Arne an, der meine Hand nahm und drückte.

Auch wenn er nichts sagte, wusste ich, was er damit ausdrücken wollte. „So werden wir beide später auch mal sein", sollte das heißen, da war ich mir sicher.

Wie so oft breitete sich ein warmes Gefühl in mir aus und erfüllte mich von oben bis unten. Mit Arne zusammen zu sein, war immer noch ein Traum.

Aber die Leica um meinen Hals bewies mir, dass Träume in Erfüllung gehen konnten. Wenn man es einfach zuließ.

Ein paar Minuten später saßen wir an einem Tischchen, tranken Tee und genossen unsere Kuchenstücke.

„Jetzt erzähl uns mal in Ruhe, wie es mit dir weitergeht", bat Hedi. „Du hast also deinen Job im Kaufhaus gekündigt?"

Ich nickte. „Ein paar Wochen muss ich noch dort arbeiten, aber ich habe noch Urlaub übrig. Mein Chef ist fast in Ohnmacht gefallen, als ich ihm meine Kündigung auf den Schreibtisch gepfeffert habe. Das Gesicht werde ich im Leben nicht vergessen!"

So sprachlos hatte ich Rambowsky tatsächlich noch nie erlebt. Er war garantiert davon ausgegangen, dass ich unendlich dankbar sein musste, überhaupt im Kaufhaus Wenzel arbeiten zu dürfen. Vielleicht hatte er auch damit gerechnet, dass ein braves Mäuschen wie ich sich sowieso bei keinem anderen Unternehmen bewerben würde.

„Dem hast du es gezeigt", sagte Arne und sah mich stolz an.

Oh ja. Ich war richtig stark gewesen. Hoch erhobenen Hauptes hatte ich dagestanden, auf ihn hinabgesehen und stolz verkündet, dass ich mich selbstständig gemacht hatte. „Sie können gerne mal auf meine Homepage schauen. Unter wewewe-kunstfotografie-kowalski finden Sie Hinweise zu meinen Ausstellungen. Ich bin in einem großen Neubau in Rostock vertreten, außerdem gibt es eine Vorschau auf meine Kollektion für die Sammlung des großen

Kunstmäzens Würbel. Von dem haben Sie sicher schon gehört, oder? So gebildet wie Sie sind?“

Vier volle Sekunden hatte er mich nur angeschaut, dann schnell genickt. „Sicher, sicher“, hatte er ergänzt. „Die Würbelsammlungen.“

Ich hätte wetten können, dass ihm der Name noch nie untergekommen war, deshalb fiel es mir echt schwer, mein ernstes Gesicht zu behalten.

„Ein Angebot einer angesehenen Firma an der Ostsee, um dort angestellt zu arbeiten, habe ich auch“, sagte ich.

Dass diese sogenannte Firma der Küstenmarkt in Möwenitz war, hatte ich für mich behalten. Es war mir jedenfalls eine große Genugtuung, meinem tyrannischen Chef so selbstbewusst gegenübertreten zu können. Niemals hätte ich das für möglich gehalten!

Lenja kam aus dem Laden nach oben und zu uns an den Tisch. Sie lächelte mich an.

„Mir hat ein Vögelchen zugeflüstert, dass bei dir ein Umzug ansteht. Ist das wahr?“, fragte sie.

Ich strich Arne über den Rücken. „Der nette Mann hier bietet einer armen Herbergssuchenden eine Luftmatratze in seinem Keller an. Oder so ähnlich.“

Lenja lachte fröhlich. „Ihr beiden seid wirklich super. Ich freue mich irrsinnig für euch. Und auch, dass Jessica zu uns in den Ort zieht. Irgendwie hatte ich das schon im Gefühl.“ Sie zwinkerte mir zu.

„Erst mal sehen, ob Arne es mit mir aushält“, wiegelte ich ab.

Es war natürlich absoluter Irrsinn, nach wenigen Monaten, in denen wir zusammen waren, gleich zu ihm zu ziehen. Aber die Pendelei zwischen Hannover und Möwenitz ging uns auf Dauer auf die Nerven. Außerdem betonte

Arne ständig, dass er doch schließlich viel unterwegs war und ich somit fast allein wohnen würde. Zudem sei ich eine gute Nanny für Tiki.

Ich hatte noch nie für längere Zeit mit einem Mann zusammengelebt und mir ging ordentlich die Düse. Aber ich musste es versuchen, keine Frage. Und mein Herz sagte mir, dass es die absolut richtige Entscheidung war.

„Ich habe da keinerlei Bedenken“, sagte Arne. „Wisst ihr, ich habe Jessica schon in ihren verrücktesten Momenten erlebt. Als männermordender Vamp mit wiegenden Hüften und blonden Locken, als rotäugige Vogelscheuche mit Wischmopp-Frisur, als völlig durchgeknallt Herumhüpfende nach der Bestätigung für die Würbel-Ausstellung und als verheultes Etwas, weil Tiki mal für drei Tage verschwunden war. Ich glaube nicht, dass mich noch viel schockieren kann. Dazu kommt, dass sie sogar ein langes Onkel-Nichten-Wochenende im Freizeitpark überlebt hat. Und wer ein einziges Mal mit Lotta und Leonie Achterbahn gefahren ist und den darauffolgenden Tinnitus überlebt hat, weiß, wie stark man dafür sein muss.“

„Das war knapp, stimmt.“ Ich nickte. „Ich wusste nicht, dass Kinder so laut kreischen können. Und ist euch klar, dass in einem Freizeitpark kein Schnaps verkauft wird? Eine Frechheit. Nie hat man den nötiger als dort.“

Hedi kicherte. „Das kann ich mir gut vorstellen. Hach, ihr beiden werdet mal richtig tolle Eltern sein. Eure Kinder werden immer etwas zu lachen haben.“

„Das auf jeden Fall“, stimmte Arne trocken zu.

Ich kraulte seine Nackenhaare, weil ich wusste, wie sehr er das mochte. Wir hatten es natürlich nicht eilig damit, aber der Gedanke, mit ihm Kinder zu bekommen, machte mir keine Angst, ganz im Gegenteil. Zum ersten

Mal im Leben konnte ich mir vorstellen, Mutter zu werden. Die Kinder würden mit uns am Strand Muscheln suchen, Enten verfolgen, im Sand buddeln. Ich würde tausend Fotos schießen und Arne würde ihnen Bettgestelle mit ihren Lieblings-Comicfiguren schmieden.

Manchmal würde ich sie einpacken und zu ihrer Uromi nach Hannover fahren, die ihnen beibringen würde, wie man beim Mensch-ärgere-dich-nicht heimlich die Figuren verschob, wenn die Eltern nicht hinschauten. Meiner Oma hatte ich versprochen, natürlich auch weiterhin regelmäßig zu Besuch zu kommen. Auch Arne hatte ich ihr schon vorgestellt und sie war begeistert gewesen. „Wurde auch Zeit, dass du endlich mal unter die Haube kommst“, hatte sie gesagt. „Ich dachte schon fast, du bleibst übrig.“

Sie war noch rüstig und hatte ihren eigenen Freundeskreis. Aber wenn sie sich mal nicht mehr selbst versorgen konnte, würde ich sie einfach zu uns nach Möwenitz holen, denn das Meer hatte sie schon immer geliebt.

„Du bist jetzt viel unterwegs wegen der Fotoaufträge, oder?“, wollte Lenja wissen.

„Ein bisschen. Aber es ist natürlich nicht so, dass die Kunden sich die Klinke in die Hand geben. Ist nicht schlimm, ich kann bei Tjark aushelfen und da mit einem Teilzeitjob Geld verdienen. Er ist froh, dass er Hilfe hat, sagt er.“

Lenja nickte. „Das habe ich schon gehört. Du weißt ja, hier spricht sich alles rum.“ Sie sah zu Hinnerk, der ein total unschuldiges Gesicht aufsetzte und sich plötzlich intensiv mit seinem Kuchen beschäftigen musste.

„Ist ja kein Geheimnis“, sagte ich. „Weißt du, ich bin nicht so blauäugig und rechne mit regelmäßigen Einkünften aus meiner Fotografiererei. Durch Arnes tolle Aktion hatte ich ein paar Aufträge. Aber dauerhaft wird das nicht so sein. Macht aber nichts, ich konnte mir einige Wünsche erfüllen."

„Deine Kamera!", warf Hinnerk ein.

„Genau. Die Leica war schon immer ein Traum von mir. Und nun gehört mir eine. Außerdem habe ich eine Homepage. Und eine Instagram-Seite. Wer hätte das gedacht?", fragte ich fröhlich.

„Ich", sagte Arne ernst. „Mir war schon immer klar, dass deine Fotografien etwas Besonderes sind. Und du auch."

Zärtlich strich ich über seinen Nacken, beugte mich zu ihm und küsste ihn innig.

„Kinners, hebt euch das für später auf", mahnte uns Hinnerk. „So was ist doch nichts für die Öffentlichkeit."

„Unfug", widersprach Hedi, drehte sich zu ihm und drückte ihrem überraschten Mann ein Küsschen auf den Mund.

„Das machst du jetzt nur, weil ich ein berühmter Star bin", nuschelte er anschließend, lief aber verdächtig rot an. „Genau", sagte Hedi und stach sich ein Stück ihrer Schokocremeschnitte ab. „Ausschließlich deshalb."

Sie wandte sich Lenja zu. „Machst du die Creme mit Sahne oder Frischkäse?"

Währenddessen wollte Hinnerk von Arne wissen, ob es möglich wäre, seinen Namen in großen Lettern zu schmieden, die er über der Haustür befestigen konnte. Falls mal Fans vorbeikommen sollten.

Ich lehnte mich zurück, trank noch einen Schluck Tee und musterte die Vier. Hedi redete in ihrer lebhaften Art mit Lenja, Hinnerk hörte Arne konzentriert zu. Hinter ihnen konnte ich durchs Fenster auf die Ostsee sehen.

In mir stieg ein wohlig warmes Gefühl nach Heimat auf. Nach Ankommen und Lachen, nach Umarmungen und Kluntjes im Tee, nach steifer Brise und salziger Meeresluft und Dazugehören.

Nach einiger Zeit sah Arne mich an, beugte sich zu mir und flüsterte: „Alles in Ordnung, mein Herz?"

„Alles bestens. Ich fühle mich einfach nur rundum glücklich", gab ich lächelnd zurück.

Dieses Gefühl hielt auch die nächsten Stunden noch an. Wir ließen das Auto nach der Verabschiedung von Hinnerk, Hedi und Lenja stehen, um einen Spaziergang zum Leuchtturm zu unternehmen. Ein fremdes Auto stand vor der Tür, offenbar ein neuer Mieter, deshalb gingen wir nicht näher heran. Aber wir bewunderten die majestätische Silhouette des Turms, der in den allmählich düster werdenden Himmel hineinragte. Die Sonne gähnte schon, weil sie kurz davor war, sich schlafen zu legen.

„Er wird immer etwas Besonderes bleiben für uns", flüsterte ich. „Und ich werde mich an dem Anblick niemals sattsehen können."

„Ich auch nicht", sagte Arne, sah aber gar nicht auf den Leuchtturm, sondern in mein Gesicht.

Ich lachte kehlig.

Das blieb offenbar nicht ungehört, denn Tiki kam herangelaufen und miaute vorwurfsvoll. Arne schüttelte schmunzelnd den Kopf, hob sie auf und hielt sie mit einer Hand auf seinem Arm, während er mit der anderen nach meiner griff.

Zu dritt schlenderten wir nach Hause. Tiki rannte nach oben und miaute lautstark zu uns herunter.

„Will sie denn gar nichts fressen?", fragte ich überrascht.

Arne hob die Schultern. „Schätze, sie hat sich schon selbst versorgt.“

„Mit einer Maus?“

„Eher mit geklautem Fressen. Sie schleicht sich manchmal ins Haus des Neubaus am Sanddornweg. Die haben zwei Perserkatzen, die nur Luxusfutter bekommen. Da mogelt sie sich manchmal ins Haus, frag mich nicht wie.“

Ich lachte. „Und was will sie jetzt?“

„Das Gleiche wie ich.“ Er sah mich auffordernd an.

„Eine wilde Sexorgie?“, fragte ich mit nach oben gezogenen Brauen.

Arne grinste. „Kuscheln!“, erklärte er, nahm mich an der Hand und zog mich nach oben ins Schlafzimmer.

Dort saß Tiki tatsächlich mitten auf dem Bett und miaute los, als sie uns sah.

Ich kroch neben sie, Arne ebenfalls. Wir lehnten uns am Kopfteil des Bettes an und nahmen Tiki auf unseren Schoß. Sie legte sich lang über uns, ließ sich streicheln und schnurrte zufrieden.

Als ich den Kopf hob und aus dem bodentiefen Fenster blickte, versank die Sonne gerade in Pastellfarben im Meer, während zarte Wolkengebilde sich von ihren letzten Strahlen überirdisch schön einfärben ließen.

Arne summte leise vor sich hin, meine Finger lagen auf seinen, darunter spürte ich Tikis seidenweiches Fell.

„Sind wir nicht eine wunderbare kleine Familie?“, flüsterte er mir zu.

Meine Augen wurden feucht, aber das machte nichts. Mein Herz weitete sich, wurde so groß, dass es fast nicht mehr in meine Brust passte. Gott, ich liebte sie so sehr, meine kleine, verrückte Familie!

„Das sind wir“, hauchte ich. „Und ich gebe euch nie

wieder her. Weil ich euch so sehr liebe, dass ich es gar nicht in Worte fassen kann."

„Musst du ja auch nicht", sagte er mit diesem verschmitzten Lächeln und den blitzenden Augen, die mich jedes Mal wieder atemlos machten. „Es gibt auch andere Wege, das zu zeigen."

Dann beugte er sich zu mir und verschloss meine Lippen mit einem Kuss, der tatsächlich mehr sagte, als die besten Worte es vermocht hätten.

Ich schloss die Augen. Während die Sonne vollends im Meer versank, tauchte ich in Arnes Kuss ein, in seine Liebe, in Tikis Fell, in mein neues Leben. Und ich wusste, dass dieses Glück so beständig war wie der Leuchtturm, der mich auf fast schon magische Weise in diese ostseetiefe Liebe geführt hatte.

ENDE

Lust auf mehr Meer?

Kehre zurück nach Möwenitz (ab Mai 2024)

Sommerglück im Leuchtturm

Lenja kann ihr Glück kaum fassen. Ihr Traum, neben ihrer Teestube eine kleine Wellnessoase zu eröffnen, wird wahr! Doch in letzter Sekunde schnappt ihr ein junger Arzt die Räume weg. Und dann will dieser eingebildete Jannis ihr auch noch verbieten, weiterhin heilsame Kräutertees zu verkaufen. Der spinnt wohl!

Dummerweise verursacht Lenja einen kleinen Unfall – und muss nun für Jannis Krankenschwester spielen, wobei gewaltig die Fetzen fliegen. Sie hält den attraktiven Arzt für herzlos, doch beim quirligen Hundewelpen Fridolin zeigt Jannis eine ganz andere Seite. Hat er vielleicht doch das Zeug zum Traummann?

Kennst du schon den ersten Roman aus Möwenitz?

Winterküsse im Leuchtturm

Ein Leuchtturm als Rettung für Weihnachtsmuffel Mona? Leider wartet dort eine fiese Glitzerüberraschung auf sie ...

Endlich Urlaub! Wochenlang musste Mona im Engelskostüm neben dem Kaufhaus-Weihnachtsmann stehen und sich mit Jingle Bells beschallen lassen. Doch jetzt beginnt die weihnachtsfreie Zeit! Mit einer Ladung Actionfilme im Gepäck fährt sie an die Ostsee, wo sie sich eine Ferienwohnung im Leuchtturm gemietet hat. Nicht einmal der Schneesturm kann ihre Freude auf eine Woche ohne Glitzerdeko trüben.

Um so entsetzter ist sie bei der Ankunft: Im Leuchtturm gibt es einen zweiten Mieter, Kai. Und der ist ausgerechnet ein Fan von Lichterketten, Glühwein und Last Christmas!

Da der Schneesturm sie beide an den Leuchtturm fesselt, müssen sich die Streithähne wohl oder übel arrangieren. Die Rettung eines verletzten Kaninchens lässt Mona umdenken. Ist Kai vielleicht doch ein kleines Weihnachtswunder für ihr Herz?

Die Nortrum-Reihe „*Inselküsse und Strandkorbglück*" mit Stina Jensen, Karin Lindberg, Anne Stevens

Auch auf einer Nordsee-Insel wartet das Glück. Wenngleich es anfangs sehr holprig zugeht zwischen Emma, die einen Tiermodeladen eröffnen will, dem Naturburschen Jarick und Emmas Sohn Benni.

Eine romantische Reihe von 4 Autorinnen. Komm mit an die Nordsee und lass dich verzaubern!

Himmelhoch verliebt

Traum geplatzt! Emmas kleiner Laden „Schickes für Vierbeiner" steht vor dem Aus. Dabei würde sie mit ihrem Selbstgenähten so gern für sich und ihren neunjährigen Sohn Benni sorgen. Kurz entschlossen bricht sie im teuren München alle Zelte ab und zieht zu ihrer Tante nach Nortrum, um dort mit ihren kreativen Näharbeiten einen Neuanfang zu starten. Doch der brummige Jarick, der das Reetdach nebenan repariert und jeden Inselvogel beim Vornamen kennt, macht ihr das Leben schwer. Nur widerwillig übernimmt er den Ladenumbau und betont ständig, dass ihr Geschäft keine Zukunft hat. Der Kerl raubt ihr den letzten Nerv!

Dummerweise hat Benni Riesenspaß daran, mit Jarick Wattvögel zu beobachten. Auch Emmas Herz klopft verdächtig schnell, wann immer sie Jarick begegnet. Der Naturbursche fasziniert sie, doch sie fürchtet, dass ihr Herz erneut gebrochen wird.

Ein romantischer Dünenspaziergang stellt Emma vor eine Entscheidung. Soll sie ihre Bedenken über Bord werfen und für eine neue Liebe alles riskieren?

Hol dir deine Geschenke!

Meld dich auf meiner Homepage karinkoenicke.de zu meinem lustigen Newsletter an und erhalte drei Kurzromane zum Lachen und Träumen.

Printed in Poland
by Amazon Fulfillment
Poland Sp. z o.o., Wrocław

35507656R00165